KB265697

백졸재 한응인 평전
百拙齋韓應寅評傳

박성규 지음

여회

宗訓
종 훈

忠　孝　德　禮
（충）（효）（덕）（예）

勤　槿　恭　儉
（근）（근）（공）（검）

宗訓解說
종 훈 해 설

나라에 忠誠(충성)하고, 父母(부모)에게 孝道(효도)하며

德(덕)을 쌓고, 禮(예)를 익혀 바르게 行實(행실)함이요.

每事(매사)를 行(행)함에 부지런하고, 操心(조심)하고 삼가며,

自己(자기)의 몸을 恭遜(공손)하게 낮추고, 節約(절약)하고

儉素(검소)한 生活(생활)로 家業(가업)을 이루어나가라는 뜻이다.

충정공 영정

충정공 묘역 전경(경기 기념물 157호)
(위치 : 경기도 안산시 사사동 산18-6)

충정공 묘역 행장비

충정공 신도비각

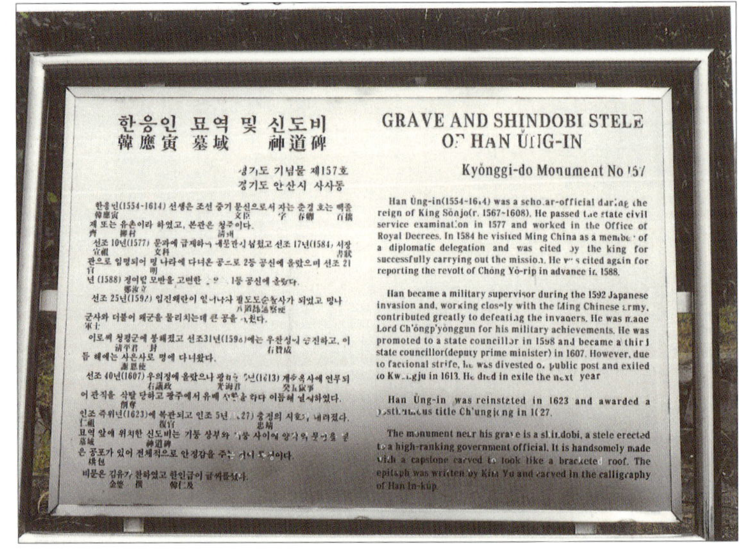

한응인 묘역 및 신도비
韓應寅 墓域 　　神道碑

경기도 기념물 제157호
경기도 안산시 사사동

한응인(1554~1614) 선생은 조선 중기 문신으로서 자는 춘경 호는 백졸
재 또는 유촌이라 하였고, 본관은 청주이다.
선조 10년(1577) 문과에 급제하여 예문관에 섭혔고 선조 17년(1584) 서장
관으로 임명되어 명 나라에 다녀온 공으로 2등 공신에 올랐으며 선조 21
년(1588) 정여립 모반을 고변한 후 1등 공신에 올랐다.
선조 25년(1592) 임진왜란이 일어나자 팔도도순찰사가 되었고 명나
군사와 더불어 왜군을 물리치는데 큰 공을 세웠다.
이로써 청평군에 봉해졌고 선조31년(1598)에는 우찬성에 승진하고, 이
듬 해에는 사은사로 명에 다녀왔다.
선조 40년(1607) 우의정에 올랐으나 광해군 5년(1613) 계축옥사에 연루되
어 관직을 삭탈 당하고 광주에서 유배 생활을 하다 이듬해 별세하였다.
인조 즉위년(1623)에 복관되고 인조 5년(1627) 충정의 시호가 내려졌다.
묘역 앞에 위치한 신도비는 기둥 상부와 지붕 사이에 양각의 무늬을 긁
은 공포가 있어 전체적으로 안정감을 주는 거니 도성이다.
비문은 김유가 찬하였고 한인급이 글씨를 썼다.

GRAVE AND SHINDOBI STELE
OF HAN ŬNG-IN

Kyŏnggi-do Monument No 157

Han Ŭng-in(1554-1614) was a scholar-official during the
reign of King Sŏnjo(r. 1567~1608). He passed the state civil
service examination in 1577 and worked in the Office of
Royal Decrees. In 1584 he visited Ming China as a member of
a diplomatic delegation and was cited by the king for
successfully carrying out the mission. He was cited again for
reporting the revolt of Chŏng Yŏ-rip in advance in 1588.

Han became a military supervisor during the 1592 Japanese
invasion and, working closely with the Ming Chinese army,
contributed greatly to defeating the invaders. He was made
Lord Ch'ŏngp'yŏnggun for his military achievements. He was
promoted to a state councillor in 1598 and became a third
state councillor(deputy prime minister) in 1607. However, due
to factional strife, he was divested of public post and exiled
to Kwangju in 1613. He died in exile the next year

Han Ŭng-in was reinstated in 1623 and awarded a
posthumous title Ch'ungjŏng in 1627.

The monument near his grave is a shindobi, a stele erected
to a high-ranking government official. It is handsomely made
with a capstone carved to look like a bracketed roof. The
epitaph was written by Kim Yu and carved in the calligraphy
of Han In-kŭp.

충정공 사당

삼문

사당과 재실전경

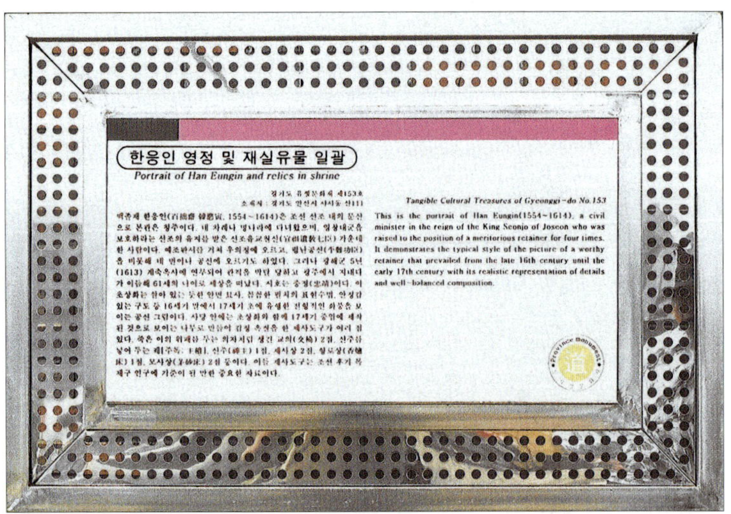

경기도 유형문화재 153호(게시판)

발간사

사람이 살아가는 데 지혜와 교훈을 주는 두 가지 얼이 있습니다. 하나는 우리 국민 모두의 조상들이 엮어낸 한국인의 얼이고, 다른 하나는 자신이 속한 씨족의 선조들이 이룩한 조상의 얼이 그것일 것입니다. 한국인의 얼을 찾아 선양하는 것이 역사학자의 몫이라면, 씨족의 얼을 선양하는 것은 종친회의 몫일 것입니다. 그러나 씨족의 얼이 모여 한국인의 얼이 된다고 생각하면, 씨족의 얼을 선양하는 일이 한국인의 얼을 선양하는 데에도 도움을 준다고 할 수 있을 것입니다.

우리 청주한씨종친회는 그런 뜻에서 선조의 위업을 선양하는 사업을 계속해 왔습니다. 한문(韓門)의 뿌리는 멀리 기자조선(箕子朝鮮)에까지 올라가지만, 기록이 확실한 고려 초부터 조선왕조 말기에 이르는 1천여 년을 뒤돌아보면, 수많은 공신(功臣), 상신(相臣), 학자(學者), 그리고 다섯 분의 왕비(王妃)를 배출한 삼한갑족(三韓甲族)의 역사를 이어왔습니다. 이분들의 위업 가운데에는 단순히 한문(韓門)의 자랑일 뿐 아니라 온 국민의 자랑으로 기억되는 분도 적지 않습니다.

한문의 위인 가운데 백졸재(百拙齋) 한응인(韓應寅 ; 1554~1614) 선조의 위업은 가장 우뚝한 위치에 있는 분 가운데 하나일 것입니다. 이분의 업적은 크게 셋으로 볼 수 있습니다. 하나는 선조 17년(1584)에 명나라에 종계변무사(宗系辨誣使)의 서장관으로 가서 태조 이성계의 조상을 이인임(李仁任)으로 잘못 기록한 명나라 《태조실록》(太祖實錄)과 《대명회전》(大明會典)의 잘못을 바로잡은 공으로 광국공신(光國功臣) 2등에 봉해진 것이고, 두 번째는 선조 22년(1589)에 황해도 신천군수로 있을 때 구월산 일대에서 활약하던 정여립(鄭汝立) 일당의 역모를 고변하여 평난공신(平難功臣) 1등에 책봉된 일이며, 세 번째는 임진왜란을 전후하여 네 번이나 명나라에 다녀와서 명나라의 원군(援軍)이 오도록 교섭하고, 팔도도순찰사로서 이여송(李如松)을 도와 평양성을 탈환하는 데 공을 세우고, 나아가 광해군의 세자책봉을 허락받은 일입니다.

위와 같은 공적 밖에도 그분은 6조판서를 모두 거치고 벼슬이 우의정에까지 올랐으나, 선조가 세상을 떠날 때 영창대군(永昌大君)의 보필을 부탁받은 유교칠신(儒敎七臣)의 하나가 된 것이 화근이 되어 광해군 때에는 대북파의 공격을 받아 삭탈관직되어 광주(廣州)에 은거하다가 61세로 세상을 떠나셨습니다. 그 뒤 인조반정(仁祖反正)으로 관직이 회복되고 충정(忠靖)이라는 시호를 받았습니다.

백졸재 선조는 시문(詩文)에도 뛰어난 재능이 있어 후손들이 그 유문(遺文)을 모아 《백졸재유고》(百拙齋遺稿)를 간행했으며, 그분의 생애를 정리한 《백졸재연보》(百拙齋年譜)도 간행했습니다. 문집과 연보에는 당대의 명사이던 송시열(宋時烈)의 서문을 비롯하여

김유(金瑬)의 신도비문(神道碑文), 이정구(李廷龜)의 행장(行狀) 등이
실려 있어서 그분의 위상이 어떠했던가를 잘 보여줍니다. ≪백졸재
유고≫는 한국고전번역원에서 발간한 ≪한국문집총간≫에도 들어
갔습니다.

우리 종친회에서는 한문을 해독하지 못하는 후손과 후학들을 위
해 ≪백졸재연보≫를 번역하여 간행했으며, ≪백졸재유고≫도 사
계의 권위자의 도움을 얻어 번역본을 간행했습니다. 그러나 번역본
의 간행만으로는 그분의 업적을 총체적으로 이해하기 어렵다고 판
단하여 이번에 고려대학교 박성규 교수님의 호의를 입어 그분의 ≪평
전≫(評傳)을 간행하기에 이른 것입니다.

≪평전≫을 쓰려면 위에 소개한 ≪백졸재연보≫나 ≪백졸재유고≫
만을 참고해서는 불가능합니다. ≪조선왕조실록≫을 비롯하여 백
졸재와 관련되는 모든 자료를 수집하여 종합적으로 소개하고 평가
해야 하는 어려움이 있습니다. 이런 일은 권위 있는 학자가 아니고
는 할 수 없는 일이고, 더욱이 그분의 인품과 업적에 대해 마음속으
로 공감하지 않으면 선뜻 나설 수 있는 일도 아닙니다. 그런 점에서
이번에 ≪평전≫을 써주신 박 교수님께 대해서는 무어라 고마운 마
음을 표할 길이 없습니다.

백졸재의 시문에 대해서는 이미 고려대학교에서 석사학위 논문
을 쓰신 분이 나온 바 있어 학계의 연구대상이 되었는데, 이번에 나
온 ≪평전≫은 이를 뛰어넘는 본격적인 연구서로 평가될 것으로 기
대됩니다. 이를 계기로 우리 종친회에서는 백졸재 선조를 본격적으
로 조명하는 학술모임을 조만간 가질 계획을 세우고 있습니다. 이

런 행사는 한문의 후손들은 물론이고, 사회지도층이나 일반 시민들에게도 그분의 위업을 알리고 평가하는 기회가 될 것입니다.

다시 한 번 박 교수님의 노고에 감사를 드리면서, 400여 년 전에 이 땅에 태어나 나라를 위기에서 구하고, 전란 중에도 돌아가신 부모님의 산소를 3년간 시묘하신 선조님의 애국심과 효심을 되새기면서 그 얼을 미래의 국가발전과 문화발전의 디딤돌로 삼는 후손들이 많이 나오기를 기대합니다.

2010년 8월

청주한씨중앙종친회 상임고문

청주한씨충정공파 종회 회장

한 현 수

책머리에

지금으로부터 450년 전에 살았던 백졸재百拙齋 한응인韓應寅 선생의 깊고 넓은 삶의 궤적을 추적하면서 한 사람의 평생을 들여다보는 것이 얼마나 힘들고 어려운 일인가를 절실하게 느꼈다. 필자가 10여 년 전에 처음 선생의 문집을 읽었다. 그때 문학작품에 나타난 선생의 현실인식과 심미적 상상력을 탐색하면서 선생이 내 앞에 성큼 다가왔지만 그 때는 가벼운 수담手談 정도로 만남을 끝냈다. 그러나 선생과 짧은 만남이었지만 그 이후로 언뜻언뜻 선생의 목소리와 수려한 외모를 추억하며 언젠가는 선생과 깊고도 오랜 만남이 있기를 내심 고대해 왔다. 그러한 원願을 가지고 세사에 묻혀 지내던 어느 날 선생이 나에게 찾아왔다. 선생을 사랑하고 긍지로 삼고 있는 선생의 후손이 나에게 본격적인 만남을 주선했고, 나는 덥석 익숙한 선생의 손을 잡고 오랜만의 만남에 감격해 했다. 선생을 만나기 위해 나는 긴 여행을 계획했다. 일찍 선생의 인자한 목소리와 준수한 외모를 알고 있었기 때문에 쉽게 선생의 삶의 뿌리와 가지들을 만져도 보고 구부려도 볼 수 있을 것이라고 생각했다. 그러나 그것은 생각만큼 쉬운 일이 아니었다. 워낙 선생의 뿌리가 역사 속에 깊이 뻗쳐있고, 그 가지가 찬란하고 눈부셔서 웬만한 집중력과

선생에 대한 깊은 애정 없이는 바라볼 수도 만져 볼 수도 없었다.
내가 오랫동안 마음으로 선생을 그리워했고, 본격적으로 선생과의
만남을 위해 깊은 성찰과 학문적 내공을 쌓아가자 서서히 선생의 달
콤한 향기를 맡을 수 있게 되었고, 때때로 맑은 햇살 속에 그 모습을
드러낸 채 웃고 서 있는 선생을 먼발치에서나마 바라볼 수 있었다.

　나는 그때부터 선생을 따라 450년 전의 역사기행歷史紀行을 시작
하기로 했다. 선생과의 역사기행의 첫 행보는 복구공사가 한창이던
경복궁 근처의 사가私家에서 시작했다. 똘망똘망하고 민첩한 소년
시절의 선생은 주위의 기대를 한데 모으고 있었다. 집안의 보살핌
과 주위의 기대 속에 쑥쑥 자라고 있는 선생의 어린 두 어깨에서
역사의 무게를 느끼기도 했다. 나는 아찔한 생각이 들기도 했지만
더 앞으로 나아가기로 했다. 젊음은 인생을 뿌리 채 흔들 수 있는
힘을 가졌다고 하듯이 선생의 청년시절은 선생이 살아갈 미래의 무
한한 가능성을 점칠 수 있게 했다. 너무 예민하고 총기가 발랄한 천
재의 모습도 아니고, 아둔하고 경박한 둔재의 모습도 아닌 중용의
도를 좇아 성실하게 살아간 건강한 선생의 젊은 시절 모습에서 선
생의 미래가 투시되기도 했다.

　선생은 관료로서 중도를 추구하면서 타고난 근면함을 보였기 때
문에 누구나 부러워하는 정통 엘리스코스를 밟아 갔고, 국사國事를
담당할 재목감으로 다듬어져 갔다. 영웅은 시대를 만나야 클 수 있
듯이 선생은 중국과의 껄끄러운 외교와 일본과의 승산 없는 전쟁의
전면에 등장함으로써 시대의 기린아로 화려하게 등장하게 된다. 그
러나 선생의 장년시절은 그만큼 힘들고 괴로웠다. 모순과 이율배반

이 전후戰後의 조선을 옥죄고 있던 현실에서 오직 왕의 전폭적인 지지를 받고 그러한 부정한 것들과의 투쟁에 골몰하고 있는 선생의 모습을 발견하기도 했다. 선생은 힘들고 괴로웠지만 나라를 위해 중국으로, 정쟁政爭 속으로 숨 가쁘게 뛰어 다녔다.

권력은 무상하고 그 끝은 더욱 허무한 것이었다. 선생의 50대에 지음知音처럼 가까이 지내고 서로 의지했던 선조宣祖가 세상을 떠나자 선생은 그제야 따뜻한 햇살이 그립다는 사실을 알았다. 어둡고 추운 긴 터널 속을 뛰어다녀도 오직 나를 알아주는 사람을 위한 일이라면 참고 견딜 수 있었는데 선조가 승하한 뒤의 조선 천지에서 선생은 유독 따뜻한 햇빛을 그리워했다.

선생의 일생을 기행해보면서 담백함과 무욕無慾이 얼마나 인생을 오래 견디게 하고 영원히 빛나게 하는가를 재삼 확인할 수 있었다. 선생이 자호自號를 백졸재百拙齋라고 한 의미를 선생의 생애를 여행하는 끝자락에야 깨달았다. 순수하고도 담백함의 절묘한 표현인 '백졸'은 바로 선생의 삶의 철학을 그대로 보여 주는 것이었다. 선생은 고단하고 궁핍한 시대에 청백리로 살아가면서 힘겨운 인생여정을 보냈지만 우리의 역사에서 선생만큼 진실되고 건전한 정치인이 얼마나 되는지 모르겠다. 선생의 평생을 들여다보면서 오늘날 선생 같은 대인大人이 그리워지는 것은 무엇 때문일까. 선생과 마지막 이별을 나누면서 나는 선생의 모습을 영원히 가슴에 묻어두기로 했다.

2010. 4. 옥산와려玉山窩廬에서
고려대학교 한문학과 교수,
고려대학교 문과대학 학장　박 성 규

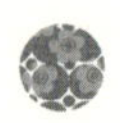

목차

백졸재 한응인 평전
百拙齋 韓應寅 評傳

청주 한씨의 별로 태어나다 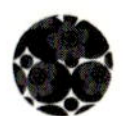

　1554년 4월 4일(양력 5월 2일)에 한응인은 지금의 서울인 한양에서 태어났다. 조선이 개국하여 새 왕조의 위용을 내외에 알리기 위해 중국 황성의 제도를 모방하여 채 일 년도 되지 않은 짧은 기간에 완공을 본 경복궁은 한응인이 태어나기 전해인 1553년에 화재로 인하여 거의 절반이 소실되었다. 경복궁의 소실은 결국 조선조 정체성의 상실을 의미하는 것이기 때문에 이 일을 두고 조야가 크게 고심하였다. 이제 막 모후인 문정왕후文定王后의 수렴청정에서 벗어난 명종으로서는 이 사건을 새로운 도약의 발판으로 삼으려 하였을 것이다. 1554년 1월에 경복궁 복구가 시작되어 한응인이 태어났던 4월 4일 경에는 왕궁 복원공사로 온 장안이 시끌벅적했고, 경복궁을 중심으로 좌우에 즐비하게 형성됐던 민가에서는 벌써부터 새롭게 복원된 경복궁의 웅장한 모습을 기대하고 있었다.

　그해 9월 18일 경복궁이 완성되기 전인 4월 4일에 한응인이 태어났다. 그날의 명종실록에는 '남쪽에 불같은 기운이 솟아올랐다.'고 기록되어 있다. 한 사람이 세상에 태어날 때는 태어날 명분과

필연성이 있기 마련이고, 그러한 정황을 상징하는 자연현상이 나타난다고 한다. 한응인이 태어나던 밤에 난데없이 선명하고 붉은 불기운이 솟았다는 것은 한응인이 세상에 태어나 살아갈 미래를 예견하는 조짐이라고 할 수 있다. 이는 그가 훈척이 발호하던 명종 시대를 지나 개국 이후 가장 치욕적인 전쟁인 임진왜란을 겪으면서 절체절명의 위기에 놓여 있던 조국을 건지는 데 신명을 다 바친 용기 있는 사람의 출현을 예고하는 것이 아니었을까. 그가 태어날 때 나타난 이 같은 조짐은 위태로운 상황에 놓인 조국과 민족을 위해 신명을 다 바쳐야 할 운명을 예견한 것이고, 이것은 결국 그의 전 생애에 덧씌워진 숙명적인 굴레가 되었음을 알 수 있다.

한응인의 자字는 춘경春卿, 호는 백졸재百拙齋 또는 유촌柳村이고, 시호는 충정忠靖이다. 그의 비조鼻祖는 고려 건국에 공을 세운 한란韓蘭이고, 10세조인 한악韓渥(844~923)은 고려 말 위난에 처해 있던 나라를 구원했던 충신으로 관작이 우정승에 올랐으며 시호는 사숙思肅이었다. 6대조인 한확韓確(1403~1456)은 호가 간이재簡易齋, 시호가 양절襄節로 정난공신靖難功臣 1등에 책록되고 병조판서, 이조판서, 좌찬성, 우의정 등의 고위직을 지내어 가문을 크게 일으켰다. 그 따님이 세조의 맏아들인 덕종에게 시집을 가 아들을 낳았는데 그가 바로 성종이다. 나중에 아드님인 성종에 의하여 인수대비에 진책進冊되었으므로 한확은 성종의 외조부가 된다. 고조부인 한건韓健은 이조참판을 지내 명문가의 전통을 계승했고, 증조부 한세좌韓世佐는 이조 판서에, 조부 한유韓侑는 좌찬성에 추증되었다. 부친인 한경남韓敬男은 영의정에 추증되어 가문이 조선

전토에서 보기 드문 화족華族임을 세상에 널리 알렸다.

한응인의 어머니는 직제학이었던 김천령金千齡(1469~1503)의 손녀였다. 김천령은 문과에 장원급제하여 당대를 울린 수재이고, 불의와 타협하지 않는 강직한 성품을 지닌 인물로 당시 지식인들 사이에 선망의 대상이 되었던 사람이다. 김천령의 손녀로 성장하여 한씨 문중으로 시집 온 한응인의 어머니가 한응인의 성장에 어떤 영향을 미쳤는지 자세하게 알 수는 없지만 한응인의 출중한 인품과 세상의 모진 풍파에도 꺾이지 않은 용기와 과단성은 양가의 음덕이 빚어낸 결실이었음을 부정하기 어려울 것이다.

그는 가문의 전통과 타고난 명민함으로 일찍부터 세상에 이름을 알렸다. 기록에 의하면 한응인은 4세에 문자를 해독했다고 한다. 어린 나이에는 총기聰氣가 반짝이고 정신이 순수하기 때문에 무엇을 들으면 그것을 잘 기억하고, 빨리 응용할 수 있어 신동이라고 부를 만한 아이가 더러 나올 수 있다. 그러나 한응인은 신동이라고 알려졌다가 나이 들면서 점점 신동과는 거리가 멀어지는 범상한 아이들과는 달랐다. 왜냐하면 그는 예사로운 아이들처럼 한 때의 신동으로 반짝한 것이 아니라 이후 소년기, 청년기를 지나며 그 신동의 기운이 더욱 상승하여 누구나 우러러보는 훌륭한 인물로 성장했기 때문이다. 따라서 그의 생애를 보면 그는 거구 장대한 장군의 모습으로 세상을 호령하는 강골强骨도 아니었고, 소년등과少年登科 한 사람처럼 기예氣銳 넘친 재주를 가진 사람도 아니었다. 오히려 그는 은인자중하면서 순리를 좇아가며 자신이 지니고 있던 이상과 포부를 완성시킨 인자仁者였다.

조선 중기를 대표하는 한학자 월사月沙 이정구李廷龜(1564~1635)
가 쓴 한응인의 행장에 의하면, 그는 7·8세에 벌써 대인이 될 소
지를 가지고 있었다고 한다. 그는 벌써 이때부터 어린 치기稚氣를
드러내지 않았고 중후한 모습이 어른과 같았으며 영특함이 보통 아
이들과는 달랐다고 하였다. 우리는 여기에서 그가 나라의 동량이
될 인물로 성장할 자질을 이미 부여받고 태어난 사실을 알 수 있다.

한응인은 13세까지 집안에서 미리 가학家學으로 학문적 소양을
길렀는데 부형으로부터 마치 어미 새가 새끼 새의 깃을 곱게 다듬
고 털의 결을 고르듯이 자상한 보살핌을 받았다고 한다.

한응인은 14세가 되던 해인 1567년(명종 22)에 드디어 당대의 최
고의 학자이자 산림에 은거하여 성리학을 연구하던 남계南溪 허충
길許忠吉에게 집지執贄하여 가르침을 받았다. 남계 선생은 대사간
·공조판서를 지냈고, 예조판서·대사헌·대제학 등을 지낸 모재
慕齋 김안국金安國(1478~1543)의 제자이다. 지금도 마찬가지겠지만
붕당정치가 행해지고 정치이념이나 사유가 확연하게 구별되던 조
선조에는 스승을 택할 때에 무엇보다도 그 사람이 어떤 이념이나
생각을 가졌는가를 먼저 따지기 마련이었다. 그러므로 한응인이
남계 선생을 스승으로 모셨다는 것은 청주 한문韓門의 지향점이
남계 선생의 그것과 같았다는 사실을 추리할 수 있을 것이다. 남
계 선생은 조선조 사림파의 대표적 인물인 한훤당寒暄堂 김굉필金
宏弼(1454~1504)의 문인 모재 선생에게 사사 받았기 때문에 우리는
남계 선생의 이념적 지향을 충분히 짐작할 수 있다.

모재 선생은 관료로서 일가를 이룬 사람이면서도 성리학의 실

천·보급에 전력투구한 도학자였다. 그는 조선 중기에 각 고을의 향교에『소학小學』을 공급하여 성리학의 기본정신을 초학자들에게 알리고자 했고, 각종 농서農書와 의서醫書를 간행하여 시골사람들을 교화하는 데 힘을 쏟아 성리학의 가르침을 그대로 실천했다. 그러나 연산군 때 일어난 기묘사화로 인하여 성리학의 실천적 입장을 중시한 조광조趙光祖(1482~1519) 일파가 실각하자 이에 관련되어 한 때 몸을 숨겨 은거하기도 했다. 그는 실질을 중시하는 사림士林의 학자로서 성리학을 이념으로서 만이 아닌 실천적 학문으로서의 의미를 중시하여 조광조와 같은 급격한 정치개혁에 반대하는 입장을 견지하였다. 이러한 성리학자로서 현실을 긍정적으로 바라보는 무실역행務實力行의 학자인 모재 선생에게 가르침을 받은 남계 선생의 사상적 경향을 짐작할 만하다. 모재에게서 가르침을 받은 남계 선생은 유가 경전에 실려 있는 성인의 말씀을 그대로 실천하여 올곧은 선비정신을 보였기 때문에 을사사화乙巳士禍 때 항변하다가 유배당하였고, 그 뒤로는 현실 정치에 전혀 가담하지 않았다. 그는 뜻이 맞는 사림의 학자들과 유가경전을 강론하는 일에 몰두하여 동강東岡 남언경南彦經, 석봉石蜂 한수韓脩(1514~1588)와 함께 당대 가장 존경받는 학행學行으로 선발되기도 했다. 이 같이 유가 경전에서 배운 것을 제대로 실천했던 정통 유학자였던 남계 선생에게 한응인이 가르침을 받았다는 것에서 청주 한문은 퇴계 이황과 율곡 이이에 의해서 활짝 꽃을 피운 조선조 성리학에 깊은 관심을 가지고 사림 출신의 선비와 호흡을 같이 하였음을 미루어 짐작할 수 있다.

남계 선생을 스승으로 모시고 훌륭한 학자로 성장하기 위해 본격적인 수업에 들어간 한응인은 경서經書와 사서史書를 읽고 그 대의에 통했다고 한다. 한응인의 연보에 의하면 15세가 되기도 전에 학자로서의 입문서에 통달했다는 것이다. 이것은 그가 남계 선생의 가르침을 진정으로 받아들이고 깊이 성찰한 결과이기도 하지만 남계 선생에게 나아가 가르침을 받기 전부터 학자가 읽어야 할 기본 도서를 이미 집안에서 가학으로 배웠다는 것을 뜻하기도 한다.

경서와 역사서에 대한 공부를 통하여 의식이 크게 성장하였음을 다음의 일화에서 확인할 수 있다. 이는 『좌계부담左溪裒譚』라는 일화집에 나오는 얘기이다. 한응인이 병을 앓아 문밖출입을 못하는 친구를 문병하러 그 친구의 집을 찾아갔다. 오랜만에 만난 친구와 이런저런 얘기를 나누다가 어느새 날이 저물었는데 그 친구가 강권하다시피 같이 자자고 하므로 차마 뿌리치지 못하고 같은 방에서 자기로 했다. 그 친구가 잠자리에 들자마자 잠이 깊이 든 것처럼 코를 골았는데 마치 한응인이 잠들기를 기다리는 듯한 눈치였다. 그럭저럭 시간이 흘러 한 밤중이 되자 깊이 잠든 척 하던 친구가 갑자기 일어나 자신이 입었던 옷과 덮고 있던 이불을 벗어서 한응인의 몸에 덮어씌우고는 벌거벗은 채 문 밖으로 달아났다. 한응인은 엉겁결에 이 일을 당하여 어쩌지 못하고 괴이한 일이라고 생각하고 있는데 갑자기 얼굴이 희고 영악하게 생긴 여귀女鬼가 다가와 이불 위를 힘껏 누르는데 악취가 방안에 가득 퍼졌다. 한응인이 담력을 내어 소리치며 말했다. "무엇 때문에 사람을 이렇게 괴롭히느냐." 여귀가 놀라며 말했다. "이 사람은 한정승韓政

丞 대감이시구나." 그 말을 마치자마자 여귀가 문을 열고 나가 친구의 방안으로 들어가 버렸다. 얼마 있지 않아 그 친구의 아내가 놀라고 두려워 어찌할 바를 몰라 한응인을 부르며 살려 달라고 애원했다. 한응인이 달려 들어가 보니 여귀에게 짓눌린 친구는 이미 숨이 끊어진 상태라 어찌 손써 볼 수가 없었다. 그 친구는 한응인을 끌어 들여 자신의 몹쓸 병을 옮겨주고 자신은 병에서 벗어나고자 했으니 이는 친구로서 할 수 없는 짓이었다. 만약 한응인처럼 담대하고 기국器局이 큰 사람이 아니었다면 별 도리 없이 몹쓸 병을 얻어 죽었을 것이다.

이야기가 실려 있는 『좌계부담左溪裒譚』은 조선조 후기 학자인 학산鶴山 신돈복辛敦復(1692~1779)이 광해군 때부터 영조시대까지 살았던 사대부와 부녀자 212명에 관한 일화들을 모은 책이다. 한응인이 여귀를 쫓은 이야기가 이 책의 맨 첫머리에 실려 있어 이 책의 성격을 헤아릴 수 있다. 이 일화는 한응인이 여귀를 쫓고 생명을 부지하게 된 사실을 소개하면서도 한응인이 10여 세의 소년 시절에도 사사로운 것에 휩쓸리지 않은 기백을 가지고 있었고, 한응인의 이러한 기품이 당시 많은 사람들에게 알려져 미래에 나라의 동량이 되리라는 기대를 한 몸에 모으고 있었다는 것을 암시하고 있다. 이 책은 1751~1877년 사이에 편찬된 것이라고 추정되고 있는데 한응인이 10대에 남긴 일화가 200년 가까이 구전되어 오다가 신돈복이 이를 채집하여 기록으로 남긴 것을 보면 이 이야기가 후대 사람들에게 전설처럼 전해졌던 것으로 보인다. 범상한 일반인들에게 이 같은 신이한 일화나 전설은 해당되지 않는다. 역사에 이름을 남길 정도로 위대하고, 만인에게 즐거움과 행복을 주는 사람에게 이러한 기적이 일어날 수 있는 것이다. 한응인이 소년시절에 생사를 초월할 수 있는 기개와 남다른 행운을 가졌다는 것을 이 이야기에서 확인하게 된다.

한응인이 남계 선생에게 나아가 집지했던 14세의 6월에 명종이 정치적 포부를 이루지 못한 채 34세의 젊은 나이로 승하하자 선조가 14대 왕으로 등극하게 된다. 선조대왕의 등장은 한응인에게 있어 상당한 의미를 지니게 된다. 한응인이 뜻을 세워 관료로 진출하고 이어서 자신의 모든 것을 바쳐 나라를 구하기 위해 뛰어다닌 때가 선조 재위시절이었기 때문이다. 또한 이 시기는 한응인이 자신이 품고 있던 모든 재능과 역량을 다 펼쳐 후회 없는 삶을 살아가면서 영욕榮辱을 경험했던 때이기도 했다. 한응인보다는 2년 연상인 선조대왕이 16세 어린나이에 왕위에 올라 정치적 파쟁으로 어려움에 빠진 나라를 수습하기 위해 안간힘을 쏟고 있던 시기에 한응인은 과거시험에 대비하여 경經 · 사史 · 자子 · 집集을 열심히 읽으며 나라의 동량이 될 자질을 키워나가고 있었다. 이렇게 학문 연마에 힘쓰던 한응인은 10대의 어린 나이에 전국의 유생들이 모여 문재文才를 다투는 자리에 참여하여 세상 사람들을 놀래키는 능력을 발휘하기도 하였다.

한응인은 20세 전후한 약관에 성균관에 들어가 신진기예新進氣銳 문장가로서 이름을 떨쳤다. 같이 공부하는 또래들과 함께 시나 문장을 지어 문재文才를 다투는 모임에 나아가면 당시대에 재주와 명성을 자랑하던 많은 사람들이 감히 한응인과 겨룰 생각을 못하

고 물러갔다. 그러므로 한응인의 순직純直하면서도 결기에 찬 문
장력에 대해서는 남을 평하기를 좋아하는 사람들조차도 감히 비
판을 가하지 못했다. 20세 젊은 학자인 한응인의 글이 세상에 나
오면 그를 아는 많은 사람들이 다투어 이 글을 읽고 남에게 전달
하며, 그가 지은 시가 세상에 소개되면 시를 좋아하는 사람들이
암송하여 시작詩作의 전범으로 삼았다고 하니 당시 한응인의 문명
文名을 짐작할 만하다.

여기에 관계 되는 일화가 전하고 있다. 한응인이 소년시절부터
4살 연상인 장포長浦 이효원李效元(1550~1629)과 가까이 지냈다.
옛날의 관행에 따르면 나이가 예닐곱 살 차이가 나도 서로 허교許
交하여 가까이 지냈으니 두 사람도 나이와 관계없이 터고 지냈을
것이다. 이효원은 35세에 과거에 급제한 늦깎이였으므로, 연하인
한응인이 일찍 과거에 올라 지위와 명망이 높아졌을 때도 포의布
衣로 벼슬길에 나아가지 못했다. 한응인이 안타까운 나머지 자신
이 쓴 원고를 이효원에게 보여주며 말했다.

"이것이면 충분히 과거시험에 모범답안이 될 수 있을 것이니 답
습해 보시게."

이 일화를 보면 한응인의 문장이 당시에 표준이 될 정도로 훌륭
했다는 것을 알 수 있다. 한응인의 격려와 도움에 힘입어 이효원
이 늦게 등과했지만 한성부좌윤, 이조참판 등의 중앙정부 고위직
을 두루 역임하여 현달하였다.

당시 세상 사람들에게 율정栗亭 홍천민洪天民(1526~1575)은 사람
을 잘 알아보는 감식안을 가진 사람으로 알려져 있었다. 그는 청

렴하면서도 폭넓은 세상 경험과 풍부한 지식을 가지고 있었기 때문에 사람을 선입견 없이 있는 그대로 살펴볼 수 있었을 것이다. 또한 율정은 무엇보다도 왕의 심중을 읽을 줄 알아 왕명을 전달하는 교지敎旨를 잘 작성하였고, 여러 번에 걸쳐 도승지(지금의 대통령 비서실장)를 지내기도 했다. 그런 그가 한응인의 재능을 일찍이 간파하여 그를 아끼고 사랑했다. 한응인이 왕에게 올리기 위해서 지은 표문表文을 지으면 일일이 그것을 미리 살펴보고는 칭찬을 아끼지 않았다. 때때로 한응인을 불러 대화를 나누었는데 20세 가까이 연하인 한응인을 대하는 태도가 예사롭지 않았고 말이 정중했다. 그가 다른 사람들에게 한응인을 얘기할 때는 칭찬을 아끼지 않으며 말했다.

"그 사람이 문재文才만 빼어난 것이 아니고 참으로 재상이 될 그릇이다."

그의 이 말이 후대에 그대로 들어맞았으니, 그가 지인지감知人之鑑이 있다는 세상 사람들의 평이 헛된 것이 아니었음을 알 수 있다.

한응인은 훌륭한 스승을 찾아 학문을 연마하고, 배운 것을 절차탁마하여 학자로서, 예비관료로서의 소양을 갖추어 나갔다. 정상적인 코스에 따라 학문을 연마하고 소장 학자로서의 탄탄한 기반을 마련한 한응인은 23세가 되던 선조 9년에 생원시生員試와 진사시進士試에 거듭 합격한다. 생원시와 진사시는 대과大科에 응시하기 위한 예비시험에 해당되는 것으로 관직에 뜻을 둔 사람이라면 누구나 이 시험에 응시하기 마련이다. 이 같은 당시의 인재선발제도는 요즘의 급수별 공무원시험과 같은 것으로 세종 때 생원시와 진사시에 4,500명의 응시생이 몰렸다고 하니 관료로 등용되는 기초시험에도 합격하기가 쉽지 않았다는 것을 알 수 있다. 생원과 진사시에 합격하면 당대의 지식인으로 인정을 받게 되고, 경우에 따라서는 관직에 임명되기도 했다. 당시 사회적 통념으로 보면 생원과 진사가 개인의 사회적 위상을 높이고, 지식인으로 행세할 수 있는 자격요건이었기 때문에 이것으로 만족하고 더 이상 대과에 뜻을 두지 않는 사람들도 더러 있었다. 이러한 사람들은 대과에 급제하여 크게 입신양명하기 위하기 위한 예비단계로 이 시험에 응시한 것이 아니라 생원이나 진사가 되어 학자나 선비로서의 사회적 위상을 확보함으로써 자신은 물론 가문과 후손의 영예를 높이는 데 더 관심을 두고 있었다. 그래서 이 시험에 합격한 것을 소성小成이라고 하였는데, 대과 합격에 비하여 작은 소원을 이루었다는 뜻이다. 한응인이 생원·진사시험에 합격함으로써 비로소 대기만성大器晩成할 근거를 마련하게 되었다고 하겠다.

그 이듬해 8월 24일에 큰아들 덕급德及을 얻었다. 한응인은 세종대왕의 아들인 의창군義昌君 6세손인 이담령李聃齡의 따님에게 장가들어 평생 동안 다른 여자를 보지 않고 해로한 것으로도 유명하다. 두 사람은 부부의 인연을 맺은 이후로 매사에 조심하고 검소하게 살아 청빈한 관료로서 이름을 남길 수 있었고, 가까운 친척이나 이웃을 대할 때 상하 귀천 구별 없이 관대한 아량을 베풀었으므로 이것이 음덕陰德으로 작용하여 집안을 크게 일으킬 수 있었다. 한응인은 유복하게도 3남 3매를 슬하에 두었는데, 이들이 훌륭하게 성장하여 가문을 더욱 번성하게 했다. 큰아들인 덕급은 옥천군수를 지냈는데 호남湖南지역의 대표적인 학자이고 수많은 제자를 배출한 사계沙溪 김장생金長生(1548~1631)의 사위가 된 것을 보면 한응인의 집안이 당시에 손꼽히는 명문가임을 짐작케 한다. 한응인은 큰아들 덕급이 태어난 뒤 18일 만인 9월 9일에 알성문과謁聖文科에 합격한다. 이때에 같이 합격한 동년同年 가운데는 김여물金汝吻(1548~1592), 송언신宋言愼(1542~1642), 임제林悌(1549~1587), 차천로車天輅(1556~1615) 같은 역사에 이름을 남긴 인물들이 있다. 이 네 사람은 뒷날에 훌륭한 관료로 출세하여 크게 뜻을 세우기도 하고, 뛰어난 문장가로 어려운 시절을 비판하고 광정匡正하는 데 평생을 바치기도 하였다. 한응인과 이 네 사람이 혼란스럽고 힘겨운 선조 대에 등장해서는 각자가 가진 능력을 발휘하여 나라를 지탱하는 동량으로서의 역할을 다 하였다.

초급관료로서 세상과 만나다 

한응인은 대과에 급제한 다음해인 1578년에 종9품인 승문원承文
院 권지부정자權知副正字에 임명되었으나 한응인이 가진 학문적 역
량과 가문이 대대로 나라에 공을 세운 것이 인정되어 바로 정7품
인 승정원承政院 주서注書로 추천되어 임명을 받게 된다. 옛날이나
지금이나 마찬가지지만 나라에서 어떤 관료에게 직책을 부여할
때는 무엇보다도 그 사람이 가진 업무능력을 중요한 포인트로 여
기게 마련이다. 한응인이 대과에 급제하고 처음으로 부임한 곳이
승정원 주서라는데 주목해 볼 필요가 있을 것이다. 승정원은 임금
의 국정을 도우는 국가 핵심기관으로 지금의 청와대 비서실에 해
당한다. 왕을 도와 국정을 컨트롤 하는 최고의 사령탑에 해당하는
승정원에는 여섯 명의 승지承旨가 속해 있었다. 거기에는 승지방承
旨房과 주서방注書房이 있어서 승지는 정3품의 고위직으로 각자 정
7품인 주서 한 명씩을 거느렸다. 주서는 승지가 가는 곳에 반드시
수행하여 왕의 공·사간 업무를 도우고 집행하는 승지의 업무를
측근에서 보좌하였다. 그러므로 한응인이 첫 직장을 승정원 주서

로 임명받았다는 것은 최고의 엘리트 관료 코스를 밟기 시작했다
는 것을 의미하는 것이기도 하다. 또한 왕이 가는 곳이면 승지가
늘 동행했기 때문에 주서도 함께 동참하게 되어 있어 초급관료이
지만 최고통치자인 왕과 자주 대면할 수밖에 없었다. 주서라는 관
직은 그 이름처럼 승지를 대신하여 왕명을 받아 전달하고 기록하
는 임무를 띠고 있어 다른 관료들과는 달리 국정전반에 걸친 업무
를 온전하게 파악할 수 있었으므로 한응인은 일찍부터 왕을 도와
국정을 기획하고 총괄하는 자리에 오를 수 있는 역량을 쌓아가게
되었다. 한응인이 이 같이 젊은 신진관료로서 국정 운영의 한가운
데 서서 시세의 흐름을 파악할 수 있었던 것이 훗날 6판서와 정승
의 반열에 오르게 되는데 큰 밑거름이 되었을 것이다.

　한응인은 주서직에 오른 뒤에 승지를 따라 경연經筵에도 참석해
야 했다. 임금은 나라를 다스리는 막중한 임무를 띠고 있었으므로
끊임없는 자기계발을 위해 공부를 게을리 하지 않았다. 그래서 신
하들 가운데 학문과 덕망이 높은 사람을 경연관으로 임명하여 어
전에서 사서오경四書五經과 중국의 역사서들을 강론하게 했는데,
이것을 경연이라고 했다. 이 경연은 나라에 좋지 않은 일이 있는
날 이외는 항상 열렸으며 하루에 2·3번 정도 실시됐다. 한응인은
이 경연의 자리에 주서注書로 참석하여 왕이 하는 말을 그대로 즉
석에서 기록하는 어려운 일을 맡아서 훌륭히 수행했다. 한마디라
도 잘못 기록하면 엄벌에 처해졌기 때문에 웬만한 문장력이나 지
적 감각이 없이는 그 일을 수행하기가 어려웠다.

　한응인은 25세에 처음 주서직에 임명되어 경연에 참여하여 선

조의 뒤에서 모든 것을 자세히 기록하고 있었다. 어느 날 경연의 자리에 나아갔는데 때마침 소나기가 갑자기 쏟아져 선조의 물음에 대답하는 신하의 말소리가 잘 들리지 않았다. 왕이 그 신하에게 다른 사람들이 알아들을 수 있도록 큰 소리로 분명하게 얘기하라고 지시했다. 한응인이 왕의 말을 기록하기를 '낙숫물 소리가 귀에 가득할 때는 아뢰는 소리가 반드시 높아야 한다.'라고 하였는데, 그 같은 재치 있는 기록을 보고 고관들이 훌륭한 표현이라고 칭찬했다. 경연에서 드러나는 한응인의 이 같은 명민함은 선조와 재상 노수신盧守愼(1515~1590)이 서로 주고받은 대화를 기록한 것에서 나타나고 있다. 노수신은 명종 시대에 억울한 누명을 쓰고 진도에서 19년간 귀양살이를 하고 있었다. 평소에 그가 훌륭한 학자임을 알고 있던 선조가 왕위에 오르자마자 귀양지에서 풀려나 선조가 총애하는 중신이 되어 영의정까지 올랐다. 그는 대학자이자 혜안을 갖춘 최고위 관료이었으므로 왕의 경연에 자연스럽게 참석했다. 어느날 경연 자리에서 어떤 문제를 두고 토론하던 중에 노수신이 말을 분명하게 하지 못하여 선조가 제대로 알아들을 수 없었다. 노수신은 1515년생이라 이때에 벌써 63세의 나이로 노년에 접어들었기 때문에 말이 어눌할 수밖에 없었다. 선조가 궁금한 끝에 그 말을 기록한 한응인에게 내용을 물으니 한응인이 바로 그 것을 기록한 초고草稿를 올렸는데 선조가 읽어보고는 몇 번이나 고개를 끄덕이며 칭찬을 아끼지 않았다고 한다. 초급 관료가 벌써 왕의 인정을 받을 정도로 문재文才를 발휘하였으므로 그 소식을 들은 주위의 사람들은 한응인이 큰 인물이 될 것이라고 이구동성

으로 말했다. 선조는 그 이후로 한응인을 자신의 정치적 동반자가
될 인물로 파악하였을 것이며 이는 머잖아 두 사람이 가장 잘 어
울리는 군신의 관계로 발전하는 계기가 되었다고 하겠다.

그 다음해인 1579년에 한응인은 주서의 관직에서 승진하여 정6
품인 사헌부司憲府 감찰監察에 올랐다가 다시 호조戶曹의 좌랑佐郎
으로 옮겨 갔다. 호조는 6조六曹 가운데 호구戶口, 식량食量, 재화
財貨 등을 주관하던 중앙관청으로 나라의 경제와 살림살이를 맡아
보는 곳이었다. 한응인은 호조의 5번째 순위의 직급인 좌랑에 임
명되어 호조에서 관장하는 일의 실무를 책임지고 일선에서 지휘
하게 되었다. 이로써 그는 국가 운영의 중추적 역할을 하던 육조
의 관료로 진출하여 정치적 실무와 관료 사회의 환경을 익혀나가
기 시작하였다.

그 이듬해에는 다시 정6품인 형조刑曹의 좌랑에 임명되었다가
다시 승진하여 정5품인 호조 정랑正郎에 올랐다. 한응인이 대과에
급제하고 처음 종9품인 승문원의 권지부정자에 임명되었다가 그
의 남다른 학문적 역량과 출중한 인격으로 인하여 정7품인 승정원
주서로 전보되었고, 이어서 바로 종6품인 사헌부 감찰, 호조좌랑,
형조좌랑, 정6품인 호조좌랑에 임명되었으니 당시 엘리트 관료가
걷던 행로를 그대로 답습하였음을 알 수 있다. 이러한 상승기류를
탄 이상 갑작스런 정치적 이변이나 개인적인 실수가 없는 한 일취
월장하여 고위관직에 오르는 것은 따 놓은 당상이나 마찬가지였
다. 그러나 한응인은 호조정랑에 오른 뒤 얼마 있지 않아 외직外職
으로 나가게 된다.

한응인은 승승장구하던 중앙정부의 관료로 빛을 발하기 시작했으나 뜻하지 않게 종6품인 인제현감麟蹄縣監이 되어 외직으로 나가게 된 것이다. 외직으로의 전출은 한응인이 생각하지도 않았던 일이었지만 이것은 조선조 붕당정치의 시작을 알리는 신호탄이기도 했다. 그가 27세가 되던 1580년 12월에 인제현감으로 임명된 것은 당시 사림士林들이 분열하여 서로 상반된 정치세력인 동당東堂·서당西堂으로 나눠지는 소용돌이 속에서 일어난 일이었다. 한응인은 일찍이 9세 연상인 심충겸沈忠謙(1545~1594)과 숙식을 같이 할 정도로 가까이 지냈다. 이 두 사람이 무엇 때문에 9살의 나이 차이에도 불구하고 가까이 지냈는지 그 이유에 대해서는 정확하게 알 수 없으나 심충겸이 명종의 처남이 되고, 문과에 장원급제한 신진기예의 관료였으므로 두 사람이 서로 끌어당길 수 있는 흡인력을 지녔기 때문이 아닐까 생각한다. 이때 마침 정치세력이 동·서당으로 나뉘어져 반목이 시작되었는데 심충겸이 이조정랑으로 물망에 오르자 동인에 속해 있던 김효원金孝元(1542~1590)이 조정의 관작이 외척의 전유물이 아니라고 문제를 제기하며 반대에 나서자 조정의 의론이 분분해졌다. 이 같은 조정의 분란이 가라앉지 않자 왕은 그 분란의 책임이 심의겸과 김효원에게 있다고 하여 심의겸을 개성유수로, 김효원은 경흥부사로 좌천시키는 것으로 일단락되었다. 이러한 정치적 분쟁에 휩싸여 한응인은 타의에 의해서 벽지인 인제 땅의 현감으로 나가게 된 것이다. 한응인은 아직 나이가 어리고 어느 한 쪽에 가담하여 기회나 영달을 누리고자 하는 인물이 아닌데도 뜻하지 않게 외지로 전보된 것은 이후 붕당

정치의 폐해와 그 귀결점이 어떠하리라는 것을 미리 예견하는 일이기도 하다.

　한응인은 이 일이 있은 이후로 여러 번에 걸쳐 곤란을 겪기도 한다. 그는 인제현감으로 부임하여 2년 8개월이라는 짧지 않은 기간을 보낸다. 인제는 강원도 오지이고 비옥한 토지도 많지 않아 현감으로서 백성을 다스리는 일이 쉽지 않았을 것이다. 한양의 중앙정부의 관료로 출세가도를 달리던 한응인이 27세의 나이로 한적한 고을의 원으로 임명되어 내려왔으므로 크게 당황하고 낙심하였으리라는 것을 짐작하게 된다. 한응인이 그곳에서 어떻게 고을 원으로서 임무를 수행했는지 알 수는 없다. 그러나 후인들이 남긴 기록에 의하면 한응인이 마음을 다하여 선정을 베풀고, 인격으로 사람들을 대했으므로 백성들이 한응인을 따랐다고 한다. 그가 임기를 마치고 다시 한양으로 돌아가게 되자 백성들이 그를 떠나보내기 싫어 못내 아쉬워했다. 현령을 두지 않고 현감을 둘 정도로 작은 고을인 인제에서 한응인은 비로소 일반 백성들이 살아가는 모습과 그들이 놓인 현실을 제대로 인식할 수 있었기 때문에 이러한 현장정치의 체험이 이후 한응인이 고위직에 올라 국정을 계획하고 집행하는 데 적잖은 도움이 되었을 것이다. 그러므로 고을 원으로 백성을 다스리기에는 아직 어린 나이에 한응인이 아무런 문제없이 민초들이게 훌륭한 관료로 인정받았다는 것은 이후 한응인의 삶에 있어 큰 전환점이 되었으리라고 본다.

 百拙齋韓應寅評傳

다시 한양으로 향하다 

한응인은 30세였던 1583년 8월에 인제에서 다시 한양으로 돌아
왔다. 처음 3년 전에 예기치 않은 변고로 타관객지인 인제고을의
현감으로 임명받아 떠났을 당시는 힘들었겠지만, 그곳에서 한응
인이 정치력을 발휘했고 덕으로 다스려 막상 그곳을 떠날 때 백성
들이 한응인과의 이별을 아쉬워했다는 것은 결국 한응인이 풀뿌
리 정치에 대한 감각을 충분히 익혔다는 것을 의미하기도 한다.
인제에서 소중한 정치적 경험을 하고 한양으로 돌아오게 된 한응
인은 다시 중앙정부 부처의 실무를 맡아보게 된다. 한응인은 그때
에 정6품인 예조좌랑禮曹佐郎과 병조좌랑兵曹佐郎, 사간원司諫院 정
언正言에 임명되었다. 이후 다시 승진하여 정5품인 사헌부司憲府
지평持平에 임명되었다. 한응인이 인제현감으로 가기 전에 사헌부
의 지평을 지냈고, 내직으로 들어와 두 조曹의 좌랑과 신하들이
임금에게 올리는 비판적인 글과 일을 맡아 관리하는 사간원의 실
무 일을 보게 된 것은 중앙정부에서 한응인이 관료로서 다양한 경
험을 쌓는데 큰 도움이 되었을 것이다. 이 가운데서 사간원과 사

헌부 두 곳은 조선조의 의정 결정에 막강한 영향을 끼치고 있던 국가 기관으로 재상에 오르기 위해서는 반드시 이 두 곳을 거쳐 가야 한다고 말할 정도로 중요한 자리였다.

이때 12월 4일에 한응인이 홍문록弘文錄에 선발되었다. 홍문록은 홍문관의 직원인 정5품 교리校理, 정6품 수찬修撰을 선발할 때 후보에 오른 사람의 경력을 기록한 것이거나 뽑힌 사람들을 적은 기록을 말한다. 홍문관은 사헌부司憲府·사간원司諫院과 더불어 이른바 언론言論 삼사三司에 속했다. 이 삼사는 조선시대 청요직淸要職의 상징으로서 정승·판서 등 고위 관리들은 거의 예외 없이 이곳을 거쳐 갔다. 홍문관은 궁중의 경서經書와 사적史籍을 관리하며 왕의 국정에 대한 자문에 응하는 중대한 관청이었으므로 여기에서 근무할 적당한 사람을 뽑는 절차가 매우 까다로웠다. 홍문관에 속한 7품 이하의 관원들이 교리와 수찬에 임명될 만한 사람의 명단을 만들어 올리면 먼저 정3품인 부제학副提學 이하의 관원들이 그 명단에서 합당한 후보자를 가려 뽑는다. 그리고 나면 부제학 이상의 고위직들이 모여서 후보자 가운데 적격자를 뽑아 그 사람의 이름 아래에 동그라미를 그려 넣는데 점수가 가장 높은 사람을 최종 합격자로 결정한다. 이 홍문록에 이름이 오르는 것을 매우 큰 영광으로 생각하였고, 홍문록은 큰 이변이 없는 한 출세를 보장하는 인정서와 같은 것이었다. 이때 홍문록을 대제학大提學이었던 율곡栗谷 이이李珥(1536~1584)가 주관하였는데 모두 28명이 선발되었다. 홍문록에 최종적으로 이름이 오른 28명 가운데는 한응인을 비롯하여 오덕령吳德齡, 정창연鄭昌衍(1552~1636), 김여물金汝

吻, 심희수沈喜壽(1548~1622), 이덕형李德馨(1561~1613), 신응명申應命(1551~1586), 임제林悌(1549~1587) 등과 같은 당시 장래가 촉망되던 신진기예들이 포함되어 있었다. 이들은 대부분 뒤에 선조 치하에서 높은 관직을 역임하였고, 나라가 임진왜란을 맞아 위기에 처했을 때 신명을 바쳐 나라를 지켰던 인물들이었다.

한응인은 그해에 셋째 아들 인급仁及(1583~1644)을 얻는 즐거움을 누리기도 했다. 인급은 선조 때 진사시에 합격하고, 광해군 때 대과에 급제하여 형조판서를 지냈다. 인급은 아버지의 소질을 이어받아 서예에 재능이 있어 당시 종묘宗廟의 신주를 쓸 정도로 서예가로서의 명망이 높았으며 선고先考인 한응인의 묘비명墓碑銘 글씨도 직접 썼다. 한응인에게는 둘째 아들 신급信及이 있었는데, 그가 태어난 연도는 정확하지 않으나 첫째 덕급과 셋째 인급의 나이 차이가 6살이라 형제간의 터울이 평균 3년이라고 친다면 아마 선조 13년인 1580년경으로 추정해 볼 수 있다. 신급은 익위사翊衛司 세마洗馬 벼슬을 지냈으나 일찍 죽었다고 한다. 한응인으로서는 세 명의 아들을 두었다가 둘째 아들을 일찍 여의었으니 부모로서 참절한 고통을 겪었을 것이다.

서장관으로 중국 초행길에 오르다

1584년 5월 3일에 공이 선조의 명을 받아 주청사奏請使의 서장관書狀官 자격으로 명나라 연경燕京으로 가게 되었다. 조선조에는 정기적으로 중국에 사신을 보내기도 하고 어떤 일이 있을 때 특별히 사신을 파견하기도 했다. 정기적으로 보내는 사신으로는 정조사正朝使, 동지사冬至使 등이 있었고, 중국에 보고할 일이 있거나 특별한 일을 요청할 때는 부정기적으로 주청사를 보냈다. 나라에서 중국에 보내던 연행사燕行使의 일행으로는 정사正使, 부사副使, 기록관 등 세 사신을 보내는데 이들 중 기록관은 서장관을 말한다. 서장관은 정·부사보다 직급은 낮았으나 왕명을 받아 사신 일행의 규율을 살피는 행대어사行臺御使를 겸하였으므로 임무가 막중하였다. 충청도관찰사로 있던 황정욱黃廷彧(1532~1607)이 정사로 가게 되었는데 이번 주청사절이 부여받은 임무는 조선조의 왕통王統이 중국에 잘못 알려져 있었으므로 이것을 중국 명나라 조정에 올바로 알려 바로잡는 것이었다. 조선조를 개국한 이성계李成桂(1335~1408)의 정적이었던 윤이尹彝, 이초李初가 조선이 건국

되자마자 명나라로 달아났다. 그가 이성계를 음해하여 타도하려는 흑심을 품고 이성계를 고려 말기의 권신 이인임李仁任(?~1388)의 후손이라고 명나라 조정에 거짓으로 고했다. 그리고 고려 마지막 왕인 공양왕이 고려 왕실의 후손이 아니고 이성계와는 인척 관계로 함께 공모하여 명나라를 치려 한다고도 했다. 명나라 조정에서는 이 두 사람의 허위보고를 확인해 보지도 않고 명나라의 『태조실록太祖實錄』과 『대명회전大明會典』에 그대로 기록하였다. 이 문제는 조선왕조의 정체성과 관련되는 것으로 정권의 합법성 확보나 왕권의 확립에 큰 장애물로 남아 있었다. 명나라 조정에서는 이 일로 이성계를 얕보고 의심하기도 하였으며, 이를 빌미로 조선을 자신의 속국으로 만들려는 속내까지 내비치기도 하였다. 더욱이 이인임은 고려 우왕 때 정권을 농단하던 권신으로 이성계와는 도저히 어울릴 수 없는 정적관계였다. 그러므로 이성계가 그의 뒤를 이은 사람이라고 한 것은 조선왕조로서는 참을 수 없는 모욕이었다. 그러나 이 문제가 조선조 건국 이후 180여 년 간 해결되지 않아 매우 심각한 외교문제로 대두되고 있었다. 이런 중차대한 일을 해결하기 위해서 중국에 파견되는 주청사절단에 한응인이 서장관의 소임을 받게 된 것은 한응인의 문재文才가 뛰어나기도 하거니와 무엇보다도 그가 충직한 성품을 지녀 공명정대하게 일을 처리할 능력을 가지고 있는 사람으로 인정받았기 때문이었을 것이다. 그러나 중국으로 가는 사신의 행차가 꾸려질 경우 정사는 자기와 함께 호흡을 맞춰 일할 수 있는 사람을 뽑아 수행원으로 데려가게 마련이다. 황정욱이 한응인을 서장관으로 추천한 데에

는 위에서 말한 것처럼 그의 능력이 출중했기 때문이지만 사적으로
는 한응인이 남계 선생의 문하생이고, 남계와 황정욱은 모재 김안
국에게서 동문수학했던 인연관계도 작용했으리라고 추측된다. 한
응인은 31세의 젊은 나이에 대명사절단의 일원으로 참여하여 중국
땅을 처음 밟게 되어 그 감회가 컸고, 또 띠고 가는 임무가 왕실의
종계宗系를 바로잡는 일이라 막중한 책임감에 시달렸을 것이다. 그
러한 중압감 속에서도 한응인은 질정관質正官으로 동행했던 송상현
宋象賢(1551~1592), 정사 황정욱과는 스스럼없이 시를 주고받으며 마
음의 여유를 찾기도 했다. 한응인은 사행 길에 소릉少陵이라는 곳에
이르러 송상현의 시에 차운하여 자신의 심회를 토로하고 있다.

소릉하에서 덕구의 시에 차운하다

석양녘에 칼 짚고 옛 성에 기대었는데,
오색 구름 깊은 곳에 명나라 서울 아득하네.
어찌하면 다시 고향의 동산 길 밟아 볼까나,
누런 국화꽃 옆에서 밝은 달빛에 취해보네.

一劍斜陽倚古城,
五雲深處杳皇京.
何當更踏鄕園路,
黃菊花邊醉月明.

〈小凌河, 次德求韻〉

이 시에서 한응인은 조선을 떠나 중국으로 들어가는 길목에서

비장하면서도 고독한 심회를 노래하고 있다. 처음으로 중국 사행 길에 나선 한응인은 낯선 이국의 풍정에 어리둥절하였을 것이고, 막중하기 이를 데 없는 사명을 완수해야 한다는 책임감에 스산한 심정을 가누기 어려웠을 것이다. 한응인에게 시를 지어 준 송상현 의 자字가 덕구德求로 정사·부사·서장관 등의 3사三使에 속하지 않은 질정관質正官 신분이었지만 두 사람이 평소에 서로 가까운 관계로 교류해 왔기 때문에 마음을 터놓고 시를 주고받을 수 있었 을 것이다. 송상현은 우리 역사에서 나라를 위해 목숨을 초개와 같이 버리고 산화한 몇 안 되는 의인 가운데 하나이다. 송상현은 1592년 임진년에 왜군이 부산포에 들이닥쳐 조선을 침략하는 교 두보로 삼고 있을 때 동래부사로서 성을 지키고 있었다. 왜적이 동래성에 이르러 그에게 지금 명나라를 치러가니 육로를 내달라 는 터무니없는 협박을 하였다. 그러나 그는 이에 굴하지 않고 결 연히 맞섰다. 그러자 일본군이 압도적인 군사력으로 동래성을 공 격해 들어왔다. 그는 '싸워서 죽기는 쉬워도 길을 빌려 주기는 어 렵다.'고 하며 끝까지 성을 사수하다가 문관이면서도 어떤 무관 보다도 장렬하게 전사하였다. 이때로부터 8년 뒤에 동래성에서 벌어질 이 같은 참사를 전혀 예견하지 못했겠지만 한응인의 차운 시에서 보면 미래의 일을 언뜻 예감한 듯한 느낌을 받게 된다.

칼을 짚고 석양녘의 옛 성에 기대어 상념에 빠져 있던 두 사람 의 스산한 모습에서 당대의 현실을 고뇌하는 마음을 읽어낼 수 있 다. 그들이 목적지로 삼은 명나라의 서울 연경은 더욱 멀기만 느 껴지는데 가을 국화 피어 있는 고향 언덕에서 9월의 밝은 달빛에

취해보고 싶은 소망을 나타내고 있어 더욱 당시 두 사람의 울적한
심회를 느끼게 된다.

이때 그는 중국의 삼국시대 전쟁영웅인 관운장의 우렁찬 모습
을 감격적으로 그리기도 했다.

여양에서 관운묘를 두고 짓다

스러진 비는 반쯤 벽오동 그늘에 누워있고,
오래된 빗돌글엔 이끼 덮여 세월이 깊었네.
씩씩했던 영웅의 기상은 온통 적막하기만 한데
아름답게 아로 새긴 대들보엔 제비만 찾아드네.

殘碑半入碧梧陰,
古篆苔封歲月深.
壯氣英魂渾寂寞,
畫樑唯有燕來尋.

〈閭陽, 題關王廟〉

한응인은 중국 연경으로 들어가는 길에 동관역東關驛에서 산해
관山海關 쪽으로 80리 거리에 중부소中復所라는 고성古城에 있던
관제묘關帝廟를 참관하고 이 시를 지었다. 무신武神을 겸한 재물신
財物神으로서 중국에서 영험 많기로 소문난 관우의 신상을 모셔
놓은 이곳을 찾은 한응인은 박제된 영웅의 쓸쓸한 모습을 보았을
것이다. 수많은 사람들이 관우의 영웅 상을 보고 세속의 이익과
영달을 생각하지만 그는 찰나에 지나지 않은 인간의 모습을 발견

하고 서글픈 마음을 금하지 못하고 있다. 이것은 이제 30을 갓 넘은 패기에 넘치는 한응인이 험난하고 지루한 사행 길을 가면서 스스로 자신의 내면을 들여다 볼 시간적 여유를 가질 수 있었다는 것을 뜻한다. 27세에서 30세까지 궁벽진 인제에서 현감으로 근무하면서 고달픈 민초들의 삶을 목격하고 그들에게 동정심을 느끼는 목민관으로서의 값진 경험을 했고, 다시 31세에 연행燕行 길에 올라 50여 일이나 걸리는 험난한 길을 가면서 조선 북쪽의 풍정과 중국 변방의 야만적 문화를 보고 많은 것을 느꼈으리라고 본다. 관운장의 소상을 모셔놓은 관제묘를 참배하면서 적막하기 이를 데 없는 영웅의 삶을 절실하게 느낀 것도 한응인의 삶에 대한 관심과 통찰력이 예사롭지 않았다는 것을 의미한다고 하겠다.

　주청사 일행이 왕명을 받고 중국으로 떠나기에 앞서 선조가 직접 이들 일행을 친견하고는 강한 어조로 경고하기를 "명나라 조정에 나아가 사실대로 아뢰어 바로잡지 못하면 돌아올 생각도 하지 말라."고 하였으므로 주청사 일행은 대회전을 치루기 위해 전장으로 나가는 군사처럼 무척 긴장되고 조심스러웠다. 사신 일행이 연경에 도착하여 잘못된 조선왕실의 종계宗系의 정정을 요구하는 선조의 글을 명나라 조정에 올렸다. 또 따로 마련한 글을 예부禮部에 올려 왜곡된 사실을 진실에 맞게 고쳐 주기를 요청하니, 예부상서禮部尙書가 일행의 간곡한 정성에 감동되어 예를 갖추어 의견을 청취하였다. 이런 노력이 주효하여 명나라 예부가 조선 왕실의 종계가 잘못되었다는 것을 인정하고 조선이 원하는 대로 수정할 것을 약속하였다. 그들이 약속한 대로 『대명회전』에 내용을 사실대로 고쳐 실었고, 이어서 명나라 황제 신종神宗이 잘못된 종계를 고치 겠다는 서약을 담은 칙서를 조선 조정에 내렸다. 한응인이 서장관 으로서 수정된 내용이 실린 『대명회전』을 베끼고, 신종이 내린 칙 서를 가지고 귀국함으로써 조선 왕실이 180년간 풀지 못하고 전 전긍긍했던 숙제가 비로소 해결되었으니 감개무량 했을 것이다.

기록에 의하면 180년 동안 조선 왕실에서 잘못된 종계를 바로잡 기 위하여 열한 번이나 주청사를 명나라에 파견했으나 뜻을 이루 지 못했다고 했으니 한응인이 서장관으로 참여한 주청사 일행이 천신만고 끝에 이 일을 성공시킨 것은 조선 정부에게는 더없이 경 사스런 일이었을 것이다. 그해 11월 1일 주청사 일행이 귀국하자 선조가 모화관慕華館에 직접 나아가 마중하며 그들의 공로를 치하 하고 기쁨을 함께 나누었다. 선조는 자신의 벅찬 감정을 시로 지 어 보이며 사신 일행의 노고를 위로하고 열성조를 모신 종묘에 나 아가 고유告由하기도 했다. 이에 선조는 국가의 경사를 맞아 관료 들의 직급을 올려주고, 특별사면령을 내려 사형수 이외의 죄인을 사면시켰으며, 정사 황정욱과 한응인 등 22명을 영전시키고, 노비 와 전답 등을 공적에 따라 차이를 두어 하사했다. 조정에서는 바 로 이어서 우의정右議政 정탁鄭琢(1526~1605), 동지중추사同知中樞 使 권극로權克魯 등으로 구성된 사은사를 연경으로 보내어 명나라 황제에게 고마움을 표시했다.

한응인은 어떻게 보면 관운이 좋은 사람이었다. 그전까지 11번 이나 주청사가 명나라에 다녀왔으나 이 일을 성사시키지 못하였 는데 한응인이 사신의 일행을 규찰하는 서장관의 임무를 띠고 참여하여 노력을 기울인 끝에 하루아침에 그 문제가 풀렸으니 말이다. 이 이후로 한응인은 수차례에 걸쳐 나라의 어려움을 타개하기 위하여 중국에 파견되지만 첫 번째의 연행燕行에서 막중한 임무를 성공적으로 수행했으니 이후의 외교활동도 기대할 만하다고 하겠다.

선조 이전의 조선조 역대 왕들이 심혈을 기울여 외교적 노력을 해도 해결하지 못했던 숙제를 풀게 되었으므로 온 나라가 축제 무드에 젖어 있었다. 한응인은 이번 일에 기여한 공이 인정되어 다음해 1585년 황해도 경차관敬差官으로 임명되었다. 황해도의 재해災害 상태가 어떠하고, 이로 인하여 그곳의 백성들이 겪는 고통이 어떠한가를 살피기 위하여 나라에서 한시적으로 파견한 것이다. 경차관은 육조에 근무하는 정4품부터 종9품 사이에 해당하는 당하관堂下官 중에서 지방행정을 잘 알고 왕명을 성실히 수행할 수 있는 유능한 사람 가운데서 뽑혔다. 경차관은 왕의 특명을 받아 지방 관료의 대민정치를 규찰하기도 하고, 왕실의 관곽棺槨을 만드는데 사용할 황장목黃腸木을 살피기도 하며, 군기軍器를 점고點考하거나, 대마도를 사찰하는 등 사법적 권한을 행사할 수 있기 때문에 일종의 어사御史라고 할 수 있다. 한응인이 당하관에 해당하는 수많은 관료들 가운데 경차관으로 선발된 데에는 전해에 종계변무宗系辨誣의 일로 중국 연경에 파견되어 임무를 완수한 공적 때문이기도 하겠지만, 무엇보다도 한응인의 뛰어난 업무능력과 청렴결백한 처세가 선조에게 크게 인정받았기 때문이라고 본다.

한응인은 이해 4월 21일에 사헌부의 지평으로 있으면서 경기수사京畿水使 홍치무洪致武가 전선戰船을 만든다는 핑계로 백성들에게 가혹하게 가포價布를 거두었다는 것을 알고 왕에게 파직을 청하기로 하였다. 한응인이 경기수사 파직을 왕에게 요구하게 된 이유는 대개 이렇다.

"경기수사 홍치무는 늙은 나이인데도 분수를 모르고 이익을 챙기는 일에서 헤어 나오지 못하고 있습니다. 나라를 방어하기 위한 전선을 만드는 것을 빙자하여 관하의 각 포구浦口에서 여러 해 동안 납부하지 않아 밀린 궐군가포闕軍價布를 모두 한꺼번에 징수하여 물의를 일으켰습니다. 궐군이란 먹고 살 길이 없어 살던 곳에서 몰래 도망친 호구戶口를 말하는데, 이들에게 부여된 세금 형식의 가포를 징수하기 어렵게 되자 가까운 일족과 이웃에게 대리 납부케 하여 백성의 여론이 나빠졌습니다. 백성들이 호구지책을 마련할 길이 없어 살던 곳을 버리고 야반도주를 할 정도로 궁색한 데도 그들을 도탄에서 건질 생각은 안하고 오히려 백성에게 해를 끼친 죄가 무거우니 경기수사는 파직 당해야 마땅하옵니다. 더욱이 중앙정부에서 별도의 지시가 있지 않았는데도 쓰고 남은 가포 약간을 비변사에 보내 책임을 면하려고 한 죄 또한 결코 용서할 수 없사옵니다."

나라 안의 부정부패를 척결하고 관료들의 일거수일투족을 감찰하는 사헌부의 지평으로서 백성에게 가렴주구 하여 원성을 사고 있는 관료를 응징하지 않을 수 없었을 것이다. 그의 이러한 올바른 현실 인식과 옳지 못한 일과 타협하지 않는 올곧은 자세가 널리 알려져 정치 일선에서 왕명을 수행하는 재상災傷 경차관에 임명되었을 것이다.

아버지를 여의다 

한응인이 경차관으로 황해도에 파견되었다가 언제 한양으로 돌아왔는지 모르지만 이해 9월 21일에 아버지를 잃어 하늘이 무너지는 듯한 슬픔에 빠졌다. 돌아가신 아버지 경남敬男은 종5품의 무관직인 부사직副司直으로 관료생활을 마감했지만 가문을 훌륭히 이끌어 나갔다. 사직공司直公은 부모에게 효도를 다했고, 형제간의 우애도 돈독해서 당시의 사람들이 타고난 효자라고 하여 우러러 보았다. 특히 사직공은 양반 가문으로서 지켜야 할 예의범절 가운데 손님을 맞아 대접하는 접빈례接賓禮와 돌아가신 조상의 기일에 정성을 다하는 봉제사례奉祭祀禮에 누구보다도 정성을 기울였다. 조선조는 유교를 이데올로기로 삼아 유교경전에 충실한 삶을 살아갈 수밖에 없었기 때문에 군신君臣, 상하上下 관계를 무엇보다도 중요하게 여겼다. 그러므로 당시에는 이러한 이념적 지향에 어긋나지 않게 살아가는 것을 최고의 덕목으로 여겼으므로 이는 집안의 반상班常을 구별하는 근거가 되기도 했다. 사직공은 당시 최고의 가치로 여겼던 유교의 덕목을 몸소 실천하여 당대 지식인에게 하나의 전범典範으로 비추어졌다. 왕대밭에 왕대 난다고 사직공의 이 같은 효성은 뒤를 이은 한응인에게 전달되어 그대로 계승되었다. 아버지를 잃은 한응인은 하늘이 무너지는 듯한 슬픔에 빠졌겠지만 상례喪禮·장례葬禮·제례祭禮에 정성을 다하여 한결같이 의례제도儀禮制度를 따랐다.

　11월에 선고先考를 광주廣州 沙土里에 있는 선영의 동북쪽 언덕에 모셨다. 선영이 있는 곳은 지금 행정구역이 바뀌어 경기도 안산시에 해당한다. 사직공은 9월 21일에 세상을 떠났는데 요즈음처럼 3일장이나 5일장을 하지 않고 2개월간에 장례를 지낸 것은 유가의 장례법도에 따라 유월장踰月葬을 치렀다는 것을 의미한다. 조선조는 주자가례朱子家禮를 충실하게 따랐는데 선비와 고관을 지낸 사람이 죽으면 유월장을 지내는 것이 상례였다. 세상을 떠나고 한 달 넘게까지 장례를 치르지 않고 집안에 가묘를 써서 시신을 가까이 두는 것은 여러 가지 의미가 있을 것이다. 세상을 떠난 망인亡人이 신체적으로는 생명을 잃었지만 그 시신이라도 가까이 모셔두고 사랑하던 사람들과의 이별을 나눌 시간적 여유를 가지기 위한 의미도 있다. 주자가례에 의하면 죽은 사람의 유택幽宅은 정결해야 하고 나아가 풍기風氣의 밀도를 충분히 살펴서 마련해야 하기 때문에 달을 넘겨 장례를 지내야 한다고 했다. 두 달 가까이 사직공의 주검을 집안에 모시고 있다가 11월에 선영에 모신 뒤에 서거 후 만 이년이 되는 날에 대상大祥을 치르고 상복을 벗었다. 한응인은 32세에서 34세까지 주자가례에 따라 3년 상을 치르면서 부모를 저승으로 떠나보낸 죄인의 심정으로 만 2년을 보냈을 것이다.

한응인이 친상親喪을 당했을 시는 공론에 입각한 사림정치士林政治가 주류를 이룸으로써 주자 성리학이 지배이념으로 더욱 공고해졌다. 이 시기 성리학을 공부하는 학자들 대부분은 예에 관심을 가지고 예와 관련된 글이나 논문을 썼다고 해도 과언이 아니다. 그러므로 사림들은 자신들이 기반으로 삼고 있던 고례古禮와 주자가례를 국가전례는 물론이고 각자의 가례家禮에서도 관철시키려고 노력했다. 이처럼 주자가례를 중심으로 한 유교의례가 사회 전체에 확대되고 예에 대한 이론적 탐구가 이루어지게 되어 가례의 영역이 제례에 한정되지 않고 상례에 이르기까지 확대되어 갔다. 조선조 중기 이후로 사례四禮 중 상례가 제일 큰 비중을 차지하면서 상례에 대한 연구와 그에 따른 실천이 본격적으로 이루어 졌다. 이런 예에 대한 관심과 실천 의지가 갈수록 더욱 심화되어 후대에 와서는 형식에 집착한 나머지 예송禮訟에까지 이르기도 했다. 이처럼 조선조 시대 유가사상의 실천적 덕목 가운데 하나인 상례가 엄격하게 준수되고 범례화 되어 갔기 때문에 한응인의 친상에 대한 상례도 보다 엄격하고 장엄했으리라 본다.

기축옥사와 만나다

1587년 12월에 만 2년에 걸친 복기服期가 끝나자 탈상을 하고 다시 세상에 관심을 가지게 되었다. 부모를 여읜 사람으로 2년 너머 현실사회와 절연하다시피 은거하고 있다가 자식으로서의 도리를 다하고 익숙했던 현실의 문을 두드리는 한응인의 심정은 착잡하기도 하면서 한편으로는 새로운 도전과 기대에 부풀어 있었을 것이다. 한응인은 상복을 벗자마자 정5품의 성균관成均館 직강直講에 임명되어 관료생활을 다시 시작하였다. 성균관 직강은 한응인이 다시 관료로 복귀하기 위한 발판이었고, 35세가 되던 1588년 정월에 종4품으로 진급하여 황해도 신천군수信川郡守로 부임한다. 신천군은 황해도 중앙에 위치하며 한사군漢四郡 때는 낙랑군·대방군 등으로 불리어지기도 했다. 이곳은 고대시대에 중국으로 통하는 교통의 요충지로서 한반도 최고最古의 역사 무대이기도 하다.

한응인은 27세에 인제현감으로 나가 현실정치를 익히고 배웠는데, 35세에 이르러 신천군수로 임명됨으로 해서 본격적으로 지방행정에 가담하게 된 것이다. 한응인은 일찍부터 중앙정부의 실무

요직을 두루 거치면서 국정운영의 방법을 익혔고 명나라에 파견된 주청사의 핵심요원으로 참여하여 외교정치에 대한 감각을 익혔기 때문에 나라의 동량이 되기 위한 기본적인 훈련을 충실히 받았다고 할 수 있다. 승정원의 주서로 처음 관직에 오른 이후로 10년의 세월이 흐르는 동안 한응인이 경험한 업무 내용이 다양하고 정치 환경이 복잡다단했으므로 35세 나이의 한응인이 신천군을 맡아 다스리는 일이 결코 과분한 일이 아니었다. 일각에서는 한응인이 신천 군수로 외직에 나가게 된 것이 고질적인 파쟁싸움에서 밀려나 좌천된 것으로 보기도 한다. 이러한 사실은 그가 남긴 다음의 시에서 어느 정도 추측이 가능하다.

신천의 동헌에서 쓰다

촛농 떨어져 불꽃 사그라지려 하는데,
흐느끼는 듯한 노랫소리 자지러 드려 하고.
서쪽 숲에 걸려 있는 조각 달 하나,
한밤중 두견새 울음소리 시름을 자아내네.

燭淚垂將盡,
歌聲咽欲休.
西林一片月,
半夜杜鵑愁.

〈題信川東軒〉

이 시에서는 생면부지의 신천 고을로 옮겨와 스산한 마음을 달랠 길 없어 괴로워하는 한응인의 심정이 절절하게 묘사되어 있다. 한응인이 신천에 갔을 때는 미처 가솔들을 데리고 가지는 못했을 것이다. 산 설고 물 설은 신천에 부임하여 처음에는 자신이 다스려야 하는 고을의 분위기를 파악해야 했고, 스스로 홀로 살아가는 삶의 방식에 익숙해져야 했다. 그러므로 한응인은 여러 가지 시름에 잠겨 촛불을 켜놓고 잠을 이루지 못한 채 어디선가 들려오는 흐느끼는 듯한 노랫소리에 귀 기울이고 있는 자신을 발견하고 있다. 이렇게 홀로 지새는 늦은 밤에 한응인은 동헌 서쪽 숲 위로 기울어 가는 조각달과 온 밤을 피울음으로 지새우는 두견새를 고독하기 이를 데 없는 자신의 처지에 빗대어 말하고 있다. 이러한 처연한 심정은 갑작스럽게 가족과 헤어져 따로 살아가는 데서 오는 고적감이나 자신이 몸담고 있던 중앙정계와 떨어져 소외된 채 힘들게 살아가는 데서 나온 것이라고 하겠다.

한응인의 생애 전반을 꿰뚫어 볼 때 신천 군수 시절이 마냥 힘들고 고적한 것만은 아니었다. 그것은 중앙관직을 두루 역임하다면 지방을 다스리는 방백方伯으로 자리를 옮기는 것이 오히려 그 사람의 정치적 역량이나 입지를 강화시키는 계기가 되고, 민심을 파악하는데 큰 도움을 주기 때문이다. 그러므로 한응인은 신천 고을 원으로 부임하여 목민관牧民官으로서 주어진 임무에 충실하였고, 정성을 기울여 신정을 베풀기도 했다. 한응인의 원래 타고난 성품이 너그럽고 날카롭지 않아 백성에 대해서 인위적이거나 위압적인 자세를 취하기보다는 백성을 보듬고 함께 가는 애민정치愛民政治를 베풀 수 있었을 것이다. 이러한 사실은 한응인과는 17살

연하로 영의정을 지낸 김류金瑬(1571~1648)가 쓴 한응인의 신도비 명서神道碑銘序에서 확인할 수 있다. 그 기록에 의하면, 그가 신천 군수에 부임하여 공평한 정치를 베풀어 관아에 딸린 아전들과 백 성들이 존경해 마지않아 태평성세를 이루었다고 한다.

조선조 시대의 군수는 왕에게서 광범위한 권한을 위임받고 고 을 백성을 다스렸으므로 군수가 가진 권능權能은 무소불위라고 해 도 과언이 아니었다. 백성들에게 군림하여 자신이 가진 권력을 잘 못 행사하여 얼마든지 그들을 괴롭힐 수 있고, 백성의 재산을 수 탈하여 사사로이 이익을 챙길 수도 있었다. 탐관오리貪官汚吏라는 말은 원래 백성을 직접 다스리는 고을 원의 탐학貪虐에서 나온 말 로 역사상에 부정한 고을 원들이 적지 않게 등장하였다. 그러나 한응인은 중앙에서 육조의 요직과 청직淸職인 홍문관과 사간원의 중심관료로 종사했기 때문에 앞으로 자신에게 펼쳐질 원대한 미 래와 멸사봉공滅私奉公 해야 하는 관료로서의 명분을 제대로 알고 있었으므로 자신의 권위와 명성을 깎아 내리는 짓은 할 수 없었을 것이다. 그러므로 한응인이 신천 군수의 직분을 다하고 다시 한양 으로 돌아갈 때 고을 백성들이 벼랑에 한응인이 끼친 공적을 새기 고, 거기에 더하여 한응인의 치적을 찬양하는 선정비善政碑를 세 우기도 했다. 특히 한응인이 임진왜란을 만나 어머니를 잃게 되자 신천에다 빈청을 마련하여 3년 기간을 거상居喪한 것을 보면 이곳 에서의 고을살이가 성공적이었고, 그곳의 백성들과 오랫동안 깊 은 유대감을 지니고 있었다고 하겠다.

한응인의 생애에 있어 신천군수로 부임하게 된 것이 이후 그의

정치적 삶을 결정짓는 중요한 계기가 되리라고 아무도 생각하지
못했다. 중앙의 청직淸職에 있으면서 정치적 감각을 익히던 한응
인이 신천 군수로 내려와 힘든 생활을 보냈겠지만 뜻하지 않게 국
가 존립의 문제와 관련된 반역사건과 맞닥뜨리게 된다. 한응인이
신천 고을 원으로서 백성과 고락을 같이 하면서 힘든 목민관 생활
을 2년 가까이 보낸 1589년 10월 1일에 정여립鄭汝立(1546~1589)의
모반사건에 어쩔 수 없이 간여하게 된다. 그가 이 사건의 폭발력
이 엄청나다는 것을 알고 바로 조정에 알렸고, 조정에서는 대대적
인 수사를 벌여 정여립과 그 추종자들을 타도하였다. 정여립의 사
건은 영웅을 자처하는 한 지식인이 시대의 개혁을 꿈꾸며 왕정을
무너뜨리고 새로운 이상세계를 세우려고 역모를 꾀한 것이다. 한
응인이 이 사건의 중심에 서게 될 줄은 꿈에 생각지 못했겠지만
우리 모두가 역사의 흐름을 거부할 수 없듯이 조선조 최대의 역모
사건에 한응인이 깊이 간여하게 된 것도 사람의 힘으로는 피할 수
없는 불가항력적인 일이었다. 한응인이 정여립이 역모를 꾀한다는
첩보를 듣고는 곧바로 1589년 10월에 황해도 감사 한준韓準(1542
~1601)에게 정여립의 일당이 국가를 전복시킬 모의를 끝내고 거사
일 만 기다리고 있다는 급보를 알렸다. 보고를 받은 황해감사가
그 사실을 기록하여 선조에게 장계狀啓를 올림으로써 이 사건이
공식적으로 세상에 알려지게 되고 조정에서는 토벌대를 파견하여
정여립과 그를 추종하는 무리를 뒤쫓기 시작했다. 정여립은 자기
를 체포하러 금부도사가 전주로 내려왔다는 첩보를 받고 진안鎭安
의 죽도竹島로 숨어 들어갔다가 자신의 운세가 다한 것을 알고 스

스로 목숨을 끊음으로써 이 역모사건은 일단락되었지만 그 이후
로 이 사건의 파장은 나라의 기강을 흔드는 데까지 이르게 된다.
한응인에게 있어서 정여립의 사건이 어떻게 보면 직접적인 관련
이 없어 보이기도 하지만 실제로는 한응인의 관료로서의 삶에 큰
영향을 끼친 사건이었다. 이처럼 한응인의 인생행로에 적잖은 영
향을 끼친 정여립 사건에 가까이 접근해 보는 것도 의의가 있을
것이다.

정여립은 1544년경에 종4품인 첨정僉正에 올랐던 정희증의 아
들로 태어났다. 정여립의 8대 조부인 대호군 정인이 김제에 정착
한 후 김제·전주 등에 터를 잡고 살아 왔다. 6대 조부 정가종은
예조판서를 지냈고, 고조부 정수홍은 대사간을 지냈기 때문에 이
곳으로 옮겨 살아온 동래 정씨를 대호군공파大護軍公派라고 하였
다. 정여립은 보통 사람이 꿈꾸지 못했던 반 왕조체제 쿠데타를
일으키려고 한 사람이었기 때문에 그에 대한 행적은 사실史實로
남아 전하기도 하고, 정설과는 달리 민간이나 참서 등에 전설로
전하기도 한다. 정여립의 반역사건으로 인하여 1,000명에 가까운
사람이 희생되었고, 모반을 꾀하려고 했던 지역이 황해도와 전북
지역 등으로 광범위하기 때문에 이 문제를 정사에 근거하지 않고
함부로 얘기한다는 것은 극히 위험한 일일 수밖에 없다. 이 사건
을 기록하고 있는 『조선왕조실록』이나 『연려실기술』 등에 의하면
그는 출생할 때부터 남다른 전설을 남기고 있다. 그가 반역을 꿈
꾼 사람이었기 때문에 아버지 정희증이 꾼 태몽도 예사롭지 않았
다고 한다. 어느 날 밤 정희증의 꿈에 투구를 쓰고 갑옷을 입은

키가 8척인 건장한 장군 모습을 한 사람이 나타나 자신은 고려 때의 정중부인데 잠깐 여기에 머물고 가겠다고 하고는 한참 있다가 홀연히 사라져 버렸다. 이것이 정여립의 태몽인 셈이었다. 정중부는 고려 의종 때 쿠데타를 일으켜 왕권을 무너뜨린 주동자이다. 그러한 태몽을 꾸고 태어난 정여립은 타고난 기질이 매우 강하고 주위 사람을 좌지우지할 정도로 언변이 좋았으므로 그의 어린 시절에 얽힌 얘기도 어린 아이로서는 도저히 할 수 없는 포악하면서도 대범한 일화들로 이루어져 있다. 정여립은 전주에서 성장하면서 관료로 진출하기 위한 공부에 매진하여 1567년 명종이 세상을 떠나고 선조가 왕위에 올랐던 해에 진사시험에 합격하여 대과에 응시할 자격을 얻었고, 그 3년 뒤인 1570년에 대과에 급제하였다. 과거에 오르게 되자 한양으로 거처를 옮겨와서는 대부분 호남 출신의 인물로 이루어진 동인東人에 가담했었다. 그러나 정여립은 얼마 뒤에 서인西人을 대표하고 조정에서 신망을 얻고 있던 율곡栗谷 이이李珥(1536~1584)의 문하에 들어가 배우기를 청하였다. 정여립은 대대로 전주에 살아 온 사림 출신인데도 서울로 진출해 자신이 품었던 웅지를 펼치기 위해 절의를 저버리는 왜곡된 처세를 보인 것이다. 율곡은 자기 문하로 찾아와 배우기를 청한 정여립을 눈여겨보며 적당한 시기가 오면 그를 조정에 천거할 생각을 가지고 있었다. 정여립은 대과에 급제 한지 13년이 되는 1583년에 정6품인 예조좌랑에 올라 관료로서 첫 출근을 하게 된다. 그리고 그 이듬해 3월에 이조판서였던 율곡이 그를 홍문관 수찬으로 천거하자 선조가 허락하였다. 앞에서도 언급했지만 홍문관은 왕이 공부

하면서 자신의 정견政見을 밝히거나 명망이 높은 신하에게 조언을
구하던 경연經筵을 주관하는 핵심기관이었으므로 수찬은 경연에
빠짐없이 참여하는 멤버로 임금과 마주 앉아 국정을 논할 수 있었
다. 홍문관 수찬이 된 그해 율곡이 세상을 떠나자 이발李潑과 모의
하여 서인의 울타리를 떠나 당시 권력을 장악하고 있던 동인에 다
시 가담했다. 이발은 정여립과 동갑내기로 그의 아버지 이중효가
전라감사로 있을 때 정여립을 만나 교류하기 시작된 것으로 추측
된다. 서인 편에 섰다가 동인 편에 가담했다는 것은 곧 자신의 스
승이자 적극적인 후원자였던 율곡 이이를 배반한 것이다. 여기에
서 보면 정여립은 기회주의자였고, 입신양명을 위해서는 의리와
신의를 저버릴 수 있는 냉혹한 사람이었음을 알 수 있다. 1585년
4월 29일에 정여립은 경연에 참석한 선조 앞에서 공개적으로 서
인의 영수인 박순朴淳(1523~1589)과 이이, 성혼成渾(1535~1598)을
비방하는 발언을 해서 선조의 질책을 받았지만 자신의 뜻을 꺾지
않았다. 선조의 분노를 사게 된 정여립은 지금의 전북 김제시 금
산면 동곡리(구릿골) 제비산 아래에 거처를 정하고 낙향했다. 결국
정여립은 자신의 과격한 성격과 지나칠 정도로 높은 상승의욕 때
문에 현실정치에 안주하지 못하고 방황하다가 고향으로 내려오게
된 것이다. 고향으로 내려 온 정여립은 관료 생활에 대한 미련을
버리지 못하고 한 때는 자천·타천으로 구관활동을 하기도 했다.
1586년 김제군수로 가고 싶어 스스로 중앙에 있는 인맥을 동원하
여 구관운동을 벌였고, 정여립의 반역활동이 발각되어 기축옥사己
丑獄事가 벌어진 1589년에도 황해도 감사로 가기 위해 온갖 노력

을 기울이기도 했다. 그러나 동·서 분당이 되어 서로 치열하게 싸우고 있는 중앙정계에서 위험스럽기 이를 데 없는 정여립을 천거할 사람은 거의 없었다. 자신의 힘으로 현실에 나아갈 수 없다는 사실을 알게 된 정여립은 전주와 황해도 지역에 자신의 세력 기반을 넓혀 가기 시작했다. 정여립이 황해도에 반역 봉기의 거점을 마련하게 된 이유는 여러 가지가 있겠지만 무엇보다도 이곳은 1559년부터 3년에 걸쳐 임꺽정이 난을 일으켰던 장소였기 때문에 왕정에 반대하는 난을 일으킬 때 대중들 가운데 동조자가 많을 것이라는 생각에서였을 것이다. 그는 1586년 무렵에 전주와 황해도 지역을 중심으로 자신을 추종하는 세력을 규합하여 대동계大同契를 조직해 나갔다. 정여립이 조직한 대동계의 계원들은 매달 보름날 밤에 모여들어 무술을 연마하였고, 글을 읽고 토론하는 시간을 갖기도 했다. 여러 기록에 의하면 정여립은 이때 대동계원을 거느리고 황해도 지역을 두루 살펴보았다고 한다. 그가 자주 들렀던 곳은 구월산으로 거기에는 단군이 노년을 보냈다는 전설이 있고, 국조國祖인 단군을 모신 사당이 있어 나라의 현실과 미래를 위해 결연한 의지를 다짐할 수 있는 곳이었다. 그 당시는 정치적으로 분쟁이 심하고 가뭄과 흉년이 겹쳐 나라가 어수선했기 때문에 신비주위가 팽배하여 조작된 영웅이 등장하기 쉬운 시절이기도 했다. 그러므로 전주지역과 황해도 지역에는 새로운 영웅 출현을 바라는 참언들이 만들어졌는데, 거기에는 정여립이 주인공으로 소개되어 있었다.

1587년에 왜구가 전라도 해안 지방인 손죽도에 쳐들어 왔다. 왜구가 매년 봄철에 우리나라 해변에 쳐들어와 노략질을 해서 큰 골 칫거리였는데 이 해에도 어김없이 왜구의 침입을 받아 전라감영에 속했던 군사를 다 동원해도 그들을 막아내기가 어려웠다. 전주부윤 남인경이 정여립을 찾아가 도움을 요청하자 정여립은 기다렸다는 듯이 대동계 회원을 동원하였다. 이것을 보면 정여립이 사조직을 결성하여 군사조직을 가졌다는 사실이 공공연하게 알려졌음을 의미한다. 국가의 힘으로 왜적의 침입을 막아낼 수 없을 정도였다는 것은 당시 국가의 군정이 문란하고 경제력이 미약해져 여러 곳에서 불길한 조짐이 나타났음을 의미한다. 정여립이 사적인 조직과 폭력을 동원하여 언제 어느 때를 거사 일로 잡았는지 알 수 없지만 대개 선조 23년인 1590년 1월을 전후한 시기를 거사 시기로 잡았다고 알려져 있다. 정여립은 반역을 꿈꾸며 그것을 실현하기 위해 만반의 준비를 갖추어 나갔을 것이다. 그러나 정여립이 반란을 계획하고 있다는 사실이 전주와 황해도 지역에 어느 정도 알려졌고, 그에 따라 정여립 주위의 사람들이 예사롭지 않은 언행을 보였기 때문에 거사 일을 마냥 뒤로 미룰 수는 없었다. 그러므로 정여립은 자신들의 쿠데타 모의가 미리 유포되어 발각될까 두려워 시기를 앞당겨 반란을 도모하고자 했다. 전주와 황해도 양쪽에서 동시에 거사하기로 하고 비밀리에 전열을 정비하고 부서를 결정했다. 정여립은 사람을 휘어잡는 카리스마를 가지고 원대한 자신의 꿈을 실현하려는 의지는 강했으나 국가의 정체성에 도전하는 반란을 도모하기에는 역량이 부족했다. 한 시대를 무너뜨리고 새로운 시대를 세우려면 시운도 따라 주어야겠지만 발군

의 지모와 강한 추진력을 갖추어야 한다. 정여립도 자기 나름대로
왕에게 맞서 대적할 만한 담력과 시대를 이끌어 나갈 수 있는 정
치력을 가졌다고 생각했겠지만 헐렁한 조직체계와 비현실적인 인
물들과 결탁함으로 해서 결국 난을 일으켜보지도 못하고 실패하
였다. 정여립과 반란을 일으키기로 한 중 의엄이 반역에 가담해야
하는 심적 중압감을 이기지 못하고 재령군수 박충간(?~1601)을 찾
아가 정여립의 일당이 반역을 도모하여 곧 거사 한다는 사실을 밀
고했다.

그러나 박충간은 도저히 믿기지 않는 큰일을 제보 받고서도 그
것이 믿기지 않은지 멈칫거리며 상부에 알리지 못하고 있었다. 이
때 안악군수 이축(1538~1614)이 이 사실을 풍문으로 듣고는 정여
립과 잘 통한다는 안악 향교에 드나들던 조구라는 사람에게 사실
여부를 물었다. 조구에게서 정여립의 제자들과 그를 따르는 무리
들이 점점 모여들고 있고 정여립의 행동 또한 얼마 전과 매우 다
르다는 자백과 함께 지금까지 정여립이 반역을 도모하기 위해 준
비해온 것들을 모두 확인할 수 있었다. 이축은 재령군수 박충간을
만나 이 사실을 재차 확인하고는 이웃 고을인 신천군수 한응인과
함께 상부에 알리기로 했다. 이 일이 국가 전복을 도모하는 엄청
난 폭발력을 지닌 사건이라서 이축과 박충간 두 사람의 이름만으
로 고발하기 보다는 임금의 신임을 얻고 있고 중앙정부에 신망이
두터운 한응인을 끌어 들여야 고발한 사실의 신뢰도가 클 수 있다
는 판단에서 나온 것이었다. 이 같은 우연한 기회로 한응인은 조
선조 역사에 있어 가장 큰 역모사건의 중심에 서게 된 것이다. 당

시 지방 고을의 원이 자기가 관할하는 지역의 동태를 살피고 민정을 수렴하는 일에 게을리 하지 않았으므로 한응인도 정여립의 모반 사실을 전혀 눈치 채지 못하였다고 볼 수 없으나 재령·안악 두 고을의 원이 가져온 첩보가 정확하다는 판단이 섰고, 이 일을 묵과하거나 방조한다면 어떤 결과가 초래되리라는 것을 잘 알았던 한응인이 두 군수와 모의하여 황해도 감사 한준韓準(1542~1601)에게 고발하고, 한준은 곧바로 세 고을의 군수가 올린 보고서를 첨부하여 왕에게 장계를 올렸던 것이다. 엄청난 음모를 담고 있는 그 비밀 장계가 당일로 선조의 손에 들어갔다. 신천군수 한응인, 안악군수 이축, 재령군수 박충간 세 사람의 이름으로 보고한 내용은 수찬 벼슬을 지낸 전주에 사는 정여립이 모반하여 괴수가 되었는데, 그 일당으로 정여립을 추종하던 안악 사람 조구가 밀고했다는 것으로 이루어져 있었다. 선조는 그날 밤에 3정승과 6승지, 의금부 당상관을 소집하고, 좌우사관을 함께 들게 했다. 선조와 대소 관료들이 파악한 사건의 개요는 대강 이러했다.

"기축년 겨울 서남에서 일시에 군사를 일으켜 얼어붙은 강을 건너 서울로 바로 진입한다. 서울에 들어와 조정의 무기고를 불사르고 무기를 강탈하여 도내에 혁명군을 배치하고 날쌘 자객을 나누어 보내 먼저 대장 신립申砬과 병조판서를 살해한다. 그런 다음 거짓으로 왕의 교지를 꾸며서 방백과 병사와 수군을 속이며 몰래 사주하여 전라감사와 전주부윤을 파직시킨 다음 그 틈을 타서 일제히 일어나 혁명을 성공시킨다."

선조에게 이런 내용의 반역음모를 들은 좌우의 신하들은 경악하면서도 믿기지 않은 듯 서로의 얼굴을 바라보았다. 선조조차도 정여립이 역모했다는 사실을 믿으려 하지 않을 정도였다. 그러나 그 비밀장계에 서명한 인물 가운데 신천군수 한응인이라는 중후하면서도 신뢰가 가는 사람이 있었기 때문에 믿지 않을 수 없었을 것이다. 이 사건을 조정에 보고하기 전에 안악군수와 재령군수가 비밀 첩보의 신뢰성을 높이기 위해 한응인을 끌어들인 이유를 여기서 확인할 수 있을 것이다. 선조는 이 사건을 기정사실화 하고, 그 대응 방안을 강구한 끝에 비상사태를 선포하고 금부도사를 전주와 황해도로 파견하여 정여립과 그 무리들을 일망타진하고 밀고한 자들을 잡아들여 사건의 진상을 파악하게 했다. 또한 금부도사 파견만으로 사건을 해결하기 어렵다고 생각되어 토포사를 보내어 비상사태에 대비하도록 했다. 조구의 밀고로 자신들의 쿠데타 계획이 탄로 났다는 사실을 알아차린 항해도 안악사람 변승복이 안악에서 금구金溝까지 나흘을 달려와 정여립에게 전후 사정을 알렸다. 정여립은 사세가 위급해진 것을 알고 그의 아들 정옥남과 그의 심복인 박춘룡을 데리고 야음을 타 도망했다. 서울에서 내려온 선전관 이용준과 내관 김양보, 금부도사 유담이 정여립의 집을 급습했으나 전날 밤에 정여립이 도망간 뒤라서 체포하지 못했다. 이것을 보면 왕을 위한 중앙관료들이 정여립의 음모를 제대로 파악하지 못하고 우왕좌왕하다가 정여립을 초기에 체포하는 데 실패했다고 하겠다. 정여립은 금구별장에서 나와 바로 진안의 천반산 아래에 있는 죽도에 들어가 숨어 있었다. 세상을 뒤엎고 새로운 자기 세상을 펼치려고 역모를 꾸몄던 정여립이 마지막 몸을 숨긴 곳이 죽도였다. 정여립이 한양에서 전주로 내려와 천혜의 요지라는 진안 천반산 기슭에 위치한 죽도에 서실을 지어 놓고 거기에서 글을 읽기도 하고 매달 보름마다 대동계원을 거느리고 병마술과 창검술을 은밀히 연마하기도 했다. 정여립은 이곳의 지세가 빼어나고 유사시에 몸을 숨길 수 있는 곳이라고 하여 여기에 자주 출입하였으며 스스로 죽도선생이라 불렀다. 추운 겨울날에 이곳 죽도로 숨어들어온 정여립은 밭 가에 마른 풀 더미를 수북이 쌓아 놓고 그 안에 몸을 숨기고 있었으나 관군이 결국 그곳으로 찾아오리라는 것은 정여립도 알고 있었다. 그는 관군이 사방에서 포위해 압박해 오자 자수하라는 진안 현감 민인백의 권유에도 불구하고 자결함으로써 45세의 나이로 생을 마감했다. 사람이 세상에 태어나 살아가는 길이 각자 다르기 마련이지만 정여립 같은 사람은 지나친 야욕으로 현실에 안주하지 못하고 스스로 감당하기 어려운 혁명을 꿈꾸다가 천수를 다하지 못하고 역사의 죄인으로 낙인찍힌 채 스스로 목숨을 거두었다.

정여립의 역모사건은 국왕인 선조에게 도전한 것이고, 체제전복을 꾀한 것이기 때문에 국사범國事犯으로 취급하여 대대적인 옥사獄死가 벌어졌다. 선조는 스스로 죄인을 다스리는 친국親鞫자리를 마련하여 다시는 이런 일이 일어나지 않도록 강한 징벌을 가했다. 이 사건을 두고 많은 사람들이 구두로나 글로 자신의 의견을 올리기도 했지만 당시의 서슬 퍼런 비상사태에서 정여립을 두둔하거나 옹호하는 사람은 없었다.

여기에서 정여립의 반역사건을 어느 정도 자세하게 소개한 것은 당대의 시대현실이 얼마나 어려웠는가를 간접적으로 얘기함으로써 한응인이 살아가던 시대를 이해해 보자는 뜻에서 이다. 또한 한응인이 나라를 위해 평생을 봉사해 오면서 이룬 몇 가지 업적 가운데 정여립의 역모사건을 제때에 고변하여 나라의 안정을 도모한 업적을 강조하기 위해 이루어진 것이기도 하다. 기축옥사라고 불리어지는 정여립의 역모사건은 1592년 임진왜란이 발발함으로써 일단락되었지만 전제군주체제 아래에서 일어난 이 쿠데타 사건의 여파는 일파만파로 번져 온 나라를 소용돌이 속에 빠뜨렸다.

역모사건이 10월 2일에 왕에게 보고되고, 그 16일 뒤에 정여립의 자결로 마무리된 셈이다. 이때 서슬이 퍼런 형구를 갖추어 놓고 역적모의를 한 사람들을 잡아들여 능지처참 같은 혹독한 형벌을 가하는 한편 이번 사건에 공을 세운 사람들을 승진시키고, 공훈을 기록하는 일이 왕명에 의해 진행되었다. 조정에서는 그해 12월 15일에 사건을 해결하는 데 가장 큰 공을 세운 신천 군수인 한응인과 안악 군수 이축, 재령 군수 박충간 등의 세 사람에게 특별히 승진인사를 단행했다. 한응인은 정3품인 호조참의戶曹參議에, 박충간은 형조참의刑曹參議에, 이축은 공조참의工曹參議에 제수되었다. 이어서 한응인은 다시 정3품인 승정원 승지承旨에 임명되어 왕을 가까이서 보좌하는 직책을 맡게 됨으로써 막중한 임무를 두 어깨에 짊어지게 된 것이다. 한응인은 나라가 위급한 상황에 처해 있을 때 왕에게 충성을 다했기 때문에 왕은 그를 승지에 임명함으로써 전폭적인 신뢰를 보인 것이다. 그 다음해인 2월에 한응인은

승지의 자리에서 다시 예조참의에 임명되었다. 그가 승지에서 예
조의 세 번째 자리인 참의에 전보된 것은 그로 하여금 예조의 일
을 파악케 하여 나중에 그를 고위직에 중용하려는 왕의 깊은 배려
에서 나온 것이라고 할 수 있다. 전해 12월에 왕이 하교하여 한응
인을 비롯한 박충간·이축·민인백·강등기 등을 공신으로 삼았
고, 아울러 죄인을 치죄하는 데 공을 세운 여러 신하들의 공훈도
인정되어 이해 2월 12일에 그들에게 공신의 칭호가 내려졌다. 이
때 한응인과 함께 22명의 공신에게 공훈이 내려졌는데, 한응인은
평난공신平難功臣 일등一等에 책록되었고, 청평군淸平君에 봉해졌
다. 한응인과 함께 1등 공신에 봉해진 사람은 두 사람이 있는데 박
충간과 이축은 평난공신 1등으로 각각 상산군商山君과 완산부군完
山府君에 봉해졌다. 역시 정여립 난의 최고 공신은 한응인과 함께
사건의 중요성을 알아차리고 신속하게 보고한 세 사람이었음을
여기에서 알 수 있다. 정여립의 역모를 고변할 때 황해도 감사였
던 민인백은 2등 공신에 올랐다. 그는 위 세 사람의 고변을 조정
에 신속하게 알린 공을 인정받았다고 하겠다. 선조는 공신록에 이
름을 올린 22명에게 그 공적을 찬양하는 교서를 내리고 공신회맹
제功臣會盟祭를 열어 왕으로서 지극한 정성을 베풀었다. 한응인과
같은 시대를 살아갔던 문장가 간이簡易 최립崔岦(1539~1612)이 쓴
평난도감계첩平難都監稧帖의 서문에서 공신에 오른 세 사람들의
공적을 치하하며 공신록에 기록된 사실을 높이 평가하였다. 그 서
문에는 다음과 같은 내용이 실려 있다.

"3인의 대부가 애초에 염탐하기 어려운 일을 알아냈고, 고변하기 어려운데도 과감하게 고발하였다. 대체로 반역 모의가 이미 갖추어지고 거사 일자가 정해져 있었는데 이를 수포화시켜 임금의 군대를 수고롭게 하지 않고서도 반역의 무리가 세력을 떨치지 못한 것은 하늘이 그들에게 형벌을 내린 것이다. 대체로 그 근심을 좁은 지역에서 군사를 동원하는 것으로 그치게 했고, 여러 공신들은 얼굴을 바꾸거나 목소리를 크게 내지 않고서도 그 반역의 난을 평정했다. 한응인, 이축, 박충간 세 대부의 공이 진실로 사직을 살렸다고 할 수 있고, 당시 황해감사였던 민인백 후侯의 공적도 또한 그에 버금간다."

선조는 제일 먼저 위의 네 사람에게 평난공신의 호칭을 하사한 뒤에 바로 평난공신과 관련된 모든 업무를 주관할 도감都監을 설치하여 충훈부忠勳府의 문건들을 주관하게 하였다. 공신들의 초상화를 그릴 때에는 한응인과 이축, 박충간, 민인백 등 네 공신을 실제로 그 자리에 나오게 하여 사실대로 모사模寫하였다. 최립이 서문을 쓴 평난도감계첩은 그때 새로 설치된 도감에서 공신의 공적과 인적사항을 적고, 거기에 공신의 초상화를 그려 첨부하여 만든 서첩이다. 최립의 서문에서 한응인을 비롯한 세 사람의 공적이 위태로운 지경에 놓여 있던 나라를 살렸다고 하며 크게 칭찬해 마지 않고 있다. 최립의 이러한 언급은 한응인이 반역의 모의를 사전에 분쇄하여 그렇잖아도 내외의 문제로 질곡에 빠져 있어 혼란스럽기 이를 데 없는 나라를 보전하는 데 주도적 역할을 했다는 것이다. 이것은 최립 한 개인의 생각이기 보다는 당시 온 나라 안의 여론을 그대로 대변하는 말이라고 할 수 있다.

이것으로 한응인과 정여립 역모사건에 대한 얘기를 끝맺으려고 한다. 한응인이 뜻하지 않게 역사적 사건의 현장에 있게 되었고, 때마침 한응인이 덕망이 높고 중앙정계에서의 평판도 높았기 때문에 안악군수, 재령군수의 요청에 의해 왕에게 역모사건을 고변함으로 해서 인신人臣으로서는 최고의 공훈을 받게 되었다. 이전까지도 순탄한 관료 생활을 해왔고 장래가 촉망되는 중견관료로서 가문이나 주위의 기대를 한 몸에 받고 있었지만 운명적으로 정여립의 모반사건과 맞닥뜨렸고, 그것으로 인해 더 없이 높은 일등공신에 훈록 됐으니 정여립과의 묘한 인연因緣을 설명하기는 어렵다.

처음으로 판서에 오르다

이해 8월에 한응인은 다시 공신으로 책록되는 영광을 누린다. 지난 1584년에 종계변무宗系辨誣 건으로 한응인이 주청사의 서장관이 되어 명나라에 가서 조선 건국 이후 180년간 해결하지 못하여 전전긍긍하던 종사宗事를 해결하고 돌아와 열성조列聖朝의 한을 풀게 했다. 이 일은 한응인이 나라를 위해 이룬 첫 번째 공적으로 한응인에게는 큰 의미를 지니는 것이었다. 그로부터 6년이 지난 이 해에 그 일에 참여한 사람들을 공적에 따라 공신으로 책록하였다. 한응인은 광국이등훈光國二等勳에 이름이 올랐고, 수충정공성익모수기광국공신輸忠靖貢誠翼謨修紀光國功臣의 칭호가 내렸다. 공신에 책록됨으로써 조정에서는 그를 특별히 정2품인 자헌대부資憲大夫의 품계에 승진시켰다. 자헌대부는 실제로 관직의 자리가 있는 실직實職이 아니라 사회적 신분을 의미하는 산직散職으로 한응인이 이 직급을 받았다는 것은 국가적으로나 사회적으로 정2품에 합당한 예우를 받게 되었음을 뜻한다. 종1품이 육조의 각 수장首長의 품계이니 이로써 한응인은 머잖아 6판서의 자리에 오를 수 있는 발판을 마련한 것이나 진배없었다. 종계변무의 일로 공을 세운 사람 가운데 1등은 정사 황정욱이 받았고, 서장관은 2등의 공훈을 받았으니 최고의 대우를 받았다고 하겠다. 자헌대부의 품계에 오른 뒤에 한응인은 선조의 특명에 의해 정3품인 승정원 도승지를 겸하게 되었다. 한응인의 도승지 임명은 선조가 한응인이 나라를 생각하는 마음이 진실 되고 행정능력이 뛰어난 것을 인정하여 비서실장이라는 요직에 앉힌 것이다. 이는 이미 한응인이 명예직인 자헌대부에 올랐기 때문에 그 같은 직위에 오를 수 있었던 것이다. 특히 도승지는 승정원 6명의 승지 가운데 한 사람으로 승지를 대표하면서 6방六房 가운데 이방吏房을 맡아 보며 육조 가운데 이조吏曹와 긴밀한 관계를 가지고 나라의 중요한 문제를 조율했다. 지금의 청와대 비서실장의 직무를 맡고 있으면서 조정 대신이나 고간 대작들의 인사 문제에 대해서 왕의 자문에 응하거나 인재발탁에 가담하였으니 정부 내에서 실세로 통하는 관직이었다. 왕의 전폭적인 신임을 받고 왕이 믿고 의지할 만한 사람으로 판명됐기 때문에 한응인은 선조를 측근에서 보좌하고 선조의 일거수일투족에 예의주시해야 했다. 지존을 가장 가까이서 보좌하며 국정 운영에 깊숙이 간여하게 된 한응인에게는 신료로서의 절제와 신중함이 요구되었을 것이다.

그 다음해인 1591년 봄에 한응인은 도승지의 직책을 그대로 지니고 있으면서 정2품인 예조판서禮曹判書에 임명되는 영광을 누리게 된다. 과거에 급제하게 되면 누구나 최종 목적이 3정승三政丞 6판서六判書에 오르는 것이었다. 한응인도 24세에 대과에 급제하

여 처음 관료생활을 시작했을 때는 다른 사람들과 마찬가지로 3정
승 6판서에 오르는 것을 최고의 목표로 삼았을 것이다. 한응인이
25세에 종9품인 승문원의 권지부정자라는 첫 직장을 얻은 이후로
13년 만에 관료의 꽃이라고 할 수 있는 판서 자리에 올랐으니 일
찍이 품었던 소원을 13년이라는 짧은 기간에 이루어 국정을 책임
져야 할 무거운 짐을 지게 되었다. 그러나 누구나 판서직에 오르
는 것은 아니다. 조선조에 판서직에 오른 사람의 이력을 보면 대
개가 고관을 지낸 집안의 자손이면서 명문거족에 속하는 인물들
이었다. 능문능리能文能吏한 범상치 않은 재주를 지닌 사람이라 할
지라도 판서직 이상의 자리에 오른다는 것은 쉬운 일이 아니므로
그러한 재주에다 명망이 있는 가문의 출신이라야 가능한 일이었
다. 공은 이 두 가지를 다 겸비했기 때문에 어떤 사람보다도 빨리
판서 자리에 오르게 된 것이다. 한응인이 예조판서에 올랐으나 도
승지를 겸했기 때문에 계속해서 선조를 지근거리에서 모셨다. 한
응인은 예조판서로서 나라에서 행하는 제례, 외국과의 대외관계,
후학 양성을 위한 학교교육, 나라의 인재를 선발하는 과거시험,
왕이 주관하는 향연 등을 주관하고 진행하는 일로 왕정을 이끌어
가는 견인차 역할을 했다. 또한 그는 선조의 고굉지신股肱之臣으로
왕의 생각인 정견을 널리 조야에 알리고 왕의 진정을 세상에 전하
는 도승지로 당대 정치의 가장 중심에 서 있었다. 선조와의 이러
한 군신관계는 이후 조선조 역사상 가장 힘들고 참혹한 임진왜란
을 겪으면서 더욱 친밀도를 더해 가게 된다.

일본이 조선을 쏘다 - 임진왜란

1) 외교전쟁에 뛰어들다

1591년 4월 1일에 한응인은 선조가 인정전仁政殿에서 일본에서 온 사신 평조신平調信과 현소玄蘇를 인견引見하는 자리에 나아가 배석을 하게 된다. 이때 왜사倭使를 맞이하는 선조의 속마음은 불안하면서도 착잡하기 이를 데 없었다. 선조가 마주보고 있는 평조신과 현소는 일본 왕이나 당시 일본 정부를 장악하여 독단적인 정치를 행하고 있던 풍신수길豊臣秀吉이 보낸 사신이 아니라 대마도對馬島를 다스리는 종의지宗義智가 보낸 사람들이었다. 대마도는 일본과는 다른 독립국이었으며 조선에 조공을 바치던 작은 나라였으나 일본의 풍신수길이 천하를 평정하고 대마도에 화해의 손길을 보내면서 일본정부의 지시에 충실히 따르게 되었다. 평조신과 현소가 온 것도 풍신수길 정부가 대마도주에게 조선의 왕이 일본에 들어와 평화협상을 맺을 수 있도록 중재를 요청했기 때문이었다. 그러나 대마도주가 조선이 당시의 동북아에서 차지하는 위상과 문화적으로나 역사적으로 일본의 우위에 있다고 생각하여 차마 조선 왕의 일본 입국을 말하지 못하고 일본이 명明나라를 침략하는데 잠깐 길을 내어주라는 터무니없는 요구를 하러 왔었다. 일본은 1490년 무렵부터 족리씨足利氏의 실정막부室町幕府가 붕괴되고 군웅이 할거하는 전국戰國시대를 맞이하였다. 거의 백년에 가까운 군웅할거 시대가 진행되다가 1568년에 직전신장織田信長에게 패권이 돌아가 전국시대가 끝났는데, 직전신장이 중도에 피살되어 그 뒤를 이은 풍신수길이 1585년에 등장하여 국정을 총괄하는 관백關伯이 되었고, 1587년에 구주九州 정벌을 끝으로 일본 국내 통일을 완수하였다. 국내 통일을 이룬 풍신수길은 해외무역을 통한 국부國富와 조선과 중국에 대한 문화적 열등감 해소를 위하여 조선과 일본을 넘보기 시작했다. 그러므로 풍신수길의 이러한 의도를 읽은 대마도주 종의조宗義調와 충의지 두 부자는 선조 20년인 1587년 이후 세 번에 걸쳐 사신을 파견했다. 한응인이 선조를 보좌하기 위해 참석하여 만났던 평조신 일행은 마지막 세 번째 찾아온 왜사였다. 한응인의 연보年譜에 의하면, 3번째로 조선을 찾은 종의조 일행을 맞아 선조가 그들에게 특별히 한 자급資級을 내려주는 이유를 한응인은 다음과 같이 기록하고 있다.

"외국에서 온 사신에게 벼슬을 올리거나 내려주는 예가 없었으나 그대들은 다른 사신과 비교할 수 없는 까닭에 전하께서 특별히 벼슬을 하사한다."

선조가 사실상 조선 침략을 통보하러 찾아온 오만불손한 왜사에게 벼슬을 하사하는 아량을 베풀 마음이 없었을 것이다. 그러나 풍신수길을 등에 업고 조선을 위협하러 온 이들을 잘 달래어 보내는 것이 상책임을 알고 있던 선조가 고육책으로 내린 결정이었다. 종의조 일행이 그해 3월에 조선에 들어와 조선으로서는 도저히 받아들일 수 없는 내용의 서계書契를 가지고 왔기 때문에 이 내용을 알게 된 조야朝野의 관료와 지식인들은 크게 반발하여 이구동성으로 일본타도를 부르짖었다. 이들 가운데 공주제독公州提督으로 있다가 정여립의 난에 우유부단하게 대처하는 관찰사에게 실망하여 고향인 옥천沃川에 낙향하였던 조헌趙憲(1544~1592)은 선조에게 만언소萬言疏를 올려 왜사의 목을 베어 중국조정에 바쳐야 한다고 강경한 어조를 굽히지 않았다. 이러한 국내의 여론 앞에서 선조가 왜사를 접견하는 것조차 옳지 않다고 하여 조정의 의견이 분분하였지만 선조는 대결보다는 화해의 방법을 택하여 왜사 일행을 맞은 것이었다. 그러나 사헌부의 대간들이 선조에게 왜사들을 접견할 때는 일반적으로 외국 사절을 맞아 주악을 베푸는 유연한 자세를 보이지 말라는 소를 올렸기 때문에 영접하는 자리에 여악女樂을 들이지 못하게 하고는 시종일관 냉랭한 분위기 속에서 접견절차를 마쳤다. 이 자리에 한응인이 참석하여 행사 절차에서부터 왕의 말을 전하는 것까지 치밀하면서도 절도 있게 대응했기 때문에 선조가 특별히 칭찬하고 격려했다. 세 차례에 걸쳐 일본의 사신이 우리나라를 찾아 일본과의 정식 외교를 맺고 조선 통신사通信使의 파견을 요청했기 때문에 선조는 조정대신들의 양분된 여론을 주시하면서 일본으로 통신사를 파견하기로 결정했다.

1590년 3월에 황윤길黃允吉(1536~1592)을 정사正使로, 김성일金誠一(1538~1593)을 부사副使로, 허성許筬(1548~1612)을 서장관으로 하는 통신사 일행이 서울을 떠났다. 이들 통신사 파견은 일본과의 외교가 정상화 된다는 것을 뜻하므로 일본이 전국시대에 접어든 이후 처음으로 이루어진 이번의 행차는 조선과 일본 양국 간에 상당한 역사적 의미를 지니고 있었다. 통신사 일행은 4월 29일에 부산포에서 배를 타고 출발하여 대마도에 도착하여 여기에서 한 달 동안 머물다가 일본 상륙을 허락받고 일기도壹岐島를 거처 뱃길로 명호옥名護屋의 박다博多 포구에 도착, 7월 22일에야 비로소 일본의 서울인 경도京都에 짐을 풀었다. 그러나 풍신수길이 동북지방을 순시하고 있는 중이라 바로 만나지 못하고 11월에야 풍신수길을 만나 선조의 국서國書를 전할 수 있었다. 풍신수길이 이에 대한 답서를 주지 않아 통신사 일행은 초조하게 기다린 끝에 보름 만에 답서를 받았다. 그 답서를 읽어 본 통신사 일행은 그 내용이 오만불손하다고 하여 그대로 가지고 조선으로 돌아갈 수 없으므로 일본 정부에 몇 구절을 고쳐 줄 것을 요구한 끝에 마침내 수정된 답서를 받아 귀국길에 올랐다. 그러나 통신사가 가져와 선조에게 올린 답서에 담긴 내용은 황당무계하여 두려운 마음마저 들게 했다. 그 내용은 대개 이러했다.

"우리나라의 60여 주는 근래까지 각기 독립된 나라로 나뉘어져 다스려졌으므로 나라의 기강이 제대로 서지 않았고, 대대로 전해오던 예의염치가 지켜지지 않아 국가의 정책을 집행하기가 어려웠습

니다. 그래서 제가 의분을 참지 못하여 3~4년 사이에 반신叛臣과
적도敵徒를 토벌하기 시작하여 먼 곳의 섬들까지도 손아귀에 쥐게
되었습니다. 저는 비루하고 보잘 데 없는 몸이지만 일찍이 어머니
가 저를 잉태할 때에 해가 품속으로 들어오는 태몽을 꾸었는데, 점
치는 사람이 '햇빛은 세상을 고루 비추니 이 아이가 커서 온 천하에
명성을 드날리고 사해에 용맹스런 이름을 떨칠 것이 분명하다.'고
하였습니다. 이러한 조짐을 가지고 제가 태어났으므로 저와 대적할
마음을 가진 사람은 저절로 기가 꺾여 패망하기 마련이니 싸우면
반드시 이기고 공격하면 반드시 이겨 빼앗을 수 있었습니다. 우리
나라가 개국된 이래로 조정의 번성함과 서울의 웅장한 모습이 오늘
날보다 더한 적이 없었습니다. 사람의 한 평생이 백년을 넘지 못하
는데 어찌 평생토록 이곳에만 오래도록 머물 수 있겠습니까. 이웃
한 국가가 멀리 있고, 길이 막혔더라도 구애받지 않고 한번 뛰어올
라 곧장 대명국大明國에 들어가 우리나라의 풍속으로 명나라 400여
주의 풍속을 바꾸어 놓고 제국의 정치적 교화를 억만년 동안 시행
하고자 하는 것이 저의 생각입니다. 귀국 조선이 앞장을 서서 중국
에 같이 들어간다면 먼 훗날에 겪을 근심을 미리 덜게 될 것입니다.
저의 소원은 저의 아름다운 명성을 일본, 조선, 중국 세 나라에 크
게 떨치고자 하는 것일 따름입니다."

답서에 기록된 풍신수길의 이 같은 오만불손하면서도 협박하는
듯한 글을 읽고 선조를 비롯한 조선 조정의 관료·지식인들이 아
연실색했을 것은 뻔하고, 오히려 새롭게 떠오르는 일본의 독재자
풍신수길의 존재에 대해서 두려운 마음을 떨칠 수 없었을 것이다.
조선통신사 편에 보낸 이 같은 내용을 접한 선조는 그렇잖아도 어

수선한 국내 정치상황을 해결하는 데 골머리를 앓고 있는 차에 무척 당황하면서도 전율을 느꼈다. 이를 지켜보는 한응인의 마음도 선조 못지않게 괴로움을 겪었으리라고 본다. 당시 정국은 동·서로 무리가 나뉘어져 정쟁의 불씨가 사그라들지 않고 있는 상태이고, 명분과 의리를 중시하는 사림정치士林政治가 행해지고 있었기 때문에 풍신수길의 발칙하면서도 도전적인 발언이 국론을 더욱 양분시키고 격화시켰다. 게다가 일본에 통신사로 갔다가 돌아온 황윤길·김성일·허성 등의 삼사가 복명復命하는 내용이 일치하지 않아 더욱 혼란을 부채질 하였다. 정사인 황윤길과 서장관인 허성은 반년 가까이 일본에 체류하면서 풍신수길이 매우 호전적인 인물이고 머잖아 조선에게 명을 치러가기 위해서 길을 비켜달라는 '가도입명假道入明'을 주장하며 조선에 싸움을 걸어오리라는 조짐을 감지하고 그대로 선조에게 보고 하였다. 그러나 같은 일행으로 행로行路와 기거起居를 같이 했던 김성일은 풍신수길이 독재자로서 강한 군국주의를 표방하고 있지만 아직은 조선이나 명나라를 넘볼 여력이 없다고 생각하여 당장 조·일전쟁朝日戰爭이 일어날 가능성은 희박하다고 보고하였다. 양측이 이러한 상반된 주장을 하게 된 이유를 당색黨色의 차이 때문이라고 보기도 한다. 그러나 세 사람이 나라의 안위를 염려하는 절박한 심정으로 일본에 파견된 이상 당색으로 인해서 일본의 호전성을 왜곡해서 보고하지는 않았을 것이다. 오히려 양측의 성품과 현실인식의 차이에서 빚어진 결과라고 하겠다. 황윤길과 허성은 유연한 성품에 두루 여러 사람들과 통섭하기를 좋아했기 때문에 자신들을 보좌하거나 가까이 접했던 일본사람들과 친밀하게 지내면서 그들의 말과 행동을 통하여 일본의 정세를 제대로 파악할 수 있었을 것이다. 반면에 김성일은 강직한 성품에다 의리와 명분을 지키는 소신을 버리지 않아 조선사신을 접대하는 일본 측 인사들과 늘 거리를 두고 지낼 수밖에 없었기 때문에 정보수집에는 한계가 있었으리라고 본다.

여기에서 황윤길과 김성일이 일본에 있으면서 보였던 몇 가지 대응자세를 살펴보기로 한다. 사신 일행이 대마도에 도착했는데, 초빙국인 일본이 외교관례대로 반드시 영접사를 파견하여 사신일행을 인도해야 되는데도 그러한 예의를 전혀 갖추지 않았다. 이를 보고 김성일이 그들의 무례하고 거만한 행동을 두고 볼 수 없다고 강하게 규탄하여 대마도에서의 출발이 1개월이나 지연되기도 했다. 사신 일행이 대마도에 있을 때 대마도주 평의지가 국본사國本寺에서 사신들을 위하여 연회를 베풀기로 했다. 산 위에 있던 국본사에 사신 일행이 먼저 와 대기하고 있는데 늦게서야 도착한 종의지가 가마를 탄 채 정문을 들어와 뜰아래에 당도해서 가마에서 내렸다. 조선의 왕명을 받고 온 사신 일행에게 한낱 대마도주가 국빈의 예를 갖추지 않은 무례함에 김성일은 크게 노하여 바로 일어나 방으로 들어가자 서장관 허성도 그를 따라 들어갔으나 정사 황윤길은 그대로 앉아서 잔치자리에 참석했다. 다음날 김성일이 병을 핑계 삼아 밖으로 나오지 않았는데 종의지가 그 까닭을 듣고서는 시중 든 하인이 자신의 무례함을 미리 알리지 않았다고 하여 그 하인의 목을 베어 와서 용서를 빌었다. 이 일이 있은 이후 왜인들은 김성일의 기개와 정의에 감복하여 그를 보기만 하면 말에서 내려 깍듯이 예를 올렸다. 풍신수길이 조선의 선조에게 답서를 주지도 않은 채 조선의 통신사 일행으로 하여금 길을 떠나도록 재촉하였다. 그러자 김성일이 "우리는 왕명을 받들어 온 사신으로서 국서를 가져와 전했는데 만일 답서를 받지 못한다면 이는 왕명을 무시하는 것과 마찬가지이다."라고 말하며 그곳을 떠나려 하지 않았다. 그러나 풍신수길의 잔인하고 무지함을 아는 정사 황윤길 등은 그곳에 오래 머물다 무슨 변을 당할까 두려워하여 거기를 떠나 가까운 계빈界濱에서 조마조마한 마음으로 연락오기만을 기다리고 있는데 얼마 뒤에 답서가 왔다. 그 답서를 열어 보니 말투가 거칠고 내용이 잔악殘惡해서 조선의 사신으로서 도저히 받아들일 수가 없었다. 김성일은 그 답서를 받지 않고 여러 차례 수정을 요구하여 마침내 고쳐진 답서를 받고서야 돌아왔다. 돌아오는 길에 일본의 진영을 지날 때마다 왜장倭將들이 조선 통신사 일행에게 기념품을 선물로 주었으나 김성일은 끝내 받지 않았다. 조선 왕명을 받은 사신으로서 조선의 자존심을 지키기 위해 정의롭게 행동한 김성일의 자세는 이후 일본으로 가는 통신사들에게 하나의 모범이 되기도 했다. 그러나 황윤길이 조선의 국왕을 대변하는 정사로서 일본에서 외교활동을 하면서 유연하면서도 적극적인 대응자제를 잃지 않고 일본의 속사정을 제대로 파악하여 왕에게 사실대로 보고한 것은 높이 평가할 만하다고 하겠다.

선조는 풍신수길이 보낸 호전적인 답서를 읽고 큰 고민에 빠졌다. 만약 황윤길의 보고대로 전쟁이 일어난다면 거듭되는 자연재해와 문란해진 국정을 수습하고 다잡는 것조차 힘든 상황에서 외침에 맞서 싸운다는 것이 어렵다고 생각했기 때문이었다. 따라서 지근거리에서 선조를 보좌하는 신하로서 한응인의 상심도 날로 커갔으리라고 본다. 이러한 사실은 이후로 전개되는 임진왜란 국면에서 보여준 한응인의 처세와 고민에서 충분히 유추해 볼 수 있다. 선조는 조헌의 만언상소와 같이 나라의 장래를 걱정하고 염려하는 신료와 지식인들의 충고와 조언에 귀 기울여 일본이 쳐들어올 남해안 지역의 수군을 보강하고 포구와 읍성邑城을 점검했다. 그러나 오랫동안 큰 외침을 받지 않고 무사하게 살아왔던 백성들은 전쟁이 일어난다는 사실을 인정하려고 하지 않아 전쟁 대비에 협조적이기보다는 오히려 귀찮아 할 정도였으니 조선의 미래가 암담할 뿐이었다. 선조에게 있어 전쟁에 대한 백성들의 무관심이 고민거리이긴 했지만 그것보다도 선조를 더 괴롭힌 것은 일본이 명나라에 대한 침략 야욕을 품고 있다는 사실을 명나라 조정에 알리는 문제였다. 우리나라는 전통적으로 중국을 종주국으로 사대事大해 왔기 때문에 외교관계도 오직 중국하고만 가지는 것이 불문율로 여겨져 왔다. 만약 우리가 중국의 승인 없이 다른 나라와 외교관계를 가진다면 중국은 가차 없이 제재를 가하고 그에 따른 대가를 치르도록 했다. 실제 선조 당시에 조선이 명나라를 괴롭히고 있던 여진족과 부분적이긴 하지만 교류를 했고, 일본과도 사신을 보내며 교류했지만 이것을 중국이 모르도록 은밀하게 추진해 왔던 것이다. 어떤 면에서는 중국도 조선이 중국 외의 다른 나라와 교류하고 있는 것을 알면서도 모른 체 했을 수도 있을 것이다. 그러나 이때의 상황으로는 일본과의 관계를 중국이 모르게 비밀스럽게 처리한다는 것은 불가능했다. 일본의 풍신수길이 강력한 집정자로 부상하여 강한 일본을 만들기 위해 조선을 통한 명나라 침공을 계획하고 있다는 사실을 다양한 첩보라인을 두고 있는 중국이 모를 리는 없었기 때문이었다. 당시에 명나라 정부는 일본에 대해서 좋지 않은 감정을 가지고 있었다. 일본의 왜구가 조선을 끊임없이 노략질하여 괴롭힌 것과 마찬가지로 중국도 왜구의 침입으로 극심한 피해를 입었다. 풍신수길이 천하를 평정하기 전의 일본 전국시대에는 작은 국가 간의 전쟁으로 인해 몰락한 무사들이 유랑하다 왜구로 전락하여 조선과 중국을 괴롭혔다. 이때 복건성福建省·강소성江蘇省·광동성廣東省 일대의 동남부 연해지역은 40년 가까이 왜구의 침입으로 인하여 국토가 유린될 정도로 큰 어려움을 겪었다. 심지어 왜구가 남경까지 침범해 들어오기도 했으므로 명나라 조정에서는 그 피해가 수도권으로 미칠까 전전긍긍했다. 그러므로 명나라는 그에 대한 보복으로 일본과 무역을 단절하고 외교적 교류도 차단한 상태였다. 이것은 중국과의 무역을 통해 부를 축적하려는 일본으로서는 시급히 풀어야 할 과제였다. 이렇게 중국과 일본이 불편한 관계를 가지고 서로를 미워하고 있는 시점에서 일본 천하를 통일한 풍신수길은 외교적 노력으로 문제를 해결하려고 하기보다는 대범하게 명나라를 침공해서 하루아침에 문제를 풀려는 생각을 가지고 차근차근히 계획을 세워나갔다. 황윤길이 조선 통신사의 정사로 일본에 갔을 때 풍신수길에게서 조선의 선조에게 보내는 답서 외에 또 하나의 문건을 받아왔는데, 거기에 적힌 내용은 대강 이러했다.

"명나라 세종世宗이 즉위한 가정嘉靖(1522) 때부터 명나라는 일본의 사신을 받아들이지 않았으니 내년 2월에 명나라로 직행하려 한다. 조선은 우리를 도와서 명나라로 같이 직행할 수 있겠는가?"

여기에서 보더라도 풍신수길은 자신이 1585년에 정권을 장악한 이후 채 10년도 되지 않았는데 조선과 명나라를 침략하겠다는 것을 공공연하게 발설하였고, 외교문서에까지도 침략의 야욕을 스스럼없이 말하고 있었으니 일본의 명나라 침공은 피할 수 없는 사실도 다가오고 있었다. 사태가 이 지경에 이르렀기 때문에 명나라도 여러 경로를 통하여 일본이 머잖아 자기 나라를 침공하리라는 정보를 입수하고 있었다. 이 사실을 가장 먼저 명나라에 알린 사람은 중국인으로 유구국琉球國(지금의 오키나와)에 거주하고 있던 진갑陳甲이라는 사람이었다. 유구국은 일본과 가까이 이웃하고 있는 나라로 일본과의 교류가 잦았으므로 일본 국내의 사정을 제대로 파악할 수 있었다. 진갑은 중국 복건성 동안同安 지역 출신인 상인으로 유구국에 상주하면서 유구국 상인들과 활발하게 무역거래를 하며 부를 축적했다. 그가 귀국하여 명나라 순무사巡撫使인 조참로趙參魯에게 일본이 명나라를 침입하려고 한다는 정보를 전함으로써 급기야 중앙정부에까지 그 소식이 알려지게 되었다. 이어서 명나라 사람으로 일본의 설마주薩摩州에서 의사로 환자를 치료하던 허의후許儀後가 일본의 명나라 침입에 대한 자세한 정보를 복건성에 주둔하는 군대에 직접 알렸고, 이 첩보가 즉각적으로 명나라 조정에 보고됨으로써 명나라 조정에서는 일본의 침략이 기

정사실로 인식되었다. 허의후는 풍신수길의 독선적이고 포악한 성격을 잘 알고 있었으므로 명나라가 그에 대응할 수 있는 대비책까지 알려 주기도 했다. 이러한 첩보를 입수한 명나라가 일본 침략에 대해 대비책을 단단하게 마련하고 있던 것과는 달리 우리나라는 별다른 대책을 강구하지 못한 채 멍하게 왜적의 침입을 맞이할 어려운 입장에 놓이게 되었다. 다음에 소개 되는 허의후의 대비책이 『선조실록』에 소개되고 있는 것을 보면 조선 정부도 당시에 그 내용을 파악하고 있었음을 알 수 있다. 허의후가 제시한 대비책은 이러했다.

"먼저, 우리나라에서 대군을 출동시켜 조선을 급습해야 한다. 조선에 들어가 고위 관료들을 모두 죽이고, 화기火器로 무장한 군사를 전후좌우 사방에 매복시켜 놓고 일본군이 조선에 쳐들어오기를 기다렸다가 그들이 오면 포위하여 공격해 들어가야 할 것이다. 한편으로는 산동·산서 지방에 있는 군사들을 출동시켜 일본군의 배후를 공격하여 육지와 바다에서 주야로 쳐부순다면 풍신수길을 사로잡을 수 있을 것이다."

허의후가 명나라 조정에 제시한 이 대비책은 조선과 일본을 한통속으로 보고 그들을 다 섬멸해야 한다는 것이다. 명나라는 지금까지 일본을 동쪽 바닷가에 있는 작은 섬나라쯤으로 알고 크게 마음에 두지 않았는데 여러 갈래의 첩보를 보니 일본 천하를 평정한 풍신수길의 기세가 심상치 않다는 사실을 깨달았다. 더욱이 오래동안 중국에 조공을 바치고, 동문동궤同文同軌해온 조선이 배반하여 일본과 손잡고 명나라를 쳐들어 올 수도 있다는 위기감조차 느꼈으리라고 본다. 그래서 명나라 조정에서는 조선을 통하여 그 정황을 파악해보고자 했다. 명나라가 이러한 생각을 가진 데는 여러 가지 이유가 있었겠지만 일차적으로는 조선이 일본에게 어느 정도 외교관계를 회복하고 두 나라 사이에 외교 사절이 오고가고 있는 것을 알았으므로 실제로 조선이 일본의 침략 야욕을 어떻게 파악하고 있는가를 확인하기 위해서였다. 다음으로는 명나라 조정에 들어오는 첩보의 내용 가운데 조선과 일본이 결탁하여 명나라를 치려고 한다는 의구심을 나타내는 내용이 많았으므로 조선 조정의 본심을 파악하기 위한 것이기도 했다. 명나라 조정에서는 요동을 지키고 있는 요동도사遼東都司에게 조선 조정에 외교문서인 자문咨文을 보내 조선으로 하여금 일본의 정세를 알아보도록 했다. 조선 조정은 명나라가 조선과 일본이 몰래 외교관계를 트기 시작한 것을 알고 있다는 사실을 확인하고는 놀랐겠지만, 그 보다는 명나라가 조선이 일본과 연합하여 명나라를 치려 한다는 의구심을 떨치지 못하고 있다는 사실에 몸 둘 바를 몰랐다. 일본이 명나라를 치기 위해서 우리나라에게 길을 빌려 달라는 가도입명假道入明이라는 상상할 수도 없었던 제의를 받고 조선 정부가 발칵 뒤집혔지만 여기에 더하여 종주국으로 삼고 있던 명나라가 조선이 일본과 모의하여 쳐들어온다는 의심을 가지고 있다는 사실을 확인한 조선 조정은 어찌해야 좋을지 몰라 망연자실 공황 상태에 빠져 있었다.

일본에 갔던 통신사 황윤길 일행이 1월에 조선으로 돌아오면서 일본이 조선을 길잡이로 삼아 명나라를 치려고 한다는 엄청난 소식을 접한 선조는 이해 4월에 이 문제 해결 방법을 모색하기 위해서 여러 신하들을 모아 놓고 초유의 국가적 위기상황을 타개할 묘책을 말해 보도록 했다. 선조가 먼저 대사헌大司憲 윤두수尹斗壽(1533~1601)에게 물었다. 왕이 윤두수에게 제일 먼저 발언하게 한 것은 그가 종계변무에 공을 세워 광국공신 2등에 책록되었는 데다 그가 58세라는 노년기에 접어든 대사헌으로 당시에 왕이 국정을 집행하는데 조언을 주기도 했기 때문이었다. 윤두수는 이 일이 조선이 종주국으로 삼아 사대하고 있는 명나라의 명운命運과 관련된 중대한 사안이기 때문에 은폐하여 숨기기보다는 명나라에 있는 그대로 이실직고以實直告하는 것이 좋겠다는 의견을 제시했다. 선조는 또 당시 영의정으로 있던 이산해李山海(1539~1609)에게 의견을 물었다. 이산해는 토정土亭 이지함李之菡(1517~1578)의 조카로 바로 전 해에 영의정에 올라 왕을 대신하여 조정의 모든 관료들을 통솔하고 국정을 책임지고 있어 그의 말 한마디는 왕이라도 소홀하게 여길 수 없었다. 그는 일본이 조선을 통하여 명나라를 친다고 하는 사실을 그대로 알리면 명나라 조정이 오히려 조선이 자기 몰래 독자적으로 일본과 통신했다는 사실을 알게 되어 그 죄를 따져 물을까 두려우니 굳이 명나라에 알릴 필요가 없다는 정반대의 의견을 제시했다. 비밀스럽게 이 일을 논의했지만 의견이 양쪽으로 갈라져 결론을 내리지 못하고 헤어졌다. 그러나 이 엄청난 사실을 그냥 덮어두고 지낼 수는 없었기 때문에 다시 5월에 선조가 주제하는 어전회의를 마련하여 이 문제를 다시 논의하게 되었다.

먼저 부제학副提學 김수金睟(1547~1615)가 입을 뗐다. 풍신수길은 제정신이 아닌 패륜아일 따름이니 그가 말하는 것이 마치 공갈 협박하는 것과 같다. 만약 이 같이 쓸데없는 말을 믿고 명나라에 그대로 보고한다면 서로 좋지 않은 결과를 초래할 것이라고 했다. 김수가 이렇게 말한 것은 일본 통신사의 부사였던 김성일이 조선으로 돌아와 일본 정세를 보고하면서 일본군의 조선 침입은 없을 것이라고 한 견해를 따른 것이었고, 또한 서애西厓 유성룡柳成龍(1542~1607)이 풍신수실이 보낸 답서에서 한 말은 오로지 우리를 공갈협박 하기 위한 것이므로 결코 명나라에 이 사실을 알려서는 안 된다고 한 말을 그대로 옮긴 것이라고 하겠다. 이때 병조판서로 있으면서 전열이 흐트러져 있던 우리의 군대를 새롭게 정비하는데 힘쓰고 있던 황정욱黃廷彧(1532~1607)의 주장은 전혀 달랐다. 우리 조선이 명나라를 2백 년 가까이 정성을 다해 섬겨왔는데 지금 차마 들을 수 없는 참혹한 말을 듣고도 무심하게 알리지 않을 수는 없다고 하며 빨리 사람을 보내 명나라 조정에 알려야 한다고 했다. 두 번째 회의에서도 의견이 하나로 모아지지 않았다. 서로 상반된 의견을 듣고 있던 선조가 이 사실을 명나라에 알려야 한다는 주장에 찬동하는 발언을 했다. 선조의 발언 내용은 이러 했다.

"조선이 명나라를 종주국으로 섬겨왔기 때문에 도리상 이 중대한 사실을 명나라에 알려야 할 것이요. 명나라의 땅인 복건성이 일본과 가까운 거리에 위치하고 있어 상인들이 오가면서 일본이 조선에 보낸 답서의 내용을 탐지하여 명나라에 보고하지 않았을 리가 없

고, 만일 명나라가 조선이 이 사실을 숨긴 것을 알게 되면 명나라는
조선이 일본과 공모하여 명나라를 치기로 해놓고 알리지 않았다고
우리를 크게 문책할 것이요.”

세 사람의 주장을 경청하고 있던 좌승지 유근柳根(1549~1627)이
양쪽이 다 수긍할 만한 대안을 제시했다. 그의 의견은 이러했다.
이번 일은 낱낱이 있는 그대로 명나라에 알리면 조선이 어려움에
처할 수도 있으니 큰 문제가 아닌 것처럼 가볍게 명나라에 알리자
는 것이었다. 이 타협안에 대해서 이산해·유성룡·이양원李陽元
(1526~1592) 세 사람이 합의하고 서명하여 공론으로 채택되었다.
조정에서 이 일을 의논한 끝에 조선의 통신사가 일본에 가서 외교
활동을 벌였던 사실과 그곳에서 받아온 풍신수길의 답서 등의 문제
를 사실대로 명나라에 고하지 말고, 일본에 잡혀갔다 조선으로 돌
아온 사람에게서 성절사聖節使로 가게 된 김응남金應南(1546~1598)이
사사로이 전해들은 것처럼 위장하여 명나라 조정에 글을 올리기
로 했다. 그러나 성절사 김응남이 떠나기에 앞서 조정에서 색다른
결정을 했다. 그가 조선과 요동의 경계에 이르러 명나라의 국내
상황을 정탐하여 명나라가 풍신수길이 보냈던 답서의 내용을 알
고 있지 못하면 명나라 조정에 올리기로 준비한 자문咨文을 없던
것으로 하고 그 내용을 비밀에 부치기로 했다. 김응남이 정사로
가게 된 성절사는 조선조에서 명나라의 황제와 황후의 생일을 축
하기 위해 파견하던 사절로 성단사聖旦使 라고도 하였으며, 신년
을 축하하기 위해 파견하는 정조사正朝使와 새로운 해의 조짐이

드러나는 동지를 기념하여 보내는 동지사冬至使와 함께 삼절사三節
使라고도 일컬었다. 이 삼절사는 사안이 생기면 그때그때 보내는
임시 사행이 아니라 정례적으로 보내는 사행으로서 삼절겸연공사
三節兼年貢使라고도 불렀다. 이때 파견된 김응남 일행이 요동 땅에
도착하여 명나라의 눈치를 살피니 명나라가 벌써 일본의 야욕을
눈치 채고 있었다. 김응남은 명나라 신종의 생일을 맞아 축제 분
위기에 들떠 있는 명나라 조정에 나아가 미리 짜놓은 시나리오대
로 일본이 조선을 거쳐 명나라를 침공하려고 한다는 사실을 가볍
게 보고 했다. 김응남이 명나라에 알린 내용은 이미 유구국에서
올라온 첩보 내용과 크게 차이가 없었기 때문에 명나라 황제가 성
절사 일행에게 직급에 따라 상을 내리고 그 공로를 치하했다. 김
응남의 보고로 인하여 조선과 명나라는 일본의 침략 문제에 있어
서 오해를 어느 정도 풀게 되었고, 양국 간에 큰 물의를 일으키지
않게 되었다. 그러나 성절사가 명나라에 들어가 임시 미봉책으로
명나라의 의심을 풀기는 하였지만, 일본은 명나라 침략에 대한 야
망을 점점 키워가고, 그에 따라 전쟁준비가 일사불란하게 이루어
져 갔으므로 명나라로서는 발등에 불이 떨어진 것처럼 위기의식
에 사로잡혀 있었다. 그리고 명나라 안팎에서 여전히 조선이 일본
과 손잡고 명나라를 치려고 한다는 유언비어가 나돌았기 때문에
명나라는 조선을 불신할 수밖에 없었다. 명나라는 조선을 믿지 않
고 계속 의심의 눈초리를 보이며 요동도사에게 조선의 동태를 살
피게 했다. 수시로 명나라에서 조선 조정에 공식적으로 일본의 동
태를 물어왔고, 조선은 명과의 외교에 금이 가지 않을 정도의 답

변을 찾는데 골몰했다. 앞에서 말한 것처럼 조선 조정에서는 일본의 명나라 침략설을 보고하는 문제에 대해서 치열한 논쟁이 벌어져, 진주설陳奏說과 진주불가설陳奏不可說로 나뉘어 졌다. 조정 대신들의 이 같은 상반된 견해는 정치적 이념이 다른 서인西人과 동인東人의 당론을 대변하는 것이기도 했지만 이들의 논쟁이 단순히 당리당략을 위한 것만은 아니었다. 당시 조선이 처했던 현실이 너무 급박하고 거기에 대처하는 방법을 찾기가 어려웠으므로 서인과 동인 모두가 나라를 위기에서 구해야 한다는 일치된 생각을 가지고 신중한 태도로 외교적 실리를 얻기 위한 방법을 제시하였다고 하겠다. 이러한 양측의 주장을 아우르면서도 실천 가능한 방법을 찾아 성절사 김응남이 명나라를 찾아가 해명했지만 명나라가 조선에 대해서 여전히 의심의 눈길을 거두지 않고 있는 이상 조선 조정은 마음 편히 지낼 수가 없었다. 그리고 시시각각으로 일본의 침략야욕이 노골화 되고 있는 시점에서 만약 일본이 조선 침략의 디데이로 잡아 놓은 내년(1592) 12월에 실제 공격해 들어오면 조선이 명나라의 도움 없이는 전쟁에서 이길 확률이 희박하다고 생각하여 무언가 특단의 조치를 취해야 했다. 이 같은 결론에 이르게 되자 조선 조정은 갑자기 초조해지기 시작했다. 아무리 일본의 위세가 등등하다고 해도 일본에게 명나라를 치러가는 길을 비켜 준다는 것은 어불성설이고, 또한 오랫동안 전쟁을 치르지 않아 강한 군대를 양성하지 못했던 조선이 일본의 침략을 물리칠 수 있는 군사력을 동원하기도 불가능했다. 그러므로 조선 조정에서는 성절사 파견에 이어 진주사陳奏使를 명나라에 파견하여 조선이 처하고 있던 어려움을 해결해 보기로 했다. 조정에서는 진주사의 정사正使를 지명하는 문제를 두고 논란이 벌어지고 있는 가운데 당시 정2품의 판서 이상의 자리에 있는 사람 중에서 차출하기로 하고 인선 작업에 들어갔다. 무엇보다도 당시의 시점이 준전시 상황이기 때문에 조선의 입장을 제대로 대변하고, 명나라 황제의 조선에 대한 의구심을 풀어 줄 수 있는 유능한 인물을 뽑아 정사로 보내야 했다. 여기서 준전시 상황이라고 한 것은 평조신과 현소가 일본으로 돌아간 뒤 일본의 침략이 거의 기정사실화 되다시피 했기 때문이었다. 조선 조정은 이에 대한 방어책을 세울 수밖에 없었다. 경상·전라도의 성곽을 정비하여 쌓고, 무기고에서 녹슬어 가던 무기를 꺼내어 점검하였으며, 무사 중에 연무演武와 전략에 뛰어난 능력을 가진 사람이 있으면 계급에 구애받지 않고 요직에 발탁하기도 했다. 이러한 일련의 조치 등을 보면 조선은 일본의 침략을 예견했고, 이에 대한 가능한 범위 내에서의 대비책을 강구했다고 하겠다. 이런 위급한 상황에서 결국 임진왜란 전에 마지막으로 명나라에 보내는 진주사의 정사로 한응인이 선임되었다. 최종 결정권자인 선조가 공을 정사로 삼은 것은 무엇보다도 한응인이 선조를 보좌하며 정치를 해오면서 왕에게 그 능력을 인정받았고, 어느 한쪽에도 치우치지 않는 균형감각을 가진 사람이기 때문이었다. 또한 한응인은 평소에 중국어를 열심히 익혀 속마음을 상대방에게 애기할 정도의 어학 실력을 갖추고 있어 명나라 황제의 어전에 나아가 통역 없이 곡진하게 현실을 전달할 수 있었기 때문이기도 했다. 풍전등화 같은 위급한 처지에 놓인 조선을 구제할 적임자로 선택된 한응인의 두 어깨는 너무나 무거웠을 것이다. 한응인은 자신을 수행할 서장관으로 신경진辛慶晉(1554~1619)을, 질정관質正官으로 오억령吳億齡(1552~1618)을 추천하여 선조의 재가를 받았다. 한응인이 질정관으로 오억령을 천거한 이유에 대해서는 정확하게 알 수 없다. 그러나 오억령은 일본의 침략에 대해서 누구보다도 정확한 정보를 가지고 있었고, 일본의 침략에 적극적으로 대응해야 한다는 생각을 가지고 있던 사람이었다. 조선 조정은 일본에 통신사로 갔던 황윤길 일행이 조선으로 돌아오면서 함께 동행 했던 왜 사신使臣 현소·평신조가 왔을 때 나라에서 홍문관의 종3품 벼슬인 전한典翰으로 있던 오억령을 선위사宣慰使로 삼아 그들을 맞이하게 했다. 오억령은 이들을 가까이서 상대하면서 일본의 침략의지를 확인할 수 있었다. 특히 당시에 현소와 평신조가 공공연하게 일본이 명나라를 치러 가는데 조선이 길을 내줘야 한다고 떠들고 다녔기 때문에 그들을 접대하는 입장에 있던 오억령은 무척 힘들었다. 그는 종3품의 관직에까지 오르면서 모난 행동을 보인 적이 없는 모범적인 관료였다. 그가 사헌부에 있을 때 수많은 관료들의 업무를 감찰하면서 한 사람도 함부로 탄핵한 일이 없어 주위 사람들의 칭찬이 자자했다. 정직하고 너그러운 오억령이었지만 조선이 위태로운 지경에 놓여 있는 사실을 알고는 일본 사신들에게 들은 말을 있는 그대로 기록하여 조정에 보고했다. 접빈사로서 외국 사신의 일거수일투족을 살피고 조사하여 그것을 조정에 보고하는 것이 그의 큰 임무였기 때문에 사실대로 알릴 수밖에 없었다. 그러나 이상하게도 당시 조선 조정의 고관들은 일본이 조선을 침범하리라는 사실을 공식 문건으로 작성하여 올리는 오억령을 미워했다. 왕을 도와 국정을 맡아 보던 고위 관료들은 정국에 파란을 일으키는 일이나 그러한 내용을 담은 보고서를 달가워하지 않았던 모양이었다. 그 같은 분위기를 파악하지 못하고 나라를 뒤흔들 만한 내용의 보고서를 곧이곧대로 올린 오억령이 고관들의 비웃음을 샀는데 결국 그 일과 관련이 없는 작은 실수가 빌미가 되어 오억령은 파직되었다. 그가 파직되어 질정관으로 가게 된 것은 결과적으로 좌천된 것이지만, 조정에서 일본의 침략 야욕을 제대로 파악하고 있는 그를 질정관으로 보낸 것은 그래도 가장 그 자리에 맞는 사람을 천거한 온당한 처사라고 할 수 있다.

2) 두 번째 사행 길에 오르다

한응인은 겨울의 문턱에 들어선 10월 24일에 벅찬 사명을 띠고 사행 길에 올랐다. 1584년 종계변무를 위해 파견된 주청사의 서장관으로 중국을 처음 들어간 지 7년 만에 두 번째로 북경으로 가게 된 것이다. 조선조 왕실의 계보가 명나라에 잘못 알려져 개국 후 180년간 열성조가 노력을 해도 바로 잡지 못했던 왕조의 비원을 풀기 위해 파견됐을 때보다도 책임감이 더 무거웠을 것이다. 이 종계변무의 일은 180년간 끌어 온 것이고, 나라의 존립보다는 명분을 세우는 문제와 결부된 것이므로 국가존망의 문제와 결부된 이번의 사행에 비교해서 그 위기의식은 훨씬 덜했기 때문이다. 그러므로 이번에 파견된 진주사의 정사로서 해야 할 일은 코앞에 닥

친 국가의 위기상황을 극복하기 위해서 명나라 신종을 설득해야
하는 막중한 임무를 띠고 있어 무척 긴장되고 힘들 수밖에 없었
다. 또한 일본이 조선 땅을 통해서 명나라를 쳐들어 갈 것이라는
가도입명假道入明을 사실대로 알리고, 만약 일본이 침략해 들어오
면 조선은 대리전을 하게 되므로 명나라 군사의 파견이 필요하다
는 것을 설득해야 했다. 일본의 풍신수길이 말한 대로라면 몇 달
뒤에 일본군이 조선을 쳐들어 올 것이니 한응인으로서는 절체절
명의 위기에 처한 조선을 구원하는 일에 물불을 가릴 여유가 없었
다. 한응인의 뇌리에는 7년 전에 중국으로 들어갔을 때의 기억들
이 생생하게 떠올랐을 것이다. 그 당시 조선이 종주국으로 삼았던
초일류 문명국 중국으로 여행을 한다는 것은 쉽지 않은 일이었다.
이것은 8·15해방 이후 모든 것이 부족하고 파괴된 우리나라에서
힘들게 살던 사람이 풍족한 가운데 서구문명의 꽃을 피운 미국으
로 여행가는 것보다도 더 자랑스러웠을 것이다. 특히 조선의 왕을
대신하여 중국에 가서 우리나라 사람에게는 세계의 제왕으로 인
식되던 명나라의 황제를 만나 외교활동을 한다는 것은 개인은 물
론 그 집안의 영광이 아닐 수 없었다. 중국에 파견된 사신 일행으
로 다녀오면 그 사람에 대한 사회 인식이 달라지고 그가 속한 가
문이 큰 영예로 알아 여러 번에 걸쳐 축하연에 초대되고 원근의
친인척들에게 축하세례를 받기 마련이었다. 한응인은 처음 중국
에 들어갈 때 띠고 간 사명이 무겁고도 컸지만 백성들의 삶에 영
향을 끼치는 문제가 아니었기 때문에 지금처럼 절망적인 느낌은
덜 했다. 한응인은 당시 고위관료로서 누구보다도 조선의 허약한

국방체제를 알고 있었기 때문에 일본의 풍신수길이 일본 천하를 제패한 기세를 몰아 조선을 쳐들어온다는 소식을 접하고는 아연 실색 했다. 일본은 150년이라는 짧지 않은 기간 동안 전국시대를 거치면서 무력을 부단히 길러왔고, 일본의 국토 면적이 우리보다 넓고 물산이 풍부하여 일본의 저력을 무시하기 어렵다는 사실도 충분히 알고 있었을 것이다. 또한 한응인은 한 차례 중국에 사행使行을 다녀왔고, 외교를 관장하는 예조禮曹의 수장首長인 판서로 있으면서 당시의 동북아 정치·경제 질서를 누구보다 제대로 파악하고 있었으므로 두 번째 중국 사행 길은 조선의 미래와 운명을 좌우할 수 있는 막중한 임무를 띠고 가는 것이기 때문에 쉽게 발걸음이 떨어지지 않았으리라고 본다. 음력으로 10월 말의 북방의 날씨는 벌써 겨울의 초입에 들어서 영하 10도를 넘는 추위가 몰아치기 시작하므로 이러한 날씨가 한응인의 마음을 더욱더 우울하게 만들었다.

한응인은 임시로 만들어져 출발하는 진주사의 정사로 왕에게서 특별한 사명을 부여 받았으리라고 본다. 선조의 심복으로 가장 가까이서 조용히 왕을 보좌했기 때문에 선조도 한응인의 쓰라린 심정을 알았을 것이므로 출발에 앞서 여러 가지 위로와 당부하는 말씀을 잊지 않았다. 10월 24일 10시경 진주사 일행은 서대문 쪽에 있던 모화관慕華館에서 중국 북경으로 향하는 첫 걸음을 떼 놓았다. 이들 여정은 육로로 가기 때문에 일정하게 코스가 정해져 있었다. 파주·개성·평양을 거쳐 의주에서 국경을 넘게 된다. 의주 국경을 넘으면 중국의 요동벌인데 여기서부터 낯설고도 험난한 여행길에 오르게 된다. 요동 땅에 들어가서는 심양을 먼저 지나게 되고 이어서 산해관山海關에 당도하면 북경에 거의 다가서게 되는 셈이다. 조선의 모화관에서 출발하여 거의 두 달 뒤에 북경의 옥하관玉河關에 여장을 풀게 된다. 북경에 도착하기까지 사신 일행은 조선 조정에서 정해준 격식과 절차에 따라 현황보고를 하게 되는데 중국 땅에 들어가서는 행동이 그리 자유롭지 못하여 행보가 조심스러울 수밖에 없었다. 사신의 행차가 서울을 떠나 북경에 이르기까지 가야할 이수里數는 대개 모화관에서 의주까지가 1,186리이고, 의주에서 심양까지가 574리가 된다. 심양에서 산해관까지는 792리이며, 산해관에서 북경까지는 670리에 달하므로 전체 거리는 3,200여 리가 된다. 동지를 전후 한 겨울에 만주벌판을 지나 만리장성을 넘고 산해관에 이르기까지의 여로는 감당하기 어려울 정도로 힘들다. 중국 북경으로 향하는 한응인의 여정도 위에 소개된 행로와 크게 어긋나지 않았을 것이다. 한응인은 진주사 일행을 대표하는 정사이고, 중국에서는 조선의 왕을 대신하는 외교관이므로 함부로 행동할 수는 없었다. 또한 이번 행차는 조선의 국운이 걸려 있는 막중한 임무를 띠고 가는 것이기 때문에 심신이 느끼는 압박감과 쓸쓸함은 감당하기 어려울 정도였다. 한응인의 이러한 심정은 요동성에 이르러 머물면서 지은 다음의 짧은 시에서 살필 수 있다.

요동성 안에서

객지에서 병이 들어 외로운 성에 머물고 있는데,

쓸쓸히 내리는 겨울비 소리 속에 온 밤을 지새네.
등잔불 그림자 창문에 가득하고 바람에 가랑잎 흩뿌리는데,
고향으로 돌아갈 꿈조차 꾸지 못하네.

客中多病滯孤城,
寒雨蕭蕭到五更.
燈影滿窓風打葉,
故園歸夢不分明.

〈遼東城中〉

이 시를 보면 한응인이 처해 있던 현실이 얼마나 암담하고 힘겨운가를 알 수 있다. 한응인은 조정 대신들의 추천에 의해서 갑자기 진주사 정사로 뽑혀 중국으로 가게 되었으므로 가는 길이 험난하리라는 것은 충분히 예견했을 것이다. 서둘러 한양을 떠나온 데다 마음에 짊어진 짐이 너무나 무거워 심신이 다 괴로웠으므로 병저 누울 만 했다. 갈 길은 바쁘기만 한데 몸은 아프고, 게다가 추적추적 겨울비마저 내려 을씨년스럽기 이를 데 없는 요동에서의 밤 시간을 절절하게 묘사하고 있다. 이 시에서 보면 한응인이 어떠한 심정으로 한양을 출발하여 여기까지 왔는가를 암시적으로 묘사하고 있다. '외로운 성'과 '겨울비'는 만주벌판의 황량한 겨울 정경을 상징하는 데 적절한 시어詩語이지만 여기에서는 오히려 조선을 떠나 조국을 위기에서 건져야 하는 한응인의 침통하고도 부칠 데 없는 마음을 나타내고 있다고 하겠다. 병든 몸으로 누워서 쓸쓸한 성을 떠나지 못하는데 겨울비는 멈출 줄 모르고 밤새껏 내

리고 있다는 것에서 공의 몸과 마음이 몹시 지쳐있음을 알 수 있다. 그러한 을씨년스런 밤중에 등잔불을 끄지 못하고 누워 있는데 등잔불 그림자는 외풍에 흔들려 창문을 가득 채우고, 바깥의 바람은 가랑잎을 흩뿌리고 있다. 주위의 환경이 사람을 잠 못 들게 하고 있으므로 고향으로 돌아가는 꿈조차 꿀 수 없다는 것이다. 타관객지에서 부침하여 떠돌아다니는 몸이라 할지라도 꿈속에서나마 고향으로 돌아가 그리운 사람들을 만나는 것으로 고향에 대한 그리움을 어느 정도 풀 수 있는데, 한응인은 꿈조차도 못 꾸고 삭막한 북방의 겨울밤을 뜬눈으로 보낸다고 하였으니 그가 짊어지고 있는 짐의 무게가 얼마나 무거웠던가를 쉽게 짐작 할 수 있다. 이 시와 한응인이 종계변무를 위해서 처음 명나라에 들어갈 때 지은 시를 비교해 보면 이때 한응인이 가졌던 비장한 감정이 얼마나 심각했던가를 알 수 있다. 종계변무를 위해 중국으로 가서 노력을 했으나 뜻대로 이루지지 않더라도 180년 동안 10여 차례에 걸쳐 경험해 본 실패이기 때문에 크게 상심할 필요가 없었지만 이때 진주사로 갈 때의 위기상황은 국가의 존립문제와 연결 될 수 있기 때문에 한응인의 긴장 상태가 그것과 비교할 수 없었을 것이다.

현실은 한응인을 스스로 꼼짝달싹 할 수 없게 옥죄었다. 추운 겨울에 서둘러 떠난 사행 길에 겪는 육체적 어려움은 얼마든지 이겨낼 수 있지만 북경에 들어가서 중국 황제를 설득하여 조선의 국체國體를 보호해야 하는 책무를 생각하면 하루도 편안하게 지낼 수 없었다. 이러한 그의 심정은 북경으로 가는 길에 지은 다음의 시에서 더욱 극명하게 드러나고 있다.

광영에서

한밤중에 무슨 일로 홀로 눈물 흘리고 있는가,

여기에 이르러서야 이별의 어려움을 알겠네.

만리를 떠도는 신세 함께 길손 되어 만나,

이곳의 술 몇 잔 기울여도 즐겁지 않네.

웅대한 마음에 헛되이 허리에 찬 칼 떨쳐보고,

나라에 공 세우기 전에 먼저 몸은 늙어가네.

고국을 향하여 어찌 괴로이 머리를 돌릴 수 있으리오,

산자락에 해 기울고 역루는 싸늘하기만 하네.

中宵何事獨濟濟,

到此方知別意難.

萬里萍蹤同作客,

數盃村酒不成歡.

雄心漫拂腰間劍,

勳業先凋鏡裏顔.

東路那堪苦回首,

亂山殘日驛樓寒.

〈廣寧, 次贈賈客吳洪震.〉

　한응인은 이 시를 통하여 외롭고 의지할 데 없는 자신의 처지를 말하고 있다. 심양을 떠나 영안교永安橋, 소흑산小黑山을 거쳐 도달한 곳이 광녕 땅이다. 조선의 사신들이 북경으로 갈 때면 반드시 거쳐 가던 곳으로 많은 사신들이 여기에 머물면서 시를 남기곤 했다. 이 시의 첫 연에서 한응인의 이번 사행 길이 정말 힘들고 괴로웠음을 알 수 있다. 한응인은 자신에게 주어진 무거운 짐 때문에 한밤중에도 잠을 못 이루고 노심초사하고 있었다. 홀로 앉아 눈물을 흘린다고 한 것은 한응인이 처한 기막힌 현실을 간절하게 표현한 것에 지나지 않는다. 조선을 떠나 중국에 이르고 보니 조선이 일본과 연합하여 명나라를 쳐들어온다는 소문이 퍼져 이를 어떻게 수습해야 할지 난감했을 것이다. 한응인이 진주사로 떠나기 전에 먼저 성절사 김응남이 요동에 들어가 동정을 살피니 대부분의 중국인이 조선이 일본과 공조하여 중국을 치려 한다는 유언비어를 믿고 있어서 경악을 금치 못했었다. 그래서 중국의 분위기를 파악한 뒤에 여론이 좋으면 일본의 가도입명假道入明을 명나라 조정에 보고하지 않을 작정이었으나, 워낙 여론이 악화된 앞에서 어쩔 수 없이 명나라 조정에 있는 그대로 이실직고 했었다. 한응인이 중국에 들어갔을 때도 이러한 의심의 눈초리는 여전했을 것이고, 이러한 현상을 타파하기 위하여 어떠한 전략을 구사해야 할지 고민에 고민을 거듭했다. 이때 한응인은 마치 죄인이 자신의 잘못을 해명하러 힘 있는 사람에게 나아가 머리를 조아릴 수밖에 없는 입장에 놓인 것 같았을 것이다. 왕의 특명을 받고 부랴부랴 조선을 떠났기 때문에 정든 고향과 사람들과 이별해야 하는 아픔을 채 느끼지도 못했는데, 이 광녕 땅에 와서야 뼈저린 고독감이 온 몸을 휩싸고 있음을 느끼고 있다. 한응인은 조선에서는 왕의 총애를 한 몸에 받고 있는 총신이지만 고국을 떠나 외국 땅에 이르렀으므로 나그네일 수밖에 없었다. 조국의 미래를 예측하기 어려운 위기상황을 해결해야 하고, 그러한 어려움 속에서 홀로 헤쳐 나가야 할 고독한 신세를 생각하면 아무리 술을 들이켜도 취흥을 느끼지 못하였다. 한응인의 평소 주량이 얼마였는지 알 수 없으나 이러한 정신적 고통으로 밤을 지새워야 하는 현실에서 일시적으로나 그런 어려움에서 벗어나기 위해 광녕 땅에서 나는 토속주를 마셨을 것이다. 그러나 망우물忘憂物이라고 하는 술조차도 한응인으로 하여금 고뇌에서 벗어나게 하지는 못하였다.

한응인이 서울에서 2,000리나 떨어져 있는 광녕 땅에 와서 잠깐 숨을 고르며 중국의 당당하고도 화려한 모습을 보고 더욱 조선의 보잘 것 없는 현실을 절감했으리라고 본다. 광녕이란 곳은 명나라가 건국하여 북방의 이민족을 감시하기 위해 형성한 중요한 군사기지였다. 일종의 북방 방어를 총괄하는 사령부가 있는 곳이라고 할 수 있다. 거기에는 순무사巡撫使와 총병사摠兵使의 지휘를 받는 대규모의 군사가 주둔하고 있었고, 북녕을 에워싸고 있는 성곽위에는 창검과 깃발이 무수히 늘어서 있어 이곳을 지나는 조선 사신들의 감탄과 부러움을 사기도 했다. 한응인이 이곳을 두 번째 지나가고 있었지만 이번의 사행 길에는 보다 새롭게 다가왔을 것이다. 광녕의 이 군사기지를 보며 대국으로 자처하고 있는 중국의 압도적인 위세를 새삼스럽게 실감하면서 상대적으로 피폐해져 가는 조국 조선의 모습을 되새겨 보았으리라 본다. 그리고 이 광녕성 안에는 이성량李性樑(1526~1615)의 패루牌樓가 높다랗게 서 있었다. 이성량은 16세기 후반 경에 요동지역 방어를 총책임 맡았던 장군으로 그 할아버지는 조선에서 죄를 짓고 압록강을 넘어 중국으로 건너간 사람이었다. 이성량의 아들은 이여송李如松(1549~1598)

으로 임진왜란 때 명나라 군사를 이끌고 와 평양전투에서 대승을 거둔 장군으로 그가 조선에 왔을 때 한응인이 접반사接伴使로 동행하며 서로 우의를 굳게 맺기도 했다. 그 패루는 문처럼 만든 석조건물로 용과 호랑이의 문양을 정교하게 새기고 거기에 이성량의 공적을 자세하게 기록해 놓았다. 이성량이 북쪽의 오랑캐인 여진족을 물리친 공을 기려 세워진 이 패루는 산해관 동쪽지역에서는 가장 아름답고 웅장한 건물이라서 조선의 사신들이 꼭 들러보는 명승지였다. 그리고 또 하나의 명물은 광녕성의 북쪽에 있는 의무려산醫巫閭山과 그 의무려산의 신을 모신 북진묘北鎭廟였는데 이곳 또한 조선의 사신들이 자주 찾는 곳이기도 했다. 중국으로 보면 이곳 광녕 땅은 북쪽의 한 변방에 지나지 않은 데도 작은 나라인 조선의 사신의 눈에는 조선을 압도할 만한 큰 규모와 위용을 갖춘 군사기지로 인식되었기 때문에 한응인은 한양에서 출발하여 압록강을 넘기까지 보아왔던 조선의 산하와 군사기지를 생각하면 스스로 위축감을 느꼈을 것이다. 한응인은 이 광녕에서 받은 문화적·군사적 충격으로 인해 밤잠을 설쳤다. 이 시에서 묘사하고 있는 것처럼 조선을 향하여 무어라고 할 말이 없어 의기소침해 있는데 한응인의 눈에 들어오는 정경은 겨울을 맞아 만물이 조락한 만주 벌판과 황량한 산뿐이었다. 한응인의 처참한 심경에 삭막한 겨울 풍경이 오버랩 되어 묘사된 마지막 행에서 한응인이 얼마나 심란한 시간을 보내고 있었는가를 짐작 할 수 있다. 낙엽이 저 황량해진 의무려산이 스러져가는 햇살을 머금고 있는데, 한응인이 머무는 여관의 누대는 싸늘하기만 하다고 하였으니 한응인의 쓸쓸하고 외로운 신세가 어떠

했는가를 암시적으로 나타내고 있다. 한응인의 심적 상태가 따뜻하
거나 여유롭지 못하기 때문에 주위의 경관을 보고 느끼는 감정은
그렇게 여유롭거나 낭만적일 수 없었다. 이러한 한응인의 쓸쓸한
심회는 진주사 일행으로 공을 수행했던 서장관 신경진辛慶晉과 질정
관 오억령 두 사람에게 보여준 시에서도 잘 나타나고 있다.

팔도하에서

고국을 떠나 요동 땅 변방에 찾아들어,
고향을 생각하며 시 읊조려 보네.
외로운 등불 밝기만 하고,
겨울밤은 고요 속에 잠겼네.
묵은 병이 고통스러워 걱정이고,
이별의 아픔은 더욱 더 깊어만 가네.
떠도는 신세 오래 되니,
배낭 속의 노자 줄어드네.

去國投遼塞,
思鄕作越吟.
孤燈明的的,
寒夜靜沈沈.
舊病傷酲劇,
新愁惛別深.
自憐爲客久,
囊裡少黃金.

〈八渡河, 書示書狀辛用錫, 質正吳大年〉

한응인이 도달한 팔도하八渡河는 압록강과 심양 사이에 있는 강 이름으로 분수령 이남의 물이 모두 여기에서 모여 흘러간다. 이곳은 물이 흔한 지역이므로 만주에서도 벼농사로 유명하였다. 박세당朴世堂(1629~1703)의 『서계잡록西溪雜錄』에 의하면 이곳에는 답동畓洞이라는 마을이 있다고 하였다. '답畓'자는 우리나라에서 만들어진 한자로 '논'을 뜻한다. 명나라 때 조선 사람들이 이곳 북쪽에까지 이동하여 벼농사를 지으며 마을을 이루어 살았기 때문에 붙여진 지명이라고 하였다. 지금도 만주 지역에서는 팔도하 쌀이 유명하여 고급 쌀의 브랜드로 알려져 있다. 중국에 들어가는 사행단은 여기에서 여장을 풀고 쉬어가기 마련이었는데, 한응인의 일행도 여기에서 피곤한 몸을 뉘어 쉬면서 시를 남겼다. 중국을 왕래한 조선의 사신들이 이곳을 지나면서 거의 다 시를 남겼으므로 이들을 통하여 자연스럽게 팔도하가 우리나라에 널리 알려지게 되었다.

이 시에서 한응인은 고향을 떠나 객지에서 겪고 있는 어려움을 진솔하게 묘사하고 있다. 한응인을 보좌하기 위해 동행했던 신경진과 오억령은 자신의 어려움을 쉽게 토로하기 어려웠을 것이다. 온 나라가 일본의 침략 위협 앞에서 전전긍긍하고 있는 모습을 목격하고, 거기에서 벗어나기 위한 방법을 찾기 위해 명나라로 파견된 처지였기 때문에 두 사람은 자신들의 개인적인 어려움을 얘기하기는 쉽지 않았다. 한응인은 두 사람의 이 같은 입장을 알고 있었으므로 일부러 자신의 개인적인 처지와 심사를 시로 지어보이고 있는데 여기에서 보면 한응인이 주위 사람들과 마음을 터놓고 허물없이 지낼 수 있는 선량한 사람이었음을 알 수 있다. 한응인이 이처럼 자신이 가지고 있는 심신의 어려움을 여과 없이 두 사람에게 드러내 보여줌으로써 그들과의 인간적 유대가 더욱 깊어졌으리라고 본다. 한응인은 앞의 시에서도 말했던 것처럼 겨우 청년기를 벗어난 38세의 나이에 국가의 명운을 결정지을 막중한 책무를 띠고 중국으로 가고 있었기 때문에 외로운 등불이나 싸늘한 겨울밤으로 자신의 처지를 이미지화하고 있다. 조선 땅에서 점점 멀어질수록 고국에 대한 그리움은 깊어져만 간다. 사람은 자기가 살던 곳을 떠나 낯선 곳을 떠돌게 되면 고향을 그리워하기 마련이다. 한응인이 정사로서 아무리 두 필의 말이 끄는 쌍가마[雙轎]를 타고 휘하에 수 십 명을 거느리고 가더라도 객지에서의 고향에 대한 포근함과 안온함을 그리워하지 않을 수 없었을 것이다. 그래서 한응인은 고향에 대한 향수를 시를 지어 달래고 있다. 한응인은 진주사 사절 일행을 인솔하고 가며 조선을 대표하는 입장이었기 때문에 어쩔 수 없이 함부로 말하거나 행동할 수 없었다. 그래서 한응인은 더욱 외롭고 힘들었으리라고 본다. 등불을 환하게 켜 놓고 홀로 앉아 상념에 잠겨있던 한응인은 깊어만 가는 겨울밤의 정적에 휩싸여 있다. 이러한 정황이 아무래도 구원을 요청할 수 없는 한응인 자신의 모습을 상징적으로 나타내고 있는 것이라고 하겠다. 이 같이 쓸쓸하고 고적한 한밤중에 오래전부터 앓아오던 병과 마음 저 깊은 곳에 숨어 있던 고향에 대한 그리움이 스멀스멀 스며나와 한응인을 괴롭히고 있다. 심신에 달라붙은 병통을 아무리 숨기려고 해도 혼자 앉아 상념에 잠겨 있으면 그러한 병통이 어김없이 심신을 힘들게 한다는 것이다. 이러한 개인적인 괴로움

과 함께 한응인을 힘들게 하는 것은 진주사 일행의 빠듯한 여비문
제였다. 조선에서 중국으로 사행 가는 사절단의 규모나 재정 상태
는 일률적이지 않았다. 규모가 크고 재정 상태가 좋은 사절단의
행차는 힘이 있고 화려했지만 그렇지 못한 사절단의 모습은 구차
스러워 보이기까지 했다. 한응인이 이끌고 가던 진주사는 임시로
만들어진 것이고, 나라가 위기에 처해 있는 상황에서 꾸려진 사행
단이었기 때문에 그 규모가 크거나 재정 상태가 좋은 조건은 아니
었을 것이라고 추측된다. 이번에 파견된 진주사에 한응인이 정사
로 임명되었지만 부사副使의 이름이 보이지 않는 것을 보면 그 규
모의 크기 정도를 짐작할 수 있다. 여기에서 보면 이번 사절단은
의례적이기 보다는 급하게 부상된 현안을 해결하기 위해 중국에
파견된 실용 중심의 사행단이었던 것이 틀림없다. 그러므로 이번
진주사 일행에게 주어진 경제적 여건이 넉넉할 리가 없었으리라
는 것은 쉽게 짐작된다. 한응인의 이 시에서 조선을 떠나온 지 오
래되어 가니 주어진 여비가 점점 줄어들어 힘들다고 한 것에서 그
러한 정황을 쉽게 헤아리게 된다. 이러한 재정적 형편은 세 사람
이 모두 알고 있었을 것인데도 두 사람에게 보여 준 시에서 그러
한 사실을 강조한 것을 보면 이 문제가 상당히 심각했던 것으로
볼 수 있다. 그러나 이러한 어려운 형편 속에서도 한응인은 여유
와 해학을 잃지 않고 있다. 이번 사행 길이 힘들고 고달프지만 마
냥 긴장 속에서 지내기는 쉽지 않았다. 한응인이 함께 갔던 서장
관 신경진에 준 시에서 한응인의 해학적이고 여유작작한 또 다른
모습을 발견하게 된다.

신 서장관을 대신하여 기녀 연아를 위해 짓다

이별의 아픔에 거울 보기 게을리 하니,
옆 사람들이 얼굴 초췌하다고 말하네.
그리운 마음 담은 몇 자 글을 적어,
돌아가는 기러기 편에 편지 부쳐 보내리.

가없는 봄 물결에 푸른 강물 넘쳐나니,
원앙새는 쌍을 지어 멱 감기에 바쁘네.
어찌 해서 오랜 세월 연경 가는 길손 되어,
달 저무는 외로운 성에서 창문 반쯤 닫고 있나.

別後無懽把鏡慵,
傍人爭道減春容.
含情爲寫相思字,
愁向歸鴻寄一封.

無限春波漲碧江,
鴛鴦相對浴雙雙.
如何久作燕京客,
落月孤城掩半窓.
〈代辛書狀妓蓮兒作〉 四首

　　이 두 수의 시는 4수로 된 연작시 가운데 첫째와 둘째 수이다.
이 시에서 보면 신경진이 일찍부터 기녀 연아蓮兒와 정분을 맺어
온 사이로 이미 여러 지인들 이 그 사실을 알고 있었음을 알 수
있다. 시 제목에서 대작代作이라고 하여 명목상으로는 남을 대신

하여 지은 것이긴 하지만 이러한 내용의 시는 다분히 희화적戲畵的
인 내용을 담고 있기 마련이다. 한응인의 이 시도 분주하고 긴장
된 분위기를 누그러뜨려 마음의 여유를 찾기 위해 서장관과 기녀
연아와의 로맨스를 주제로 시를 지었다고 하겠다. 한응인이 활동
했던 당시에 양반 계층의 놀이문화 가운데 가장 대표적인 것이 시
회詩會였다. 시회는 생각과 이념이 서로 같거나 정서적으로 동질
적인 사람들이 일정한 장소에 모여 인간의 삶이나 자연풍광의 아
름다움을 문학적으로 형상화하며 여유로운 시간을 보내는 놀이였
다. 한응인도 10대 후반 성균관에서 대학교육을 받았을 때와 과거
시험을 보기 시작하였던 20대 전반에도 이러한 놀이문화를 즐기
면서 호연지기를 키운 흔적들을 볼 수 있는데, 이 대작시도 그러
한 맥락에서 급박한 사행 길을 이기기 위한 방편으로 이루어 진
것이라고 할 수 있다.

　이 시에서 한응인은 두 사람이 국경을 달리 하여 멀리 떨어져
있지만 애잔하게 그리워하는 사랑의 물결이 두 사람 사이에 끊임
없이 흐르고 있어 주위의 사람들조차 안타까워하고 있다고 했다.
신경진이 조선에 사랑하는 기녀를 두고 상심하고 있는 모습을 사
실적으로 옮겨 놓아 두 사람이 진정으로 사랑하는 연인임을 알리
고 있는 것이 흥미롭다. 우리가 일반적으로 생각할 때 근엄하고
신중한 언행을 자랑하는 사대부로서 이 같이 남을 대신하여 사랑
의 시를 쓴다는 것이 어설퍼 보이지만 오히려 당시의 지식인들이
때에 따라서는 유연하고 여유 있는 삶을 누리고 있어 보다 인간적
인 모습을 보이기도 했다. 여기에서 보면 한응인이 도학을 공부하

고 국정을 맡은 대신으로서 체통을 중시하는 자리에 있었지만 그러한 현실적 굴레에 얽매여 몰개성적인 삶을 살기보다는 현실에 유연하게 대응하면서 개성이 넘치는 삶을 살았다고 할 수 있다. 한응인의 이러한 해학적이고 낭만적인 정서는 한겨울 만주 벌판을 가로질러 가느라고 고달프고 힘든 일행들의 마음을 어느 정도 달래줄 수 있었으리라고 본다.

　한응인이 북경을 향해서 출발한 때가 10월 24일이므로 북경에 도착한 날짜는 대략 2개월 후인 1591년 12월 20일 전후로 추정된다. 일반적으로 북경으로 가는 사신 일행이 서울에서 출발해서 북경에 도착하기까지 대개 2개월이 걸리고, 북경에서 주어진 업무를 수행하는 기간이 1~2개월이 소요되고, 다시 북경에서 한양으로 돌아오는 데는 갈 때와 마찬가지로 2개월이 걸린다. 한응인이 중국으로 출발하여 북경에서 임무를 완수하고 그 이듬해인 1592년 4월에 의주에 도착하여 왜적이 조선을 침범했다는 소식을 들었다고 하므로 한응인이 압록강을 건너 조선 땅을 밟은 때는 임진왜란이 발발한 4월 14일 이후가 분명하다. 이렇게 보면 한응인은 1591년 10월 24일에 서울의 모화관에서 출발하여 그 이듬해인 1592년 4월 14일 전후에 의주에 도착하였으므로 왕복 일정이 모두 5개월 20여 일 만에 끝난 것으로 추정된다. 한응인의 사행 길에 소요된 이 같은 일정을 감안한다면 한응인은 1591년 12월 20일 전후로 하여 북경에 도착한 것으로 추측되기 때문에 북경에 체류한 기간은 12월 20일 경에서부터 1592년 3월 3일 이후가 된다. 한응인이 아무리 막중한 임무를 띠고 중국으로 갔다고 해도 절대적으로 걸리는 여행일정을 단축할 수는 없었기 때문에 2개월 남짓 되는 일정을 북경에서 보내느라 분주했을 것이다. 조선의 사신 일행이 북경에 도착하게 되면 중국의 외교를 담당하던 관청인 예부禮部 근처에 숙소를 마련하거나 명나라 정부가 각국에서 오는 외교 사절이 묵을 숙소로 만든 옥하관玉河館에 들기도 했다. 옥하관은 지금의 북경 동교민항호텔 자리에 있었는데 그 규모가 대단했다고 한다. 조선의 사신 일행이 도착하기 전에 미리 선발대가 북경에 들어와 숙소를 마련하고, 숙소의 집기와 청결 정도를 점검하여 사신 일행을 맞을 채비를 완벽하게 갖추게 된다. 이 옥화관은 모두 네 채의 집으로 구성되어 있었다. 제일 첫 집은 사무를 볼 수 있게 만든 청사廳舍로서 정사·부사·서장관이 모여 회의를 하거나 명나라 예부에서 찾아 온 관리들을 영접하여 현안들을 논의하는 장소로 사용되었다. 세 번째 집은 부사가 기거하고, 넷째 집은 서장관이 거처하면서 제반 사무를 총괄 지휘하였다. 각 집마다 안방 맞은편 방에 건넌방이 있고 좌우에 회랑이 있어 삼사三使(정사·부사·서장관)들이 개인 비용으로 데려간 종자나 역관들에게 나누어 주어 머물게 했다. 사신 일행들은 정문인 관문館門을 이용하기보다 주로 동쪽에 나 있는 작은 협문夾門으로 드나들면서 유리창琉璃廠 등 북경의 번화한 거리와 명소를 구경하고 중국의 명사들을 만나 교유하였다. 한응인은 막 봄기운이 피어오르기 시작했지만 겨울 못지않은 쌀쌀한 북경의 찬바람에 옷깃을 여미며 12월 20일 쯤에 옥화관에 들었다. 이때에는 세계 각국에서 신년을 축하하는 사신 일행들이 많이 북경에 들어와 있어 북경거리가 소란하면서도 활기에 넘쳐 있었으리라고 본다. 한응인은 명나라 황제에게 새해인사를 온 하정사賀正使가 아니라 조선이 일본의 앞잡이가 되어 명나라를 치러 한다고 거짓된 정보에 분노하고 있는 명나라 황제를 달래야 하고, 풍신수길이 공언한 대로 일본이 조선을 침략해 들어올 때 조선을 지원할 원군을 요청하기 위해 북경에 들어왔기 때문에 신년의 축하 물결에 합류하여 유유자적한 시간을 보낼 수는 없었다. 그러므로 한응인이 북경에 도착하자마자 먼저 명나라 예부에 조선의 사신 일행이 도착한 사실을 알리고 앞으로의 할 일을 관계 되는 부서와 협의를 해 나가느라 눈코 뜰 새가 없었을 것이다. 명나라 조정에는 대신인 허국許國같은 친조선파親朝鮮派가 있기도 했지만 대부분의 명나라 고위관료들이 조공을 바치는 조선을 변방의 하찮은 나라라고 하여 하대하고 업신여겼기 때문에 한응인의 일행이 명나라 조정이 조선에 대해 가지고 있던 의구심을 푼다는 것은 여간 어려운 일이 아니었다. 허국은 명나라의 고위관료로서 조선을 이해하려고 노력한 사람으로 한응인이 북경에 오기 전에 먼저 성절사로 파견됐던 김응남이 명나라 조정에 나아가 조선과 일본이 공모하여 명나라를 치러 한다는 유언비어를 해명하느라 고군분투하였는데, 그때 김응남의 편에 서서 적극적으로 지지했던 인물이었다.

한응인은 명나라 황제인 신종神宗을 직접 알현하여 조선 왕의 진정을 아뢰기 전에 먼저 명나라 예부의 관료들과 잦은 접촉을 했을 것이다. 한응인이 어려운 시대에 명나라와 조선 사이에 불거진 외교문제를 풀 수 있는 실력자로 인정되어 파견된 이유는 여러 가지가 있겠지만 우선 한응인이 중국어에 능통하여 중국인과의 의사소통에 큰 문제가 없었기 때문이었을 것이다. 조선은 명나라를 섬기면서 활발하게 문물 교류를 통하여 이익을 도모하기도 했는데, 이렇게 양국 간에 원만한 교류가 이루어진 데는 무엇보다도 중국어를 잘 아는 역관의 역할이 컸다고 할 수 있다. 당시의 조선에는 외국어의 번역과 통역을 맡아보던 관청인 사역원司譯院을 두고 있었는데 거기에 종6품인 한학교수漢學敎授 6명을 두어 역관 양성에 힘썼다. 사역원에서 유능한 중국어 통역관을 양성하기 위한 커리큘럼을 짤 때 가장 중점을 둔 것은 중국어 회화보다도 중국의 고문古文 이해와 창작, 역사 과목이었다. 다른 나라의 말을 익히기 위해서는 먼저 어학적 접근이 요구되지만 어느 정도 외국어를 구사할 수 있게 되면 그 나라의 고전과 문화를 제대로 익히는데 힘써야 한다는 것을 지금의 고급 외국어 회화 교육에서도 마찬가지로 따르고 있다. 조선조의 역관들이 단순히 일상적인 중국어 회화 공부에 만족하지 않고 중국의 고전이나 철학서적들을 열심히 읽고 그것이 바탕이 된 학문 연마에 온갖 정성을 쏟았기 때문에 오히려 역관 출신들이 사대부보다 학문에 조예가 깊은 경우도 있었다. 요즈음도 중국어를 할 줄 아는 사람이 많지만 중국의 고전을 제대로 공부하지 않고 중국의 말만 익힌 사람은 고급의 중국어를 구사하기는 어렵다. 이런 면에서 보면 한응인이 중국과 소통할 수 있는 적임자로 선택된 이유를 알 수 있을 것이다. 한응인은 어려서부터 체계적으로 중국의 고전을 읽어 그것을 육화肉化하였고, 당시 중국과 조선이 공유하고 있던 한자문화권의 사유체계와 문물을 제대로 파악하고 있었기 때문에 중국어 공부가 일취월장 할 수 있었으리라고 본다. 한응인이 문학과 사상에 깊은 조예를 가지고 유창한 중국어를 구사하면 대화를 나누는 중국인들이 자기들보다 더 중국의 문화를 알고 있는 그에게 존경심을 가지지 않을 수 없었을 것이다.

한응인은 2개월 남짓 되는 기간 동안 북경에 체류하면서 중국 조정의 원로를 찾아다니며 활발한 외교활동을 벌이는 한편 조선에 대한 중국의 부정적 여론을 무마하는 데도 상당한 노력을 기울였으리라고 생각된다. 그러나 한응인이 가장 공들여야 했던 것은 명나라 황제를 알현하는 일이었다. 중국은 세계 대국으로 세계 여러 나라와 이해관계가 얽혀 있었으므로 명나라의 집권자인 황제를 만나려고 하는 사람들이 무수히 많았다. 그렇기 때문에 황제를 만나기 위해서는 일찍이 신청해야 하고, 사전에 준비해야 할 일이 많았으므로 황제를 만난다는 것이 생각만큼 쉬운 일은 아니었다. 특히 명나라 신종은 다른 황제들과는 달리 외국에서 온 사신 일행을 만나는 것을 달가워하지 않았으므로 외국 사신으로서 신종과 직접 대면해서 사정을 얘기한다는 것은 매우 어려운 일이었다.

한응인이 7년 전에 중국에 처음 왔을 때는 중국의 선진 문물과 국토의 웅장함에 압도되었을 것이다. 더욱이 북경은 세계 정치 문화의 중심도시로서 세계 여러 나라의 인종들이 드나들고 화려한 거리 모습을 자랑하고 있었기 때문에 중국을 찾은 외국인이면 누구나 그 화려하고 거대함에 압도당하기 마련이었다. 그러나 두 번째의 북경 나들이에서는 그렇지 않았다. 신흥 강국으로 부상하는

일본이 안하무인격으로 도전해 와도 실제로 그들을 제압할 국력
을 가지지 못한 조국의 현실을 생각하면 북경의 화려하고 웅장한
모습이 눈에 들어올 리가 없었다. 오히려 수심에 가득 찬 심정으
로 북경에서의 나날을 보냈을 것이다. 한응인은 이러한 자신의 괴
로운 심정을 시로 지어 나타냈다.

신묘년에 중국의 황제를 뵈러 갔을 때 동지사 윤섬의 시에 차운하다

오래 떠도는 몸 빈 공관에 머물며,
이른 새벽에 짧은 밤 소리 듣네.
운명을 수심 속에서 점쳐보고,
혼백을 꿈속에서 부르네.
시절은 자주 바뀌어 가고,
임금과 어버이 바라볼수록 멀어지기만.
고향 그리는 마음과 봄 시름,
술 취해 봐도 사라지지 않네.

久客淹空館,
殘更聽短宵.
命從愁裡卜,
魂向夢中招.
時序看頻換,
君親望更遙.
鄕心與春恨,
一醉未全銷.

〈辛卯朝天時, 次尹節使暹令公〉

이 시는 한응인이 북경에 들어가 있으면서 시름을 달래기 위해 지은 것으로 추측된다. 앞에서도 말한 것처럼 2개월 여에 걸쳐 동토의 땅인 만주 벌판을 가로질러 봄의 전령이 찾아오는 12월 20일 전후에 북경에 도착했지만 대륙의 칼날 같은 찬바람이 매서워 봄이 왔으나 봄 같지 않은 것을 보고 춘래불사춘春來不似春을 노래한 한나라 왕소군王昭君의 시 구절이 떠올랐을 것이다. 이 시구는 중국 한나라 궁녀로 미모가 출중한 왕소군이 흉노의 왕 호한야胡韓耶와 정략적인 결혼을 하게 되어 흉노 땅에 갔으나 마음을 둘 곳이 없었다. 그래서 그녀는 '오랑캐 땅에 화초가 없으니, 봄이 와도 봄이 온 것 같지 않네.[胡地無花草, 春來不似春]'라고 하여 자신의 괴로운 심회를 시로 읊었다. 이 시구는 단순히 이른 봄날의 변화무쌍한 날씨를 묘사한 것이기보다는 정치적 계산에 의해 뜻하지 않게 희생이 된 왕소군 자신의 불우한 현실을 비유한 것이다. 이 시에서 보면 한응인은 무기력하고 혼란스러워진 정치 현실에서 조선으로서는 감당하기 어려운 일이 일어난 것에 절망하고 있음을 알 수 있다. 한응인은 조선을 떠나 오랫동안 나그네 신세가 되어 자신 앞에 무슨 일이 벌어질지 모르는 처지에서 미래에 대한 예측은 불가능했다. 그러나 절기의 변화는 어김없이 찾아와 눈앞의 자연은 순환의 진리에 맞게 그 모습을 바꾸어 가지만 한응인은 한 치 앞도 내다볼 수 없는 현실에서 암담한 조선의 미래에 고뇌하고 있다. 자신이 진정으로 나라를 위해 헌신하고 싶고, 자식 된 도리를 다해 홀로 되신 어머니를 모시고 싶지만 지금 이국땅에 서 있는 자기 앞에는 나라를 상징하는 임금이나 집 나간 자식을 기다리는 어머니가 존재하지 않는다는 사실에 절망하고 있다. 3,000리나 먼 동쪽에 선조 임금과 늙으신 어머니가 계시기 때문에 그들을 향한 마음은 시간이 지날수록 간절하지만 실제로는 만날 일이 까마득하기만 하다. 한응인은 화려하고 거대하기 이를 데 없는 북경에서 외교적 노력에 힘을 쏟느라 분주하면서도 오가는 시간에 계절의 미묘한 변화를 발견하여 고향산천에 대한 그리움을 떨치지 못하고 있다. 그래서 한응인은 고향에 대한 향수와 봄이 주는 고즈넉한 기분에 편승하여 술을 마셔 버티기 어려운 고통을 잊어버리려고 하지만 그럴수록 더욱더 괴로운 마음은 생생하게 살아난다. 이 시는 한응인이 북경에서 고민에 빠져있던 차에 마침 거의 같은 시기에 파견된 조선의 동지사冬至使 일행 가운데 한 사람인 과재果齋 윤섬尹暹(1561~1592)을 만나 그가 지은 시를 받고 그에 차운하여 지은 것으로 추측된다. 한응인이 차운했던 윤섬의 시가 어떤 내용을 담고 있는지 알 수가 없지만 두 사람 다 고국을 떠나 객지에서 묵고 있었기 때문에 비슷한 시상詩想을 함축하고 있었을 것이다.

　윤섬은 한응인보다 나이가 7살 연하이었지만 서로 비슷한 시기에 관료의 길을 걸었기 때문에 무척 가까운 관계였다. 특히 그는 종계변무의 일로 한응인과 함께 명나라에 파견되어 외교사절의 일원으로 활동하였고, 그 일로 인하여 두 사람이 공신록功臣錄에 책록되기도 하였다. 한응인이 연경에서 윤섬을 만난 것은 1592년 1월 이전이었으리라고 추측된다. 왜냐하면 윤섬이 최소한 4월 이전에는 조선으로 귀국했기 때문이다. 윤섬은 4월 이전에 중국에서 귀국하여 휴가를 얻어 잠시 집에서 쉬고 있었다. 그가 귀국한

지 얼마 되지 않은 4월 14일 왜군이 예고했던 대로 조선에 쳐들어
왔다. 싸우고자 덤벼드는 사람에게 이기는 장사 없다고 하듯이 단
단히 전쟁준비를 하고 기습해 온 일본군 앞에 조선은 옳게 저항도
못해보고 허무하게 무너져 갔다. 정부가 정해놓은 군사 마지노선
이 무너지고 병력의 손실이 커지자 조정에서 총동원령을 내려 싸
울 힘이 있는 장정이라면 신분에 구별 없이 대거 차출하기 시작했
다. 윤섬은 한양에 살았는데 자기와 함께 죽마고우로 자란 친구가
신병으로 차출되어 전쟁터로 나가게 되었다는 소문을 들었다. 그
친구는 3대 독자에다 노모를 모시고 있었기 때문에 군에 입대할
의무가 없었다. 그런데도 당시 전쟁 상황이 극도로 악화되어 한
사람의 장정이라도 더 차출해 전쟁에 투입해야 할 절체절명의 상
황에 놓여 있었으므로 전쟁터로 끌려 갈 수밖에 없었다. 이 소식
을 들은 윤섬은 친구의 딱한 처지를 생각하여 자신이 그 친구를
대신하여 군에 입대할 것을 자청했다. 윤섬에게도 노모가 있었는
데 이 사실을 알게 된 어머니가 사지인 전쟁터로 자원입대하는 자
식을 눈물로 호소하며 만류했지만 윤섬은 자신의 의지를 꺾지 않
고 전쟁터로 향했다. 이때 일본이 조선을 침입한 것이 채 열흘도
되지 않았는데도 일본군은 파죽지세로 밀고 올라와 한양으로 올
라오는 중요한 길목인 상주에까지 다다랐다. 조선정부는 상주가
무너지면 한양이 위협 받게 된다는 것을 알고 조선의 군사력을 상
주에 집결시켰다. 상주전투는 4월 24일·25일이 가장 치열했는데
윤섬은 순변사巡邊使 이일李鎰(1538~1601)의 종사관 신분으로 일본
군을 격퇴하기 위해 분투했으나 그곳에서 장렬하게 최후를 맞이했

다. 이 전장에서 이일의 종사관으로 같이 종군했던 박호朴篪(1567
~1592)·이경류李慶流도 함께 전사하여 후에 이들을 삼종사三從事
라고 불렀다. 삼종사라는 말은 순변사 이일을 도왔던 세 사람의
종사관이라는 뜻으로 붙여진 것이다. 한응인이 이 시를 지을 때만
하더라도 서너 달 뒤에 윤섬이 전쟁터에서 전사하리라고는 추호
도 생각해 보지 않았을 것이다. 그러나 사람은 한치 앞의 일도 내
다 볼 수 없어 두 사람이 생사의 갈림길을 눈앞에 두고도 서로 무
심하게 보낸 것을 보면 인간의 삶이 얼마나 허망하고 보잘 것 없
는 가를 새삼 확인할 수 있다.

　한응인의 일행은 최소한 3월 3일까지는 북경에 머물렀다. 그렇
다면 지난해 연말쯤에 북경에 도착하여 두 달 남짓 머물며 이역만
리 타향에서 봄을 맞게 되었다는 것을 알 수 있다. 한응인은 새봄
을 맞이하여 파릇파릇 싹이 돋는 들판을 거닐며 봄바람을 쏘이던
조선에서의 봄놀이를 추억하며 3월 3일 답청일踏靑日에 옥하관 뒤
뜰에서 바쁜 가운데서도 한가로운 시간을 가진 듯하다. 이는 한응
인을 호위하는 서장관으로 동행했던 오억령의 문집인『만취문집晚
翠文集』에 실려 있는『조천록朝天錄』에 보면 사행 때 참여한 일행들
이 모두 한자리에 모여 봄이 온 것을 서로 좋아하며 여유로운 시간
을 보냈다고 한 기록에서 알 수 있다. 그가 쓴 시 〈답청일에 운자
를 불러 시를 짓다[踏靑日呼韻]〉에 덧붙인 서문에 이렇게 적고 있다.

　　"오늘 아침 날씨가 화창하고 따뜻한데 겹문이 활짝 열려 있다.
뒤뜰에서 한가한 시간을 보내려고 서로 손잡고 한가롭게 거닐어 본

다. 우리가 있는 곳은 바깥세상과 동떨어진 듯 고요하고 그윽하며 게다가 주위의 자연물도 이제 아름다움을 뽐내려는 듯 한창 물이 올랐다. 이때 우리 진주사 일행들이 함께 모일 기회를 가져 아름다운 풀밭에 둘러앉아 술자리를 가졌다. 한나절을 즐겁게 지내고 나니 모든 것이 아름답게 보였다. 참으로 잠깐이나마 북경에서의 고달픔을 잊을 수 있었다.”

한응인의 일행이 추운 겨울을 객지에서 다 보내고 어김없이 찾아 온 봄을 맞으면서 서로를 위로하는 답청놀이를 한 것을 알 수 있다. 답청은 원래 확 트인 넓은 들판에서 서로 좋아하는 사람끼리 모여서 겨우내 움츠렸던 몸을 일깨우기 위해 흥겨운 시간을 가지는 놀이인데, 한응인의 일행들은 그래도 옥하관의 뒤뜰을 빌려 답청놀이를 즐겼으니 다행이라고 하겠다. 오억령은 다른 사람이 부르는 운자에 맞춰서 시를 지었다. 아마 한응인이 서장관에게 적당한 운자를 주어 시를 지어 보게 했으리라고 본다. 이때 지은 오억령의 시는 다음과 같다.

답청일에 운자를 불러 시를 짓다

북경의 동쪽 가 옥하교 가까운 곳,
봄을 맞는 나그네들 더욱 쓸쓸해하네.
만리에서 떠돌며 모두 타향살이 신세이나,
십년을 서울에서 함께 벼슬살이 했지.
맑은 연기 흰 빛 끌어 느릅나무 불씨 전하고,
밤비는 노란 빛 붙잡아 버드나무 가지에 올리네.

아름다운 계절 돌아왔으나 우리 땅이 아니니,
꿈속에서나마 멀리 압록강 가를 내달려 보네.

長安東畔玉河橋,
客況逢春轉寂寥.
萬里衣冠俱異域,
十年京洛舊同朝.
晴煙拖白傳楡火,
夜雨扶黃上柳條.
節序儘佳非我土,
夢魂先到鴨江遙.
〈踏靑日呼韻〉

이 시에서 북경 동쪽 옥하교 가에 있는 옥하관의 생활이 어떠했던 가를 알 수 있다. 새로운 봄을 맞았지만 객지에서의 생활이 즐겁지 않다는 것이다. 북경에서 벌이는 외교활동이 쉬운 일은 아니겠지만 한응인 일행이 명나라 황제가 잘못 오해하고 있는 것을 적극 해명하고 유사시에 협조를 요구하는 어려운 일을 수행해야 했기 때문에 모두가 어디에도 기댈 데 없는 적막함에 빠져 있었을 것이다. 그러므로 봄이 오는 소리를 듣고 봄을 마중하러 나갔지만 실제 그곳이 객지이기 때문에 고향에 대한 생각이 더욱 간절했다. 오억령이 이 시에서 꿈속에서나마 압록강을 향해 달려간다고 한 것은 한응인을 비롯한 모든 일행들이 고달픈 북경 생활을 끝내고 고향으로 돌아가고 싶은 마음이 얼마나 간절했는가를 암시하는 말이기도 하다. 그러나 시간은 흘러가고 그 시간에 따라 세상사는 굴러가기 때문에 한응인이 명나라 신종 앞에 나아가 조선의 입장을 설득력 있게 대변해야 할 날은 어김없이 다가오고 있었다. 한응인이 예부의 연락을 받고 명나라 황제 신종이 있는 황극전皇極殿으로 들어가 알현했던 정확한 일자는 알 수 없으나 대개 3월 3일 전후가 될 것이다. 일반적으로 황제는 조선에서 온 사신을 위해 위로하는 잔치를 광록시光祿寺에서 베푼다. 잔치가 파하면 왕을 모시고 있는 중귀인中貴人이 궁 안으로부터 나와 황제의 명이라고 하여 사신 일행을 인도하고 황극문皇極門으로 들어간다. 그 문은 황극전으로 통하는데 문 안에는 태액지太液池가 있다. 그곳에는 외부 사람들이 허락 없이 들어오지 못한다. 태액지는 서원西苑에 있고 서원은 황극전 서쪽에 있다. 황극전에서 신종이 한응인의 일행을 접견했을 것이다. 당시 신종은 외국에서 온 사신 일행을 잘 만나지 않는 것으로 유명했는데, 한응인이 띠고 온 임무가 심상치 않은 것이기 때문에 한응인의 일행을 만나게 되었으리라고 본다. 한응인이 중국으로 가는 진주사에 임명되어 떠나 갈 때 조선에서 조선왕의 이름으로 된 상주문上奏文을 받아 갔다. 거기에는 중국 황제에게 왜 갑자기 이번 진주사를 보내게 됐는지 그 사유가 적혀 있었다.

한응인이 떠날 때 받은 상주문은 간이簡易 최립崔岦이 선조의 명을 받들어 쓴 것이다. 최립은 진사 최자양崔自陽의 아들로 한미한 가문에서 태어났으나 1561년에 문과에 장원으로 급제하여 형조참판에 이르렀다. 그는 당시 조선의 문인들 가운데 문장으로 이름을 떨쳐 중국에 보내는 왕의 친서를 쓰는 일을 도맡다시피 하였다.

한응인이 가져간 상주문의 내용은 이러했다.

　"조선의 국왕 이연李昖은 삼가 왜국의 정세를 아룁니다. 만력萬曆 19년(1591) 8월에 요동도사遼東都司가 보내온 자문咨文의 내용에 근거해서 이 글을 씁니다. 신이 조사한 바로는 금년 3월경에 일본국 대마주태수對馬州太守 종의조宗義調가 우리나라 사람으로 그곳에 사로잡혀 갔던 김대기金大璣 등을 되돌려 보냈는데, 그들이 전하는 말에 따르면, 사로잡혀 가 있던 전산전주畠山殿州에서 왜국의 왕이 전함戰艦을 매우 많이 건조하여 금년에 명나라를 치러 갈 것이라는 말을 들었답니다. 그리고 이어 금년 5월경에 중과 속인으로 이루어진 왜인 10여 명이 저희 나라를 찾아와 하는 말이, '우리나라의 관백關伯 풍신수길豊臣秀吉이 군사를 일으켜 국내의 여러 나라를 병합하여 모두 굴복시켰다. 일본을 통일한 것을 계기로 삼아 가정嘉靖(명나라 세종의 연호 1522~1566) 연간에 일본이 명나라에 사신을 보내어 조공을 바쳤으나 명나라에서 거절하고 받아들이지 않았으므로 대대로 원한이 맺혀 내년 3월에는 명나라로 쳐들어갈 계획을 세우고 있다. 그러면 조선도 응당 피해를 입을 것이니, 조선이 명나라에 이 사실을 먼저 알려 화해를 맺게 해 주면 이런 환난을 면할 수 있을 것이다.'라고 했습니다. 또 금년 6월에 대마도주 종의조의 아들 종의지宗義知가 우리나라의 한 포구浦口로 들어와서 급하게 알릴 일이 있다고 하면서 말하기를, '일본 관백이 병선을 크게 수리하여 머잖아 명나라를 치려고 한다. 그러면 조선도 응당 피해를 입을 것이니 조선이 명나라에 먼저 알려 화해를 이루게 한다면 이런 환난을 면할 수 있을 것이다.'라고 했습니다. 그러나 이 소문은 아직 확실하다고 할 수 없을 뿐더러 왜적들이 협박하고 공갈치는 말 같아서 그 진위를 가리기 어려우나 그래도 그냥 있을 수만은 없어 이런 내용을 예부에 알리고자 연경으로 사신을 보내었고, 그 사신들이 떠난 뒤에 같은 내용을 대략적으로 요동의 도사에게도 회신하였으므로 이 두 가지가 모두 조정에 전달됐으리라고 생각하옵니다. 그리고 외신外臣이 가만히 생각하옵건대, 일본이란 종족은 아득히 먼 바다 가운데 살면서 그들의 성질이 가볍고 교활하여 배 타는 데 능한 것을 무기로 삼아 노략질 하는 것을 일상생활로 삼아 왔습니다. 가까이는 저희 나라 연안으로부터 멀리는 귀국의 해변에 이르기까지 부정기적으로 출몰하였으므로 양국 관민들의 걱정거리가 된지 이미 오래되었습니다. 급기야 귀국의 조정을 원망하고 대들기 위해 먼저 군사력을 확장하면서 저희 나라에 사람들을 보내 위협적으로 저희들로 하여금 중간에서 화해를 요구하니 이는 예전에는 있을 수 없던 해괴망측한 일입니다. 또 유구琉球에 대해서는, 유구국이 일찍이 왜국에 귀순한 적이 없는데도 거짓으로 자기에게 귀순했다고 자랑하고, 저희 나라가 일본과의 싸움에 져서 패한 적이 없는데도 도리어 패하여 항복했다고 유구를 속이고 있습니다. 저들이 귀국을 침범하겠다는 계획을 아무런 거리낌도 없이 사방에 널리 퍼뜨리고 다니니, 그들의 속셈이 무엇인지 모르겠습니다. 또 저들은 자기들이 연경을 쳐들어 갈 것이니 저희로 하여금 길잡이가 되어 주라고 하고, 복건福健·절강浙江 지방으로 쳐들어갈 때는 귀국인을 길잡이로 삼겠다고 합니다. 저희 나라가 저들의 앞잡이가 될 수 없다는 것은 밝힐 필요조차 없겠지만 저들이 말하는 중국인中國人이란 누구를 가리키는지 알 수가 없습니다. 비록 야만의 땅에는 대대로 순리를 거스르는 종자가 있기는 했지만 지금의 저들처럼 광망狂妄한 자는 없었습니다. 어리석은 저들의 생각에 큰 바다가 수만

리 길을 막고 있어 그들의 군사가 이르는 곳을 귀국이 헤아리지 못
할 것이고, 동남쪽의 유구국이 항복하고 복종했다는 것도 그 내용
을 쌍방에게 물어서 알 수 없을 것이라고 여기며, 자신의 흉악한
음모와 패악스런 형상이 알려진다고 하더라도 죄를 물으러 귀국의
군사들이 이르기가 쉽지 않으리라고 여겨 감히 장황하게 말하고 거
짓말로 공갈하는 것입니다. 그래도 온갖 나쁜 소문을 퍼뜨려 아래
로 바다에 인접해 있는 여러 나라를 견제하고, 위로는 귀국에 조공
을 바칠 길을 열어 그에 따르는 보상도 받고 무역 거래도 해서 이익
을 얻고자 하는 것입니다. 아울러 혹 관문의 요새지를 익혀 두었다
가 바야흐로 기회가 올 때 저들이 요행을 바라자는 것에 지나지 않
을 것일 수도 있습니다. 저희 나라와 왜국은 비록 해가 뜨는 동쪽에
함께 있는 나라이기는 하나 저희는 서북쪽으로 귀국과 육지로 이어
져 있고, 왜국은 동남쪽의 먼 바다 가운데 있어 물길을 사이로 수
천리나 떨어져 있어 바람처럼 잠깐 왕래했을 따름이지 외교관계를
맺지는 않았습니다. 그리고 이랬다저랬다 돌변하기를 일삼는 저들
과는 가까이 할 수 없어 그대로 방치했는데, 저들이 스스로 몰래
쳐들어오기도 하고 혼자 외교를 빙자하여 억지로 내왕하기도 했습
니다. 그래도 저희가 저들과 관계를 박절하게 끊을 수 없어 조금
가까이 한 것은 변방에 사는 백성들을 좀 편안하게 하고자 해서일
따름이옵니다. 그리고 삼국시대나 고려시대의 전례를 따라 때때로
포로로 잡혀간 사람을 데려 온다는 명목으로 사람들을 바다로 떠나
보냈던 것은 왜국의 국내 사정을 탐색하자는 것이니, 이는 왜국과
의 바닷길 이수里數와 국력에 대한 소문을 그대로 믿고, 저들의 동
태와 속임수를 억측으로만 판단하는 것에서 벗어나기 위한 방편이
었습니다. 근래 바다에 나갔다가 돌아온 사람들의 말을 들어보면

풍신수길이 지금 그 나라의 왕인 원씨源氏를 멸망시키고 그 자리를 차지하여서는 스스로 관백關伯이라 하고 자못 여러 섬들을 정벌했다고 합니다. 왜국 사람들의 말에 의하면 관백이 미쳐 날뛰어 장차 그 위세가 얼마 못 갈 것이라고도 하며, 또 대마도주 종의조가 병을 핑계하고 사무를 보지 않는다고 하기도 하며, 또 종의조 대신 평의지平義知가 대마도주가 되었다고 하기도 합니다. 이런 소문을 듣고 의심이 나는 터에 마침 평의지가 대마도주 종의조의 친아들이라고 하며 찾아 왔었습니다. 종씨宗氏와 평씨平氏는 원래 다른 성씨인데 갑자기 부자지간으로 꾸며 속이는 것은 반드시 평의지는 평신수길과 같은 성을 가진 친척으로 평신수길이 나라를 빼앗아 전국을 통일할 적에 두 사람이 같은 집안에서 나와 서로 도와 역모를 꾀한 듯합니다. 저희 나라에는 신라 말기로부터 왜적들이 많이 나타나 살생과 도적질을 자행하여 왔는데 선신先臣인 태조太祖가 대장이 되어 그들을 무찔러 섬멸시켰으며, 그 후로도 왜적의 방어에 실수하는 자에게 엄한 벌을 내리기도 했습니다. 그러다가 가정嘉靖 을묘년(1555)에 왜선 1백여 척이 전라도 달량진達梁鎭 등지를 침범해 왔는데 저희 나라에는 태평한 세월이 오래 지속되어 미처 침입에 대비하지 못하였으므로 변방을 지키는 군사들이 많은 피해를 입었습니다만 왜적들도 크게 패하여 살아서 돌아간 자가 거의 없었습니다. 이 이후로는 혹 왜적들이 바다를 지나가다 풍랑을 만나 표류되어 섬에 기어 들어와 숨어 저희의 동정을 엿보기도 하며, 혹 바다의 어둠을 타고 몰래 들어와 멀리서 정탐하다가 수비하는 군사들에게 발각되기도 하여 그들이 얻는 것은 아주 사소한 것일 따름이었습니다. 근래 수십 년 이래에는 그들이 쳐들어오는 경우가 거의 드물었는데 어떻게 서로 간에 싸워서 이기고 지는 일이 있었겠습니까. 다

른 나라를 쳐서 비록 어느 한 지방의 백성을 항복시켰다 하더라도
그 소문이 퍼지지 않을 수 없는데 패자는 그것을 속이며, 승자는
과장하기에 급급할 수 있겠습니까. 그들이 이 말을 빙자하여 교활
한 체 하고자 하나 도리어 어리석은 짓이니, 어찌 사람들이 저들의
말을 믿고 안 믿는 것을 헤아릴 수 있겠습니까. 신은 저희 나라가
이런 터무니없는 소리를 들었으므로 유구국이 일본에 항복하지 않
았다는 것을 보증할 뿐만 아니라 남만南蠻의 여러 나라도 일본에게
항복한 일이 없음을 확신할 수 있습니다. 신이 유독 가슴 아프게
생각하는 것은, 신의 조상이 나라를 세운 이후로 대대로 상국에 충
순忠順과 경외심을 독실하게 보여 열성조列聖朝에서 장려해 온 예
의의 나라라는 칭호를 잃어 본 적이 없으며, 신의 몸에 이르러서도
감히 그 뜻을 저버릴 수 없었습니다. 더구나 대대로 상국의 특별한
은혜를 받고, 다른 제후국들보다 더 후한 대접을 받았는데, 신 또한
지금 황제의 조정에서 특별한 은혜를 입었습니다. 그중 다른 것은
그만 두더라도 오래도록 잘못되었던 종계宗系를 바로 잡아 이미 끊
어졌던 인륜을 잇게 해 주셨고, 그것을 극히 엄한 대명회전大明會典
에 반영하여 새로 간행하기에 이르렀습니다. 이는 비록 천자의 고
굉지신이라도 얻기 어려운 것인데도 먼 변방의 하찮은 존재인 제가
소원을 말씀 드리면 하나도 남김없이 다 들어주셨으니, 이는 아마
천년에 한 번 있을까 말까한 일이고 천하에 둘도 없는 일입니다.
그래서 신은 아침저녁으로 감격하여 눈물로 지새지만 구천九天이
너무 멀어 저의 작은 충성을 표할 길이 없고, 은혜를 갚을 기약은
오직 결초보은하는 것밖에 없는 줄 알고 있을 따름입니다. 그러나
뜻밖에 왜적이 신을 업신여겨 모욕을 심하게 당하고 있습니다. 신
은 어찌하여 불행하게 오랑캐들 사이에서 이런 소문이 퍼져 상국의

조정에까지 들리게 되었는지 모르겠습니다. 오직 두려운 것은 신이 성상聖上을 섬김에 있어 혹 정성이 부족하여 이 지경에까지 이른 게 아닌가 하여 우러러보고 굽어봐도 용서받을 길이 없을 것 같습니다. 또 신이 실로 부끄럽고 분하게 여기는 것은 왜적들과 함께 성상의 은혜를 받으며 살아가고 있다는 것입니다. 신이 보건대, 저들은 과장만 하고 진실성이 없어 갑자기 교만을 부리다가 갑자기 망할 것이므로 염려하실 것이 없사옵니다. 그러나 생각하면, 흉악함이 화를 초래할 것이 분명한데 혹시 내버려 두고 도와준다면 사나운 짐승이 죽을 때 다치는 사람이 많듯이 크게 화를 당하지 않을까 걱정됩니다. 저 왜적들이 함부로 날뛰고 창궐하여 천도天道를 두려워하지 아니하고 사람의 도리를 돌아보지 아니하니, 저들이 패하여 망하기 전에는 분수껏 편안히 있지 못하고 고려 때처럼 바다 밖에서 발호해 쳐들어오리라는 것을 어찌 모르겠습니까. 신이 이미 저희 나라 연변에 군사를 풀어 엄중하게 대비케 했고, 적선이 우리 경계를 범하거나 넘어서게 되면 가차 없이 모조리 잡아 죽이게 했습니다. 다시 상국의 조정에 바라는 것은 따로 관아에 칙서를 내리시어 해도海道의 왜적 방비를 철저하게 하여 근심이 없게 하시면 매우 다행스러운 일이겠습니다. 이만 삼가 갖추어 아뢰옵니다."

이 자세하면서도 긴 글에서 선조는 조선이 일본과 어떤 관계이고, 일본이 얼마나 잔인무도하고 패역스러운 존재인가를 힘주어 말하고 있다. 우리는 여기에서 조선이 남쪽 바다 건너로는 왜적의 침입에 전전긍긍하고, 위로는 중국의 신국臣國으로서 최대한 몸을 낮추어 생존의 길을 찾아야 하는 이소사대以小事大의 굴레에서 헤어 나오지 못하고 있음을 알 수 있다. 한응인도 조선의 왕 선조가 중국의 비위를 맞추고 거역하지 않기 위해 비굴할 정도로 몸을 낮추고 있는 내용의 글을 읽고 착잡한 심정을 억누를 수 없었을 것이다. 그러나 한응인은 조국이 놓여 있는 현실을 생각할 때 선조의 이 같은 읍소泣訴에 가까운 하소연은 약소국으로서 살아남기 위한 하나의 방편인 것을 충분히 알았을 것이다. 한응인이 선조에게서 명나라로 급히 떠나가라는 어명을 받고 살을 에는 듯이 추운 만주벌판을 내달리면서 그러한 약소국으로서의 설움을 뼈저리게 느꼈기 때문에 오히려 명나라 신종 앞에서 상주문에 써진 내용과 같이 조선의 무죄를 소신을 가지고 떳떳하게 변호했으리라고 본다. 유능한 역관이 한응인을 따라서 황극전에 들어갔겠지만 신하의 나라인 조선에서 온 정사가 부모의 나라인 중국 황제 앞에서 유창한 중국어로 호소한 것이 신종황제에게 큰 감명을 주었으리라고 본다. 사행단使行團의 정사正使가 반드시 중국어를 유창하게 구사할 줄 알아야 한다는 것은 아니지만 중국과 위급하면서도 불리한 외교문제로 우리의 사정을 호소력 있게 알려야 할 경우에 정사가 능수능란하면서도 진솔하게 중국어로 직접 얘기하면 그 효과가 훨씬 크다고 할 수 있다. 고려 말기의 목은牧隱 이색李穡(1328~1396)은 당대 최고의 문장가이고 관료이며, 중국을 잘 아는 학자로 통했는데, 젊은 시절 중국에 가서 원나라 황제를 알현하는 자리에서 중국어로 대화를 나누다가 황제가 목은의 중국어는 남방 사람 말 같아서 알아듣기 어렵다고 한 예에서 볼 수 있듯이 중국에 가는 외교관으로서 중국어를 제대로 구사할 수 있는 것이 얼마나 힘들면서도 중요한 가를 알 수 있다. 명나라 신종이 일부러 황극전에 불러 공에게 알현의 기회를 주자, 한응인이 신종에게 정성을 다해 진언했으므로 신종이 조선에 대한 의심을 풀고 한응인을 계단 아래에 바짝 다가오게 해서는 가까이서 조용히 위로의 말을 건네고 여러 가지 질문을 던지기도 했다. 이 같이 조선에서 간 사신으로 중국의 황제를 가까이서 만나 얼굴을 서로 마주하여 얘기를 나눈 것은 썩 드문 경우였다. 그러므로 신종이 한응인을 비롯한 진주사 일행에게 후하게 상을 내리고, 조선이 일본의 침략을 받아 어려움에 처하면 명나라 군대를 파견하겠다는 약속을 했으므로 한응인은 쾌재를 부르며 황극전을 나왔다.

이번 진주사 일행이 명나라에 파견되기 전에 황제의 의구심을 떨치기 위해 김응남이 성절사로 가면서 선조의 친서를 가지고 가 황제에게 알렸고, 이어서 다시 이유인李裕仁(1533~1592)이 상주문上奏文을 가지고 가 일본의 정세를 알리는 등 조선 조정이 안간힘을 다하여 명나라의 의구심을 풀어보려고 하였으나 뜻대로 되지 않았다. 그러나 한응인이 급거 명나라에 파견되어 명나라 조정의 원로들에게 조선의 처지와 왜적의 도발을 알렸고, 신종황제를 까까이서 알현하여 조선의 억울한 처지를 호소한 결과 뜻하지 않은 큰 성과를 얻고 귀국하게 된 것이다. 한응인이 이때 거뒀던 외교적 승리는 몇 달 뒤에 일본군이 조선에 침입하여 조선의 전역을 초토화 시킬 때 명나라가 조선에 구원병을 파견하는 데 중요한 근거가 되었기 때문에 한응인의 이러한 중국에서의 역할은 역사적으로도 적잖은 의미를 지닌다.

한응인은 신종을 알현하고 중국 조정에서 주는 황제의 답서를

받아 3월 초·중순경에 조선을 향해 연경에서 떠났으리라고 추측
된다. 한응인은 중국 땅에서 임진년(1592) 새해를 맞이했으므로
39살의 장년으로 조선에 귀국하게 되었다. 일본이 임진년 3월에
조선을 침략한다는 말을 공공연하게 했기 때문에 귀국길에 오른
한응인의 마음은 상당히 무거웠지만 그가 한양을 떠나 4개월 너머
중국에 있다가 조선으로 돌아오는 길은 걸음이 빠를 수밖에 없었
다. 이러한 한응인의 심정은 귀국길에 남긴 다음의 시에서 나타나
고 있다.

요동에서 동지사 윤섬에게 써서 주다

추운 밤 요동성에 나그네 수레 멈췄는데,
타향에서 돌아오는 이몸 귀밑머리 하얘졌네.
나라를 떠날 때 누가 변방의 길손 안타까워했던가,
만나는 사람마다 모두 장안의 사람이었네.
남교에 내린 흰 눈 저자거리 뒤덮었고,
북쪽 성곽의 맑은 바람은 바닷가에서 불어오네.
다시 큰 술잔 잡은 지가 얼마만인가 알겠노니,
매화는 고향의 봄 동산에서 꽃 피우려 하겠네.

遼城寒夜駐征輪,
異地歸來鬢似銀.
去國誰憐關塞客,
逢場盡是洛陽人.
南橋白雪埋柴市,

北郭淸風自海濱.
更把深盃知幾日,
梅花欲放故園春.

〈遼東, 書贈冬至使尹暹, 二首〉

한응인은 이 시에서 임무를 무사히 마치고 귀국하는 즐거움을 말하고 있다. 요동이 북경에서 서울까지의 중간쯤에 있으므로 마음으로는 벌써 조선에 닿은 것 같은 느낌이 들었을 것이다. 요동은 우리나라와 끈질긴 인연을 가진 곳이었다. 고구려시대에는 여기에 요동성을 쌓고 중국의 침입을 방어하기 위한 요새지로 삼았다. 중국 수나라 양제煬帝가 이곳을 점령하기 위하여 대군을 이끌고 쳐들어 왔으나 함락시키지 못하고 돌아갔다. 고구려가 멸망한 후 이곳은 다시 중국의 지배하에 들어갔고, 주원장이 명나라를 일으킨 뒤로 여기에 요동도지휘사遼東都指揮使를 설치하여 만주지역을 통솔했다. 특히 고려 말에 거국적인 요동정벌군遼東征伐軍을 결성하여 조민수를 좌군도통사左軍都統使로, 이성계를 우군도통사로 삼아 3만 8천여 명의 대군으로 요동을 향해 출발했으나 이성계의 위화도회군으로 모든 것이 수포로 돌아갔다. 이 일로 인하여 이성계의 세력이 점점 커져 이성계를 중심으로 한 급진 개혁세력이 등장하게 됨으로써 고려가 망하고 이씨 조선이 새로 일어나게 되었다. 어떻게 보면 이 요동 땅이 조선이 세워지게 된 직접적인 원인을 제공했다고 할 수 있을 것이다. 이곳이 당시 명나라 땅이었지만 조선 사람의 정서에는 우리 국토 못지않은 친연성親緣性을 지닌 곳이었기 때문에 한응인이 이곳에 도착하여 이제 거의 조선에 안착安着하게 됐다는 생각을 가진 것도 요동 땅에 얽힌 그러한 역사적 관계에서 나왔다고 할 수 있을 것이다.

봄이 왔다고 하지만 3월의 요동 땅은 여전히 동토의 땅이었다. 조선에서 온 사람들이 많이 모여 사는 요동 땅에 여장을 풀고 나니 지난 5개월 동안의 힘겨운 일들이 주마등처럼 지나갔다. 나라의 운명을 좌우할 무거운 짐을 두 어깨에 짊어지고 조급한 마음으로 북경을 향해 갔고, 또 북경에서의 불꽃 튀는 외교전에 신경을 곤두세워야 했으므로 그간의 세월이 무척이나 지루하고 힘들었다. 그때 한응인은 요동 땅으로 다시 돌아온 자신의 모습을 보며 두 귀밑머리가 하얗게 새어버린 것에 망연자실하고 있다. 여기에서 요동 땅의 싸늘한 밤바람을 맞으며 숙소를 찾은 한응인의 모습이 몹시 초췌하고 마음 또한 황량하기 이를 데 없었을 짐작할 수 있다. 한응인이 국경을 넘어 중국으로 들어갈 때는 길 떠난 나그네라 무척 황량하고 어설펐겠지만 중국에 들어가서 북경의 지식인들을 두루 만나고 돌아온 지금은 무척 자신감에 넘치고 스스로 고무되기도 했다. 한응인은 다시 밟은 요동 땅이 아직 흰 눈이 내리는 겨울 같은 날씨지만 그래도 계절의 변화는 어쩔 수 없듯이 봄을 알리는 훈풍이 불어오고 있는 환절기의 특이한 모습에 감격해 하고 있다. 이것은 쓸쓸하고 고적하면서도 한편으로는 새로운 희망과 밝은 미래를 기대하는 상반된 감정 상태에 놓여 있는 한응인의 복잡한 심사를 드러낸 것이라고 할 수 있다. 그러나 막중한 임무를 성공적으로 수행하고 돌아온 안도감에 다시 큰 술잔에 술을 따르고 새삼스럽게 무사하게 귀환하게 된 것을 내심 자축하고 있다. 지난 해 10월 24일 조선을 떠나 명나라에 들어갈 때 자신이 띠고 가는 임무가 너무 힘겹고, 조선의 미래가 어떻게 전개될지 모르는 상황에서 근심과 걱정을 떨치기 위해 아무리 술을 마셔도 취하지 않는다고 고백했던 때와는 사뭇 다른 모습을 보이고 있다. 그러므로 한응인은 조선에는 벌써 봄이 한창일 것이고, 한양에는 매화가 아름다운 꽃봉오리를 터뜨리고 있을 것이라는 희망찬 메시지를 전하고 있다. 아무리 어렵고 힘든 겨울이라도 참고 이겨내면 만물이 화창하게 꽃을 피우는 따뜻한 봄을 맞이할 수 있듯이 한응인도 어둡고 긴 터널을 벗어나 온화하고 싱그러운 봄의 정취에 흠뻑 취할 수 있다는 기대감에 한껏 부풀어 있었다. 그는 사대부 가문에서 성장하여 아무런 어려움 없이 다복多福하게 살아왔기 때문에 인간관계나 자연에 대한 심미적 관찰이 왜곡되지 않고 자연스러웠으므로 또 다른 봄을 맞이하리라는 기대를 저버리지 않고 있었을 것이다.

한응인은 북경을 떠나 조선을 향해 달려오다가 이 요동에서 잠시 숨을 고르면서 명나라 황제인 신종이 베풀어 준 은혜에 새삼 고마운 마음을 가지게 된다. 그러한 마음을 실어 위의 윤섬에게 준 두 수의 시 가운데 둘째 수의 시에서 표현해 내고 있다.

요동에서

그대가 일찍 압록강을 배로 건넌다는 소식 들었을 때,
바로 나는 괴주에서 처음 수레를 돌렸다오.

북으로 갔다 남으로 오느라 사람 늙으려 하고,
비바람과 눈보라 이기느라 세월은 쉽게도 가버렸네.
해 저문 외로운 성에 변방의 소리 고달프고,
까마귀 놀래는 옛 성루에 달빛은 수심을 띄었네.
머리 돌려 바라보니 지금에도 그리운 마음 남아 있어,
오색의 화려한 구름 황극전 동쪽에 어려 있겠네.

聞君曾渡鴨江舟,
正我初回薊路輈.
北去南來人欲老,
風饕雪虐歲將遒.
孤城日落邊聲苦,
古壘鴉驚月色愁.
回首祗今遺戀在,
五雲皇極殿東頭.
〈遼東, 書贈冬至使尹暹, 二首〉

한응인은 자신이 북경을 다녀오느라 얼마나 힘들고 기진맥진했
는가를 같은 경험을 가졌던 윤섬에게 호소하듯 얘기하고 있다. 연
경을 오가면서 수 없는 난관과 고초를 겪으며 심신이 지칠 대로
지쳤고, 스스로 황금 같은 반년의 세월을 분주한 가운데 자신도
모르게 보내버린 것을 안타까워하고 있다. 그러나 그렇게 고생하
며 요동에 도착한 한응인에게 반갑고 좋은 소식이 들려오지 않았
을 것이다. 이 시에서 한응인은 요동의 변방에서 고달픈 민초들이
하소연하는 소리를 듣고 무척 힘들었다. 더욱이 낡고 오래되어 허

물어진 성루에 앉아 불길하게 울어대는 겨울 까마귀 소리가 빚어
내는 음산함과 그 위를 비추는 달빛의 스산한 분위기에 억눌린 감
정을 이겨내기가 어려웠음을 말하고 있다. 풍찬노숙을 일삼으며
사행 길에 고생하다 이제 낯익은 요동성에 들어왔지만 이 같은 북
쪽 변방의 살벌한 풍광이 한응인을 크게 위축시켰으리라고 본다.
한응인이 중국에서 원하던 것을 이루고 즐거운 마음으로 귀국 길
에 올랐기 때문에 요동성에 들어와서 설령 북방의 살벌한 분위기
를 목격했더라도 이 같이 음울하고 한 맺힌 듯한 내용의 시를 짓
지는 않았을 것이다. 여기에서 보면 한응인의 마음속에는 늘 씻지
못할 불안과 두려움이 자리하고 있었음을 쉽게 짐작할 수 있다.

　한응인은 북경에서 출발하여 조선으로 오는 길에 조국인 조선
의 국내 정황을 시시각각으로 전해 들었으리라고 본다. 또한 중국
에서 일본에 대한 최신의 정보를 수집해 왔기 때문에 풍신수길이
일본의 전국시대를 통일하여 완전무결하게 정권을 장악한 여세를
몰아 조선을 거쳐 명나라를 쳐들어가겠다는 것이 단순한 호기가
아니라는 것을 충분히 감지했으리라고 본다. 그러나 조선이 이러
한 어려운 국면에 놓여 있지만 조정 관료들이 전혀 위기의식을 가
지고 있지 않고, 게다가 조선의 국력이 미약하여 일본의 침입에
재대로 대응할 수 있는 역량을 갖추고 있지 못했으므로 조선의 현
실을 누구보다도 잘 알고 있는 한응인의 마음은 참으로 괴로웠을
것이다. 그러나 조선은 왕을 중심으로 하여 혼연일체가 되어 왜적
의 침입에 대비해도 이겨내기가 불가능할 정도로 일본에 비해 전
세가 열세인데 오히려 오랫동안 평화를 누려오면서 동·서東西 양

당으로 나누어진 붕당정치로 인해 국력을 하나로 결집할 수 없다는 현실 앞에서 한응인의 고뇌와 갈등은 클 수밖에 없었다. 그러므로 한응인의 눈에 비치는 요동의 삭막하기 이를 데 없는 겨울 풍경은 한응인의 스산한 심사를 더욱 괴롭혔다. 한응인은 자신이 명나라 신종과 지근거리에서 만나 조선이 처한 현실을 있는 그대로 아뢰고 황제는 한응인의 말을 진정으로 받아들여 조선에 대해서 가지고 있던 의구심을 떨쳐버리고 적극적으로 조선을 도우겠다는 약속까지 한 사실을 떠올리면 그래도 큰 위안이 되었다. 그래서 한응인은 조선 국왕의 신하로서 조선이 처한 현실 앞에 절망하면서도 명나라 황제의 우호적이면서도 온화한 옥음玉音을 떠올리면 그래도 위축된 마음을 펼 수 있었다. 한응인은 이 시에서 명나라 신종을 연모하고 그리워하는 마음을 말하고, 신종이 머물고 있는 황극전의 엄숙하면서 신비스러웠던 모습을 추억하고 있어 중국에 대한 강한 신뢰를 보이고 있다. 한응인의 생애에 있어서 두 번째의 이번 북경 방문은 조선의 국제적 위상을 새롭게 생각해 보는 계기가 되었고, 작은 공간과 한정된 자원을 가진 조선이 어떻게 해야 국제관계에서 뒤떨어지지 않고 새로운 조선으로 재탄생해야 하는가를 깊이 사색해 보는 시간을 가지게 되었다고 본다.

3) 의주에서 왜란의 소식을 듣다

한응인은 요동을 떠나 430리 거리에 있는 봉황성鳳凰城을 지나고, 이어서 압록강을 건너면 통군정統軍亭을 만나게 되고, 거기서 조금 더 길을 가면 의주에 이르게 되는 사행 길을 택하여 귀국했을 것이다. 그러나 한응인이 요동을 출발할 때가 4월 초쯤 될 것이고, 의주에 도착하기는 4월 14일 이후일 것이다. 한응인은 의주에 도착해서 일본이 조선을 침략하여 온 나라가 지금까지 겪어보지 못한 대혼란에 빠졌다는 사실을 알게 되었다. 이 소식을 들은 한응인의 표정이 어떠했는가는 충분히 상상할 수 있다. 한응인이 6개월 가까이 중국을 왕래하면서 늘 일본의 침략이 뇌리에서 떠나지 않았을 것이고, 만약 일본이 예고한 대로 전쟁을 일으킨다면 조선이 회생되기 어려울 정도로 초토화 되리라는 사실을 예견하고 있었기 때문에 막상 일본이 조선을 침범했다는 소식을 듣고는 아연실색했으리라고 본다. 한응인이 중국에서 돌아와 전쟁 소식을 듣고 눈물을 씻으며 발길을 재촉하여 5월 2일에 선조가 몽진하여 임시로 거처하고 있던 개성開城 행재소行在所로 달려와 명나라에 다녀온 결과를 선조에 보고했는데, 이때 조선은 이미 국토의 반이 왜적의 손에 넘어간 상태였다. 선조는 처음에 일본이 그들의 주장처럼 쉽게 조선을 침략하리라고는 생각하지 않았다. 그러나 잘 훈련되고 완전무장한 일본의 대군이 부산포에 들어와 별다른 저항을 받지 않고 경기 이남지역을 점령하자 부랴부랴 서둘러 개성으로 왔기 때문에 한응인은 선조에게서 6개월 전에 보았던 조선 국왕으로서의 위용을 찾아볼 수 없었다. 오히려 한응인은 적군에게 쫓기고 있는 패장의 초라한 모습에 놀라움을 감추지 못했다. 한응인이 진주사로서 큰 성과를 거두고 돌아와 선조에게 그 간의 경위와 다녀온 결과를 복명復命하는 자리였지만 선조와 한응인은 무어라 말을 못하고 서로 멍하니 바라보며 눈물을 삼킬 수밖에 없었을 것이다. 중국으로 사행 길에 오르기 전에 선조를 가까이서 보좌하는 도승지로서, 나라의 예법과 외교를 총괄하던 예조판서를 지내며 누구보다 선조의 마음을 잘 읽고 있던 한응인이 선조의 의기소침한 모습과 핏발선 용안을 대하면서 가졌던 참절한 심정은 붓으로도 다 형용하기 어려울 것이다. 그러나 전혀 원하지 않았던 전쟁은 벌어져 있었고, 온 나라가 전쟁의 소용돌이에 휩쓸려 가고 있었다.

1592년 임진년에 조선 조정에서는 일본의 침략에 대비한다고 분주했으나 당시에 대규모 전쟁에 대한 경험이나 전쟁 방지 대책이 거의 없었으므로 말만 무성했을 뿐 실질적인 대비책은 거의 이루어지지 않았다. 임진년에는 나라가 어지럽고 위태롭게 될 흉측한 조짐들이 곳곳에서 나타났다. 한양에 사는 선비들이 수백·수천 명으로 떼를 지어 미치광이처럼 노래하고 춤추며 돌아다녔다. 그들은 웃다가 울기도 하며, 부끄러움을 모른 채 도깨비나 무당의 흉내를 내며 거리를 휩쓸고 다니고 있어서 그 흉물스런 모습을 서울 사람들이 차마 눈뜨고 보지 못하였다. 그런데 이들 가운데는 장효성張孝誠·백진민白震民·유극신柳隙新·김두남金斗南·이경전李慶全·정협鄭協(1561~1611)·김성립金誠立(1561~1592) 등 30여 명의 명문대가 자제들이 가담하고 있었는데, 세상 사람들이 그들의 해괴한 짓을 보고는 나라가 망할 징조라고 하여 두려움에 떨었다. 또 시장의 상인들이 도성 안팎의 산과 들에서 술을 마시고 풍악을 잡히며, 해가 저물도록 노래하고 춤추며 노는 일이 봄·가을로 끊이지 않았다. 1590년과 1591년에 걸쳐 한양에는 "얼마 있지 않아 세상이 바뀔 것이니 살아 있을 때 술 취하고 배불리 먹는 것이 제일이다."는 참언들이 떠돌아다니자 이 말을 들은 사람들이 하는 일 없이 노는데 정신이 홀려 가산을 탕진하기도 했다. 그리고 이 해 3월 보름에 동구릉에 있는 왕릉을 참배하여 망제望祭를 드리고 있는데 홀연히 조선을 건국한 태조 이성계의 능인 건원릉健元陵 위에서 흐느껴 우는 듯한 소리가 들렸다. 처음에는 이 소리가 어디에서 들리는지 알지 못하다가 자세히 살펴보니 능 위에서 나는 소리였다. 제사에 참여했던 제관들이 모두 몸 둘 바를 모를 정도로 송구해 했다. 그러나 이로부터 하루에 한 번씩 혹은 며칠에 한 번씩 그 소리가 들렸는데 한 달이 다하도록 그 소리가 사라지지 않았다. 그러는 중에 4월 13일에는 궁궐 안 샘물에서 푸른 무지개가 솟아나 선조의 옥체를 위협하였다. 선조가 자신에게 끊임없이 뻗쳐오는 무지개를 피하여도 사라지지 않더니 문을 닫고 몸을 숨기니 사라졌다. 이것은 왜적이 조선을 침범하는 날에 나타났기 때문에 해괴한 일이 아닐 수 없었다. 상식으로는 받아들일 수 없는 이러한 괴이한 일들은 조선이 건국된 이래 가장 참혹한 환란이 일어나리라는 조짐임에 틀림없었다. 나라의 정기가 다하고 국력이 쇠잔하게 되면 시간과 공간을 막론하고 말기적 현상이 나타나 백성들의 기가 꺾이고 사회나 국가의 질서가 무너지기 마련이므로 이러한 일들을 통하여 임진왜란을 맞이하게 된 조선이 얼마나 쇠락하고 피폐해졌는가를 유추해 볼 수 있을 것이다. 나라 안에 일어나는 이러한 나쁜 조짐들은 결국 정치적 폐해와 도덕적 문란에

서 오는 일종의 착란현상이긴 하지만 기울어져 가는 나라의 운세
를 예견하는 은밀한 조짐이라고도 할 수 있다.

일본은 현소玄蘇스님과 대마도주의 사신을 보내어 명나라를 침
략하기 위한 길을 내주라는 가도입명假道入明을 끈질기게 요구하
였으므로 이미 여러 번 조선에게 선전포고를 한 셈이었다. 그러나
조선은 이들의 위협이 현실화되기는 쉽지 않으리라고 생각했지만
바로 턱 밑에 싸움을 걸어오는 상대방이 있는데 무심하게 앉아 있
을 수만은 없는 노릇이었다. 막연한 우려에서 몇 명의 무능한 수
령을 바꾸고, 지금까지 왜구의 침입을 무수히 받아 영남과 호남지
방의 해안 지역의 전략적 요지에 성지城池를 수축하고 무기의 정
비에 힘을 썼다. 그러나 당시 조정에서 신립申砬(1546~1592)·과
이일李鎰을 왜적이 침입할 만한 곳에 파견하여 전쟁 대비태세를
점검하게 하였으나 그들은 다만 가볍게 활과 화살과 창과 칼 등의
무기류만 점검했을 뿐이었다. 실제로 일본의 침입을 받을 수 있는
고을의 수령들조차 실질적인 대비태세를 갖추는데 소홀히 하여
겉치레로 조정의 명령을 따랐을 뿐 특단의 조치를 취하지 않았다.
더욱이 조정에서 갑자기 왜적의 침입에 대비하라는 명령을 내렸
으나 그 지역의 사람들은 이 일이 조정에서 백성들을 괴롭히기 위
해서 벌인 것이라고 하여 전혀 동조하지 않았으므로 민심의 동요
만 일으키고 있었다. 신립이 왕명을 받들어 삼남三南 및 경기·황
해의 방비 상태를 둘러보고 한양으로 돌아와 유성룡柳成龍의 집에
이르렀다. 유성룡이 말하길, "머잖아 변란이 일어나게 되면 공이
중임을 맡게 될 것인데 공의 생각으로는 지금 왜국의 정세가 어떠

하다고 생각하시오."라고 하여 당시 조선을 대표하는 명장에게 다
짐하듯 물었다. 그러나 신립은 일본을 가볍게 보고서는 크게 걱정
할 일이 아니라고 하였다. 신립이 일본을 이렇게 대수롭지 않게
볼만한 이유가 있었다. 신립이 1583년에 함경북도 최북단에 위치
한 온성穩城 고을의 부사府使로 있었는데, 이때 반역을 도모한 오
랑캐 니탕개泥湯介가 쳐들어와 북방의 여러 고을을 휩쓸고 다녔으
나 당시 변방을 지키고 있던 조선의 장군들이 니탕개와의 싸움에
서 모조리 패하고 말았다. 신립이 이 소식을 듣고는 10여 기騎의
적은 수의 군사를 이끌고 달려가 니탕개의 무리들을 무찌르고 곧
바로 두만강을 건너 오랑캐의 소굴을 완전히 소탕하고 돌아왔다.
이 승전보가 조정에 보고되자 신립은 함경북병사咸鏡北兵使에 특
진되었다. 그 이후로 여러 번에 걸쳐 공격해 오는 오랑캐를 여지
없이 무찔렀으므로 그는 오랫동안 북병사로 근무하였다. 신립이
그 곳에서의 근무를 마치고 한성판윤漢城判尹이 되어 서울로 돌아
오자 선조가 직접 교외에까지 마중을 나가서 위로하고 그의 갑옷
에 핏자국이 묻어 있는 것을 보고는 자신의 옷을 벗어 입혀 주기
까지 하였다. 그날 신립이 서울로 돌아온다는 소문을 들은 백성들
이 그를 환영하기 위해 길을 메웠는데 그의 용맹함에 감복하여 감
히 고개를 들어 그의 얼굴을 쳐다보지도 못했다. 신립이 육지전에
능하고 강한 북쪽 오랑캐들을 물리친 경험이 많았으므로 왜적의
침입 위협에도 경계하거나 두려운 기색을 보이지 않았을 것이다.
그러나 유성룡은 문신이지만 사세를 올바로 파악하고 일본의 신
식무기나 그 호전성을 알고 있었기 때문에 다시 이렇게 말했다.

"그렇지 않소. 그 전에는 왜적이 짧은 칼에 의지하여 침략을 일삼 았는데 지금은 그것은 물론이고 조총鳥銃이라는 유용한 신무기를 지녔으니 가볍게 보아서는 안 될 것이오." 신립이 바로 대꾸하였 다. "저들이 비록 조총을 가지고 있다고 하나 어찌 백발백중할 수 있겠습니까."

나라의 존망이 신립의 한 몸에 실려 있다고 해도 과언이 아닌 당시의 현실에서 조정이나 백성들이 천금 같이 믿고 있던 신립 장 군이 하는 말을 듣고 유성룡은 크게 실망하여 이렇게 말했다. "우 리나라가 태평성세를 누린 지 이미 오래되었으며, 전쟁을 경험하 지 못한 대부분의 사졸들이 겁이 많고 허약하니 만약 왜적이 침략 해 오는 화급한 일이 생기면 감당해내기가 어려울 것이오. 나의 생각으로는 지금부터 여러 해에 걸쳐 군사들을 잘 단련하여 익숙 해진 뒤에 그런 일을 당하면 수습할 수 있겠으나 지금의 군사력으 로는 그렇지 못하니 나로서는 매우 걱정되는구려."

신립은 유성룡의 말을 전쟁을 경험해 보지 못한 문약한 문신의 말이라고 여겨 시큰둥한 반응을 보이며 그 자리를 떴다. 유성룡의 말은 선조를 가까이서 보좌하는 조정 대신으로서 여러 가지 정보 와 돌아가는 판세를 고려하여 조선이 놓인 급박한 현실을 토로한 것으로, 이는 한응인이 진주사로 연경을 다녀오는 길에 요동성에 머물면서 나라의 장래가 암울하여 한치 앞도 내려다 볼 수 없다고 고뇌한 것과 맥락을 같이 하는 것이라고 하겠다. 전장에 나가 적 과 맞서 용감하게 싸우고 무력으로 적을 제압하는 것은 무인이지 만 사세를 판단하여 전략을 세우는 것은 문신들의 몫이기 때문에 전황을 예측하고 이에 대비하는 데는 신립보다 오히려 유성룡이 더 나을 수도 있었을 것이다. 한응인이 왜란이 일어나기 몇 개월 전에 북쪽의 만주 벌판을 바라다보며 수백 리 거리에 떨어져 있는 고국의 허약하고 안쓰러운 모습을 그리며 통탄해 마지않은 것도 한응인이 유성룡과 마찬가지로 조선의 현실과 미래를 제대로 파악한 결과에서 나온 것이라고 할 수 있다.

풍신수길은 임진년 1월 5일에 조선침략을 위한 출전명령을 하달했다. 그는 왜소하고 못생긴 용모에 얼굴은 검고 주름져 원숭이 모습 그대로였다. 그러나 쑥 들어간 눈에서 풍기는 야릇하면서도 쏘는 듯한 눈동자는 주위 사람들을 꼼짝 못하게 하는 힘을 지니고 있었다. 일본 열도를 최초로 통일하여 명실상부한 최고통치자가 된 풍신수길의 한마디는 바로 국법이었고, 그 명령을 어기는 자가 있으면 가차 없이 처단하였다. 일본은 조선에 몇 번에 걸쳐 외교 사절을 보내 가도입명을 요구했으나 조선이 전혀 미동도 하지 않는 것을 보고는 외교적 노력으로는 일을 성사시키기가 어렵다는 것을 알고 바로 전쟁 준비에 들어갔고, 발 빠르게 임진년이 밝아 오자 곧바로 출전명령을 내린 것이다. 풍신수길이 임진왜란을 일으킨 것은 1585년인 을유년乙酉年에 일본 열도를 장악하고 나서 7년 만에 자신의 정치적 운명을 좌우할 도박을 건 것이다. 무력으로 일본 열도를 장악한 위세를 몰아 조선과 명나라를 쳐들어감으로써 세계제국을 이루고자 하는 풍신수길의 헛된 야망이 전쟁을 일으킨 가장 큰 동인이 되었을 것이다. 풍신수길의 이러한 야망은 약 300년 뒤에 일본이 동아시아가 함께 번영하자는 대동아공영大

東亞共榮이라는 미명 하에 조선과 청나라를 침략하고 세계 2차 대전의 주역으로 등장하게 된 것과 연장선상에 있다고 하겠다. 풍신수길은 1월 5일 출전명령을 내리면서 침략군을 편성하였는데, 1진에서 6진까지를 육군으로 구성하고, 그 외에 수군 9,000명을 두었다. 출동명령을 받은 군사의 수는 육·해군을 합하여 모두 281,800여 명에 달했으니 당시의 조선의 군사 수가 대략 163,000명(왕조실록에 근거한 통계임)에 비하면 너무 많은 숫자였다. 더욱이 일본 군대는 백여 년에 걸친 전국 시대를 거치면서 무수한 내란을 겪었으므로 전쟁 경험이 풍부했다. 또한 풍신수길의 쿠데타로 군대의 기강이 팽팽할 정도로 조율되어 있었으며, 군사들의 사기도 충천해 있어 잘 조련되어 있으면서도 야수와 같은 필살의지를 지녔기 때문에 어떤 군대도 맞서 이겨내기 어려운 군대였다. 왜적은 명호옥名護屋을 전초기지로 삼아 풍신수길이 직접 그곳에서 전쟁을 총 지휘할 계획을 세웠다. 풍신수길은 조선 침략의 선발대인 1진에서 4진까지는 3월 1일에 전진 기지인 명호옥을 떠나 일기도壹岐島로 출발하라는 명을 내렸고, 5진 이하는 각 진을 인솔하기로 정해진 대장의 근거지에서 떠나 정해진 시간에 명호옥에 집결하라고 했다. 이렇게 보면 일본은 일찍 전쟁의 기치를 높이 들어 만반의 준비를 갖추고 출전의 시기를 저울질하고 있었던 것이다.

  임진년 3월 1일이면 한응인은 북경에 머물며 조선이 일본의 길잡이가 되어 명나라를 침범하려 한다는 뜬소문을 잠재우기 위하여 혼신의 노력을 하고 있던 때였다. 어떻게 보면 풍신수길이 일본 전군에 1월 5일 조선 침략을 지시하여 일본 전역에 비상사태에 돌입해 있었는데 일본을 예의 주시하며 정보망을 강화했던 명나라가 그 사실을 전혀 눈치 채지 못했다고 단정하기는 어려울 것이다. 이러한 정보를 명나라가 입수했다면 이해 당사자인 조선의 사신인 한응인에게 이 사실을 비밀로 하지는 않았으리라고 본다. 이러한 가정이 성립된다면 한응인이 조선으로 귀국하는 마음이 말할 수 없이 괴로웠을 것이다. 그러므로 한응인이 귀국할 때 일본이 조선을 침략하는 문제는 기정사실화 된 것이고 실제 공격을 개시할 날짜만 정확히 모르고 있었을 수도 있다.

풍신수길은 소서행장小西行長이 지휘하는 선발대 17,000명을 700여 척의 군선에 태워 4월 13일에 부산포에 도착하도록 했다. 소서행장이 선봉장의 명예를 가지게 된 것은 풍신수길과 가까운 사이기 때문이었다. 풍신수길은 조선에 대한 정보를 얻기 위해 자신이 총애하는 봉건 영주 소서행장의 딸 마리아를 대마도주인 종의지에게 시집보냈다. 소서행장은 독실한 천주교 신자였으므로 그의 딸도 유아영세를 받아 세례명이 마리아였다. 풍신수실의 예측은 그대로 들어맞아 종의지는 장인인 소서행장에게 왜군이 조선을 쉽게 침입할 수 있는 방법과 정보를 주었으며 자신도 장인을 따라 선발대의 일원으로 전쟁에 참가하기를 지원했다. 이러한 사실을 전해들은 풍신수길은 자신의 계획이 그대로 적중한 것을 기뻐하였고 소서행장에게 선봉장에 나서는 영예를 안겨주었다. 700여 척의 판옥선板屋船인 일본 군선이 새까맣게 몰려오는 것을 가덕도에 있던 응봉 봉수대에서 처음으로 확인하고 상부에 보고했다. 그 보고 내용은 이러했다.

"지금 보이는 왜선의 숫자는 대략 90여 척으로 가덕도 남쪽에서 부산포를 향해 나아가고 있는데 그 뒤로도 많은 군선들이 줄을 이어 따라오고 있다."

이 보고는 부산포 지역을 담당하고 있던 경상도 좌수영과 우수영에 전달되었으나 어찌된 일인지 즉각적인 반격을 가하지 않고 강 건너 불구경 하듯 했다. 그러므로 소서행장의 선발대가 아무런 저항도 받지 않고 4월 13일 부산포에 도착하여 전열을 가다듬은 후 다음 날인 14일에 부산성을 공격함으로써 마침내 참혹하고도 지루한 7년의 임진왜란이 시작되었다. 부산첨사釜山僉使 정발鄭撥 (1553~1592)이 배 3척을 거느리고 절영도絶影島(지금의 부산 영도)에 나아갔는데, 일본군이 침입했다는 급보를 받고 부산성으로 급히 달려와 성문을 잠그고 일본군과 맞서 죽기를 각오하고 싸웠으나 역부족하여 아깝게 전사하였다. 부산포에서의 패배는 중과부적이라 어쩔 수 없었지만 쉽게 일본에게 성을 내줌으로써 임진왜란의 전세가 이미 여기에서 판명 난 것이나 다름없었다. 일본군의 침입을 최일선에서 막아야 할 경상좌수 박홍朴泓(1534~1593)은 수영을 버리고 언양으로 도주하여 경상좌병사慶尙左兵使 이각李珏과 함께 진을 치고 왜적을 기다리고 있다가 다시 경주로 도주하였다. 일본 군은 부산성을 쉽게 함락시키고 다음날 15일 2만여 명의 군대로 동래성東萊城을 포위하여 공격을 개시했다. 이때 동래부사는 송상현이었다. 그는 지난해 왜적이 침범하는 길목인 동래를 지킬 만안 인물로 지목되어 왕명을 받고 이곳에 내려와 있었는데 예측했던

대로 일본군이 쳐들어 왔으므로 결연한 자세로 맞서 싸웠다. 송상현은 남문루南門樓에 올라 휘하의 군사와 백성을 독려하며 적과 싸우는데 혼신의 힘을 다 기울였다. 왜적이 성문 박에 진을 치고 공격을 개시하기 전에 송상현이 문신으로 덕망이 높다는 사실을 미리 알고 있었으므로 문자로 서로 소통하고자 하여 목판에다 "싸우려고 한다면 싸울 수밖에 없지만 싸우지 않으려면 우리게 길을 빌려 달라.[戰則戰, 不戰則假我道.]"는 문구를 써서 성 밖에 세웠다. 송상현도 이에 대응하여 목판에, "죽기는 쉬우나 길 빌려주기는 어렵다.[死易, 假道難.]"라고 써서 왜적에게 내던졌다. 왜적이 송상현을 설득한다는 것이 무망한 짓이라고 생각하고는 드디어 몇 겹으로 성을 포위하여 압박해 왔다. 송상현이 중과부적이라 노도 같이 밀려오는 왜적과 맞서 싸워봤자 이길 수 없다는 사실을 알고 급히 조복朝服을 가져오게 했다. 조복을 갑옷 위에 입은 송상현이 남문루에 올라 적이 가까이 다가와도 꼼짝 않고 꾸짖었다.

"이웃 나라의 도리가 어찌 이렇단 말이냐. 우리는 너희를 저버린 적이 없는데, 너희는 어찌 이런 짓을 하느냐."

송상현이 끝까지 의연한 자세를 잃지 않았으므로 적이 그의 충성심과 절의에 감복했지만 그를 죽일 수밖에 없었다. 그가 죽기를 각오하고 차분하게 죽음을 맞이하려 할 때 일본군 중에 평조익平調益이라는 사람이 있었는데 일찍이 평조신을 따라 조선을 왕래하면서 송상현의 인품에 감명을 받았으므로 그를 살리기 위해 숨을 곳을 마련하여 피신하게 했다. 그러나 송상현이 적에게 빌붙어 구차하게 사는 것보다 차라리 의롭게 죽는 것이 낫다고 생각하여 적군의 칼날에 스러짐으로써 나라를 위해 자신의 목숨을 초개와 같이 버렸다.

앞에서 본 것처럼 한응인은 송상현과 일찍부터 인연을 가지고 우의를 나누었다. 한응인이 1584년에 종계변무宗系辨誣를 위하여 명나라 조정에 파견할 주청사의 서장관으로 임명되었을 때 송상현은 질정관質正官으로 따라 갔기 때문에 서로 절친한 사이가 되었다. 그때 두 사람이 동고동락하면서 서로 위로하며 주고받은 시가 많았고, 여러 면에서 의기투합하여 특별한 관계를 가졌다. 한응인은 송상현보다 3살이 적지만 두 사람의 기질과 정서가 맞아 서로 허교하며 가까이 지냈기 때문에 송상현의 죽음에 대해서 한응인이 크게 상심하였다. 한응인의 시에서 그러한 심정을 여실히 살필 수 있다.

옛 친구를 생각하며

내 친구 호산 송덕구,
일찍이 갑신년 가을에 연행길 함께 했지.
침상 나란히 하여 부모 그립단 말 얼마나 했던가
고향 떠난 시름을 술로 달래 보기도 했지.
저승에서 기꺼이 나라 위한 귀신 되었는가,
천하 주유하던 사마천 같이 떠도는가.
오늘 저승과 이승 길이 달라 상심하노니,
봄바람을 향해 울어도 눈물을 멈출 수 없네.

吾友壺山宋德求,

同行曾在甲申秋.
連床幾說思親苦,
貰酒聊寬去國愁.
泉下甘爲邦又鬼,
天涯重作子長遊.
傷心此日幽明隔,
泣向春風涕未收.
〈感舊作〉

　이 시 제목에 쓰인 호산은 송상현의 호號이다. 그의 호로 자주 쓰인 것은 천곡泉谷·한천寒泉인데 호산은 거의 알려지지 않은 호이다. 덕구德求는 그의 자이다.

　이 시는 한응인이 1595년인 을미년 겨울에 광해군光海君을 세자로 책봉하는 것을 명나라 신종에게 허락받기 위해 파견된 주청사奏請使의 정사로 임명되어 북경에 가는 길에 연산성蓮山城에 이르렀을 때 지은 것이다. 한응인이 사행 길 중에 이곳에 머물면서 11년 전에 서장관과 질정사로서 두 사람이 이곳에서 머물렀을 때를 추억하며 이 시를 지었다. 송상현은 이미 3년 전에 왜적에 맞서 장렬하게 전사하였기 때문에 한응인의 슬픔은 첫 연에서 애잔하게 묘사되고 있다. 이미 불귀의 객이 된 친구를 목이 쉬게 부르는 한응인의 처연한 모습은 이 시를 보는 사람으로 하여금 눈물을 자아내게 한다. 한응인은 1584년 갑신년 가을에 송상현과 의기투합하여 호기에 찬 시간을 보낸 것을 잊지 못하고 있다. 그때 두 사람은 같은 방에 기거하며 고향에 두고 온 부모 생각에 오열하기도 하고, 고국을 떠나 객지에 떠도는 자신들의 쓸쓸한 마음을 술로 달래기도 하며 동병상련同病相憐하는 절친한 우의를 나누었다. 그러나 지금의 이 자리에는 혈기방장하여 천하를 품안에 안을 정도로 의기충천했던 송상현은 이미 불귀의 객이 되어 존재하지 않았다. 한응인은 나라를 위하여 의롭게 죽은 송상현의 넋이 전쟁에 휩싸여 회생이 불가능할 정도로 피폐해진 조국을 위해 저승에서도 잊지 못하고 있을 것이며, 하늘 저 멀리에서 중국 한나라의 역사가였던 사마천司馬遷(B.C.145?~B.C.86?, 자장은 그의 자字)이 『사기史記』를 쓰기 위하여 천하를 주유하였듯이 구천을 떠돌아다니고 있으리라고 추측하면서 송상현의 죽은 영혼이라도 의롭고 희망찬 곳에서 노닐기를 간절히 기원하였다. 이제 이 모든 것들을 생각하면 한응인은 더욱더 유명幽明을 달리한 송상현의 생각에 가슴이 찢어질듯이 아프고 정신이 혼몽해져 눈물만 흘릴 뿐이었다. 한응인이 이 같이 송상현에 대한 그리움은 만물이 소생하고 제 빛을 자랑하는 신춘이라서 더욱 증폭되었다. 젊은 시절에 같은 사유세계와 정서를 가졌던 절친한 친구 송상현이 만물이 소생하는 따뜻한 이 봄날에 이 세상과 영원히 이별했다는 상실감에서 봄바람을 향해 하염없이 눈물을 흘리며 서 있는 한응인의 모습을 생각하면 누구라도 눈물을 흘리지 않을 수 없을 것이다. 훤칠한 키에 준수한 미모를 갖춘 41살의 한응인이 생전에 절친했던 친구의 죽음을 이렇게 애절하게 슬퍼한 것에서 한응인이 관료생활에 물들고, 전무후무한 흉악한 대란을 겪은 사람이지만 순수한 감수성과 인간에 대한 따뜻한 애정을 잃지 않았다는 사실을 충분히 짐작할 수 있다. 또한 한응인이 송상현의 부재不在에 대해 슬퍼한 것은 당시 조국인 조선이 처해 있던 기막힌 처지와 온 산하山河를 헤매며 떠도는 굶주린 백성들에 대한 안타까움이 중첩되면서 더욱 커졌다고 하겠다. 이때는 아직 전쟁 중이고, 수많은 사람들이 전쟁으로 인해 목숨을 잃었고, 굶주림의 구렁텅이에서 빠져 헤어 나오지 못하고 있었기 때문에 한응인 스스로도 비감悲感에 싸여 온전하게 생각하고 행동하기가 쉽지 않았을 것이다.

　송상현이 동래에서 힘을 다해 싸우다가 힘이 모자라 죽음을 맞자 이후로 각 고을 원들이 미처 싸워보지도 않고 적군의 위세에 눌려 달아났으므로 조선 국토의 대부분이 왜적들에게 함락되었다. 특히 일본군을 바다에서 저지하여 상륙을 막아야 할 경상도 좌·우수영의 수군은 일본군을 막기는커녕 일본군의 침입 소식을 듣자마자 스스로 무너지고만 것이 초기에 일본군에 대응할 수 있는 기회를 상실하게 된 직접적인 원인이 되었다. 처음 일본군과 맞닥뜨린 조선의 군사들은 일본 군대가 조직적으로 잘 훈련되어 있었고 수적으로도 압도적이었으므로 상대해 맞서기가 어렵다는 사실을 알았다, 더욱이 왜군은 조선 군대의 무기가 활이 주무기인데 반하여 신무기인 조총으로 무장하고 있어 충분히 조선군에게 공포심을 불러일으킬 수 있었으므로 조선의 군사들은 싸우기도 전에 무너지고 말았다. 이런 소문이 곳곳에서 퍼져 지방의 원이나 군 지휘관은 일본군이 경내에 채 진입하기도 전에 도주해 버렸으니 조선의 군대조직이 얼마나 허술하고 무력이 허약했는가를 알 수 있다. 일본군은 조선을 침략해 들어올 때 미리 중로中路·좌로

左路·우로右路로 군사를 나누어 서울을 향해 북진하기로 했다. 중로로는 동래-양산-청도-대구-안동-선산-상주-충주-여주-양근-옹진나루-서울이고, 좌로는 동래-언양-경주-영천-신령-군위-용궁-조령-충주-죽산-용인-서울이고, 우로는 김해-성주-무계-지례-금산-추풍령-영동-청주-서울로 되어 있었다. 조선 조정에서 일본군이 부산성과 동래성을 함락시켰다는 보고를 들은 것은 일본군이 쳐들어 온지 나흘이 지난 4월 17일이었다. 그 첫 보고는 경상좌수사 박홍이 보낸 것으로, '높은 곳에 올라 바라보니 붉은 깃발이 부산성 안에 가득한 것으로 보아 성이 함락된 것 같다.'는 짧으면서도 모호한 내용으로 이루어져 있었다. 뒤이어 경상도관찰사 김수金睟의 자세한 보고를 받아 보고서야 조정은 사태가 심상치 않다는 사실을 깨달았다. 그러나 뒤이어 급보가 계속 도착하였는데 경상도의 여러 고을들이 차례로 일본군에 항복하였다는 것일 뿐 전쟁에서 이겼다는 전승보고는 전혀 올라오지 않았다. 이렇게 전황 보고가 늦게 도착한 것은 부산이 포위되어 사람들이 통행할 수 없었기 때문이 아닌가 한다. 조정에서 급보를 받은 17일에는 양산과 울산이 벌써 왜적의 손에 넘어갔고, 17일에는 밀양부사 박진朴珍이 일본군이 쳐들어온다는 소식을 듣고 3백여 명의 군사를 거느리고 나아가 일전을 불사하였으나 결국 버틸 수 없게 되자 성에 불을 지르고 달아남으로써 밀양도 왜적의 말발굽에 짓밟히게 되었다. 이러하니 조선의 집권자들과 직접 피해를 입은 백성들이 왜군의 위협 앞에서 어찌할 바를 몰랐다.

이에 조정에서 이 같은 비상사태에 대응할 전략을 논의한 끝에 임시변통이지만 위기에 대응할 수 있는 사람들을 뽑아 일선으로 보내기로 했다. 이일李鎰을 순변사로 삼아 조령·충주 방면의 중로中路를 방어케 하였고, 성응길成應吉을 좌방어사로 삼아 죽령·충주 방면의 좌도를 방어케 했다. 조경趙儆(1541~1609)을 우방어사로 삼아 추풍령·청주·죽산 방면의 우도를 방어하도록 했다. 그러나 중로를 맡아 출전해야 할 순변사 이일이 정예병 300명을 이끌고 내려가라는 명을 받고 편성된 군사를 점검해 보니 모두 도시에서 떠도는 시정잡배이거나 전쟁을 전혀 모르는 서리胥吏와 유생儒生들로 이루어져 있었다. 출전하라는 어명을 받은 지 사흘이 지나도 군대가 정비되지 않아 떠나지 못하고 있다가 어쩔 수 없어 단신으로 출발했다. 조정에서 신립을 도순변사都巡邊使로 삼아 이일의 뒤를 이어 떠나게 했고, 좌의정 유성룡을 도체찰사로 삼아 모든 전선을 총 지휘하게 했다. 이때 조정이나 백성들이 출전한 사람들 가운데 신립과 이일이 무예가 뛰어나고 지략에 밝다고 생각하여 두 사람이면 북상중인 일본군의 예봉을 조령 등지에서 저지할 수 있으리라고 확신하고 있었다. 이일은 중로의 일본군을 막기 위하여 그들이 지나갈 상주로 필마단기로 내려가 군사를 불러 모았으나 그들 모두가 제대로 군사 훈련을 받지 못한 농민들이라 크게 당황하였다. 여러 가지 모병 방법을 강구한 끝에 겨우 수백여 명의 군사를 모아 전열을 가다듬어 왜군의 침입에 대비했다. 그러나 적군이 상주 20리 가까이 접근하여 매복하고 있었지만 아군 진영에서는 그 사실을 전혀 눈치 채지 못하고 있었다. 일본군이 갑자기 나타나 좌우를 에워싼 채 조총을 난사하며 일제히 공격

해 오니, 북방의 여진족 오랑캐인 니탕개泥湯介의 반란을 진압하
는데 혁혁한 전공을 세운 역전의 이일이었지만 오합지졸에 지나
지 않는 군대로서는 왜군의 막강한 무력 앞에 버텨낼 재간이 없었
다. 모든 군사들이 무기를 버리고 앞다투어 달아나고 이일을 중심
으로 한 참모들도 살기를 도모하여 도망하였으나 말을 타지 못한
종사관 이하 수많은 군사들이 일본군의 조총 앞에 저항도 못해 보
고 최후를 맞이했다. 이때 전사한 이일의 종사관 가운데 한응인이
진주사로 명나라로 가는 길에 서로 시를 주고받으며 우의를 다졌
던 윤섬이 있었다. 조정에서 일본군에 맞서 이길 수 있는 장군으
로 지목하고 있던 이일이 상주에서 패함으로써 전세는 점점 불리
해져 갔다.

　상주가 일본군에게 함락된 4월 24일에 이일은 겨우 피신하여
문경에 도착하였고 거기에서 조정에 패전의 소식을 전하고 조령
에서 일본군과 일전을 벌일 태세를 취하고 있었다. 그러나 신립이
조령이 아닌 충주에 진을 치고 있다는 소식을 듣고 그 곳으로 가
합류하였다. 신립은 충주에 도착하여 8,000여 명의 군사를 이끌
고 조령을 지키려고 했으나 이일이 소서행장이 이끄는 일본군에
게 대패했다는 보고를 받고 충주에서 방어진을 치기로 했다. 그러
나 신립이 서울에서 데리고 온 군사들은 대부분 훈련되지 않은 징
용병으로 채워진 데다 천혜의 요새인 조령을 포기하고 평지에 진
을 쳤다는 것은 파상공격을 전개하는 적군에 맞서 싸워 이기기를
포기한 것이나 마찬가지였다. 게다가 지나칠 정도로 엄한 군령을
발동하여 연약한 군사들을 다스렸으므로 군대의 사기는 땅에 떨

어지고 군령이 제대로 먹혀들지 않았다. 선조의 전폭적인 지지를 받고 있던 신립이 조선을 위기에 구할 사람이라고 하여 온 나라가 그를 지켜보고 있었기 때문에 신립의 전투 결과가 나라의 운명을 좌우하는 것이나 마찬가지였다. 그러므로 선조는 신립이 출전하기에 앞서서 특별히 그를 가까이 불러 대면하고서는 물었다.

"왜적의 기세가 이같이 거세니 경의 힘으로 적을 당해 낼 수 있다고 생각하오?"

신립이 자신 있는 어조로 대답했다.

"왜적은 군사를 부릴 줄 모릅니다. 저들이 이렇게 군사를 적진 깊숙이 밀어 넣어 고립시키고 있으니 어찌 이기기를 바랄 수 있겠습니까?"

선조가 신립의 말을 반신반의 하면서 말했다.

"변협邊協이 늘 말하기를, '왜적을 대하기 가장 어렵다.'고 하였는데 경은 어찌 이리 쉽게 말하시오?"

선조가 신립과의 대화를 마치고 그에게 직접 보검을 주며 말했다.

"이일 이하 경의 명령을 듣지 않는 자에게는 이 칼을 쓰라."

신립이 선조를 알현하고 자리를 떠니 선조가 말했다.

"변협은 훌륭한 장수여서 내가 항상 잊지 않고 있다. 이 어려운 시기에 만약 이 사람이 있다면 어찌 왜적을 걱정하겠는가."

변협(1528~1580)은 무과에 급제하여 도총관·포도대장을 역임하였는데, 왜구를 물리치는 데 큰 공을 세워 명종과 선조의 총애를 받았다. 그가 임진왜란이 일어나기 2년 전에 세상을 떠났으니 이러한 위기 국면에서 선조로서는 변협 같은 무인이 더욱 생각났을 것이다.

신립이 조령을 포기하고 충주에서 군사를 정비하며 일전에 대비하고 있을 때 상주를 함락시킨 소서행장의 군사가 26일에 조령을 아무런 저항도 받지 않고 쉽게 넘어 충주에 가까이 접근하고 있었다. 신립은 이때 단월역丹月驛에 진을 치고 있었다. 이보다 앞서 신립의 부장副將으로 전쟁에 참여한 김여물金汝吻(1548~1592)이 신립에게 말했다.

"적의 위세가 극성하여 맞서 싸우기는 어렵습니다. 조령이 천혜의 험한 요새인데 만약 굳게 지키지 않으면 적에게 점령당하게 될 것이 뻔합니다. 우리가 먼저 조령에 이르러 산 속에 군사를 매복시켜 적이 골짜기에 들어오기를 기다렸다가 양쪽 언덕 높은 곳에서 내려다보고 활을 쏘면 승리할 것입니다. 만약 적들의 칼날을 감당하지 못한다면 물러나 서울로 들어가 그곳을 지키는 것도 한 가지 계책이라고 생각됩니다."

신립이 말했다.

"적들은 보병이 주가 되고 우리는 기병을 주로 삼고 있으니 넓은 들에서 그들을 맞아 철기鐵騎로 친다면 이기지 못할 리가 있겠소."

일본이 4월 28일에 단월역을 에워싼 채 민가에 불을 지르며 전쟁의 분위기를 고조시키고 있었다. 왜적이 단월역을 따라 양쪽으로 군사를 나누어 협공하기 시작했다. 한쪽은 산을 따라 동으로 쳐들어오고, 다른 한쪽은 강을 끼고 내려오며 조총을 쏘아 대니 전세는 이미 결정된 것이나 마찬가지였다. 신립은 군사를 탄금대彈琴臺 앞에 집결시켜 진을 치고 있었는데 이것은 달천獺川을 등진

배수진이었다. 적이 사방에서 몰려드니 말을 달려 왜적에 맞서 싸우기는 거의 불가능한 지세였기 때문에 신립이 말한 기마전은 펼쳐보지도 못했다. 이러한 상황에서 아무리 백전노장이고 무예가 출중한 신립이라 할지라도 달리 어찌 해볼 도리가 없었기 때문에 그는 여기에서 최후를 맞게 된다는 생각을 하게 되었다. 신립이 자기 주위를 지키고 있는 김여물에게 왕에게 올릴 장계狀啓를 쓰도록 했다. 김여물은 불꽃이 튀는 전장에서도 갑옷과 투구를 갖추고 활과 화살을 허리에 찬 채 정성을 기울여 전황을 보고하는 장계를 써내려갔다. 이것은 신립이나 김여물이 최후를 맞기에 앞서서 마지막으로 왕에게 충정을 보이는 것이고, 장수로서 전쟁에 패하긴 했지만 자신의 소임에 충실했다는 상징적인 의미를 지니는 행위이기도 했다.

신립과 김여물은 적군에게 쫓기는 입장이라 어찌 할 줄을 모르고 말을 채찍질 하여 적진을 향해 두세 번 말을 달려 나가 적군의 목을 수급數級이나 베기도 했지만 사방이 포위되어 있어서 위기에서 벗어날 퇴로를 찾을 수 없었다. 이때 왜적이 두 사람을 보고 급히 추격해 오니 두 사람은 어찌지 못하고 그냥 물에 뛰어 들어 전사하였다. 신립은 조선 역대의 장군 가운데서 찾아보기 어려울 정도로 용맹무쌍한 장수였으나 왜적에 대한 정보가 부족했고, 그들의 월등한 군사력과 신무기인 조총 앞에서 당해낼 재간이 없었다.

김여물은 한응인과 함께 1577년 9월에 알성문과謁聖文科에 급제하여 그와 같은 해 과거에 급제한 동년同年으로서 서로 가깝게 지냈다. 그는 원래 충주도사忠州都事를 지낸 적이 있기 때문에 충주의 지리에 밝아 신립을 따라 이곳에 왔었지만 신립의 판단착오와 전략이 빗나가 뜻하지 않게 죽음을 맞이하였다. 그는 풍채가 준수하고 호걸풍의 성격이라서 많은 사람들의 추앙을 받았으나 크게 뜻을 펴보지 못하고 아깝게 세상을 떠났으니 애통한 일이다.

이일의 군대가 상주에서 패하고 이어서 한양을 지키는 최후의 보루로 삼고 있던 조령을 왜적에게 내줌으로써 조선의 운명은 마치 경각에 달려있는 것처럼 위태로워졌다. 조령을 넘어서 충주에서 조선의 명장인 신립의 군대를 퇴패시킨 소서행장의 군사는 가등청정加藤淸正의 군사와 충주에서 합류했다가 소서행장의 군사는 충주에서 여주로 나와 강을 건너 양근楊根(지금의 경기도 양평)에서 용진을 건너 서울 동로東路로 빠지기로 하고 출발했다. 가등청정의 군사는 죽산·용인으로 빠져 한강에 이르렀다. 나라를 위기에서 구원해 줄 것이라고 굳게 믿었던 신립 장군이 충주 탄금대에서 최후를 맞았다는 소식을 접한 조선 조정에서는 왜적의 서울 침공에 대비하여 서울을 방비할 대책을 강구하였다. 그러면서도 현재의 전세를 감안하면 서울도 머잖아 왜적에게 함락될 수밖에 없다는 가능성에 무게를 두고 서울을 평양으로 옮기는 문제가 은밀하게 논의되고 있었다. 당시 서울을 지켜서 종묘사직을 보존해야 하다는 사수파死守派와 지금의 전황을 고려하여 어쩔 수 없이 서울을 평양으로 옮길 수밖에 없다는 천도파遷都派가 나뉘어 각각 충성을 맹서하고 있었지만 대세가 평양으로 천도하는 쪽으로 기울어 가고 있다는 사실을 어느 누구도 부정하지는 않았다. 소서행장·가등청정·흑전장정黑田長政·모리길성毛利吉成의 군사가 빠른 속도로 북상하여 차례차례 한강 가로 모여드니 조선 조정이 크게 술렁거렸다. 조정에서는 민심을 안정시키기 위해 선조의 둘째 아들인 광해군光海君을 세자로 책봉하였고, 각 도의 관찰사로 하여금 빨리 군사를 이끌고 서울에 와서 도성을 지킬 것을 명령했다. 그러면서 조정의 핵심세력들은 왕의 서행西行을 위해서 다각도로 논의하고 그에 따른 절차와 시행령을 마련하는 데 부산하였다. 그렇지만 겉으로는 왕이 끝까지 서울을 사수하겠다는 의지를 공개적으로 천명하며 비등하는 여론을 잠재우는데 힘을 기울였으나 4월 29일 신립이 패하여 최후를 맞았다는 소식이 전해진 것이 결정적인 계기가 되어 조정에서는 종친과 대신이 건의하는 형식을 취하여 평양으로 천도하고, 명나라에 구원병을 요청하기로 결정함으로써 임진왜란의 제1막은 조선의 완전한 패배로 끝이 나고 말았다.

4) 평양 천도 길에 오른 선조를 만나다

선조가 서울을 버리고 평양으로 가게 되었다는 소식이 대궐 내에 전해지자 도성 안은 혼란에 빠져 들었다. 왕의 말을 믿고 조정이 끝까지 서울을 지킬 것이라고 안심하고 있던 백성들은 어찌할 바를 몰랐고, 대궐 안을 지키던 위사衛士들조차도 모두 달아나고 시각을 알리는 경고更鼓 소리도 끊어졌다. 이어서 이일이 조정에 '왜적이 머잖아 도성에 들어올 것이다.'라는 장계를 보내어 상황의 위급함을 알려오자 선조는 4월 30일 새벽에 서둘러 평양을 향해 떠났다. 왕의 일행이 대궐을 떠나 동이 틀 무렵이 되었을 때

사현沙現에 이르러 대궐 쪽을 바라보니 남대문안 큰 창고에 불이 나 불길이 하늘을 치솟고 있었다. 이날은 하늘도 슬퍼하는 듯 봄비가 심하게 내렸다. 왕이 비를 맞고 가는데도 어가를 따르던 관원들 가운데 많은 사람들이 달아나 가족과 피난하였고, 조정의 고관들도 대열에서 많이 떨어져 나갔다. 이때 국왕의 어가를 호위하던 조정의 관료들이나 그 행렬을 바라보는 백성들 할 것 없이 모두 참담한 마음을 감출 길 없었다. 왕의 일행은 비가 쏟아지는 어두운 밤에 임진臨津에 도착하여 강을 건넜는데 선조는 이산해·이항복과 같은 배에 올라탔다. 열성조가 웅거했던 서울을 버리고 피난 가던 선조의 마음은 누구보다도 참담했겠지만 왕을 호위하고 가는 백관들이나 궁인들의 마음도 쓰라리기 그지없었을 것이다. 왕은 서울에서 출발하여 사흘째가 되는 5월 2일 저녁에 개성에 도착하여 여장을 풀 수 있었다.

이 날에 한강 방어의 책임을 맡고 있던 도원수都元帥 김명원金命元은 세가 불리한 것을 알고 한강에서 물러나 임진강에 진을 치기로 했고, 수성대장 이양원과 부원수 신각申恪은 서울을 포기하고 양주로 퇴각하였으므로 마침내 서울은 일본군의 손아귀에 들어가게 되었다. 왕이 도성을 버리고 평양행을 감행하자 일반 민중들의 반발은 말할 것도 없고, 사대부들 사이에서도 '조선은 반드시 망하고 만다.'는 유언비어가 나돌았다. 급기야 조정을 믿고 있던 백성들이 배신감에서 난동을 부리기 시작하자 조선은 극도의 혼란에 빠졌다.

서울을 점령한 일본군은 조선 국왕들의 신주를 모셔 놓은 종묘를 불태우고, 갖은 만행을 저질렀다. 5월 3일에 조선을 점령한 뒤 이듬해 1593년 4월 18일 서울을 철수하기까지 일 년 가까운 기간 동안 일본군은 서울을 초토화시켰고, 심지어 성종의 능침인 선릉宣陵과 중종의 능침인 정릉靖陵을 파헤치기도 했다. 서울을 수복한 뒤 왕이 두 능을 봉심奉審했을 때 선릉에는 시신이 없어지고 재와 타다 남은 뼈 조각만 이리저리 흩어져 있었으며, 정릉에도 재와 타다 남은 뼈가 남아 있었는데 그 뼈가 누구의 것인지 알 수 없을 정도로 크게 훼손되어 있었다.

선조의 어가는 서울을 떠나 개성에 이르기까지 3일이 걸렸다. 피난 과정에 왕으로서 도저히 겪을 수 없는 참혹한 변을 당하고, 심지어 백성들은 왕의 실정을 비난하며 돌팔매질을 하기도 하였다. 지존으로 추앙받아 오던 선조의 위세가 말이 아니었다. 더욱이 개성으로 오는 도중에 나라를 이러한 파탄지경에 이르게 한 원인과 그러한 결과를 초래한 사람이 누구인지에 대해서 격렬한 상소가 전국에서 올라왔고, 살벌한 논쟁까지 벌어져 어가 행렬은 더욱 뒤숭숭했다.

한응인은 4월 하순 경에 의주에서 조선이 일본의 침략으로 나라가 누란지위累卵之危의 위급한 지경에 이르렀다는 비보를 들었다. 그는 울면서 선조의 어가가 머물고 있는 개성으로 달려 왔다. 그가 피난 중에 있는 선조를 알현하니 지난해 10월 24일 명나라 북경으로 떠나면서 하직을 고할 때 보였던 근엄하면서도 자애로운 군왕의 모습은 온데간데없었다. 그는 적에게 쫓기고 있는 황량하고 서글픈 심사를 애써 감추려고 하는 초라한 모습으로 한응인을

맞이했다. 선조의 초췌한 모습은 마치 중국 당나라 때 안록산安祿
山의 난을 만나 장안을 떠나 온갖 고초를 다 겪으며 촉蜀 땅(지금의
사천성)으로 피난을 가 통한의 눈물을 감추지 못했던 당 현종玄宗
의 모습을 보는 듯했다. 선조를 어전에서 대하면서 한응인이 가졌
던 참절한 심정을 지금의 우리는 온전히 헤아릴 수 없을 것이다.
근엄한 군왕의 자세를 잃지 않으려고 애쓰고 있는 선조 앞에서 한
응인은 쉽게 위로의 말이나 동정하는 듯한 표정을 짓기가 어려웠
다. 한응인은 사대부의 양반 가문에서 출생하여 순탄하면서도 격
조 있는 삶을 살아왔고, 관료로 진출해서는 엘리트 코스를 밟아
젊은 나이에 대신大臣의 자리에 오르는 등 무난하고 순조로운 삶
을 살았기 때문에 이 같이 하늘이 무너지는 듯한 통탄스러운 변을
당하리라고는 꿈에도 생각하지 못했다. 더욱이 한응인은 충심으
로 섬기고 모셔왔던 주군主君이 이런 참혹한 모습을 하고 자신을
맞이하리라고는 전혀 예상하지 못하였다. 한응인은 선조가 왕으
로서 이러한 참변을 당한 것이 오직 선조 한 사람의 탓이라고 생
각하지 않았을 것이다. 오히려 왕을 지근거리에서 모시며 정치를
도왔던 많은 고위 관직자 중의 하나인 한응인 자신의 책임도 적지
않다는 것을 통감하면서 선조의 용안을 대할 면목이 없었으리라
고 본다. 선조는 이때 막 자신의 근신近臣이자 가장 자신의 심중을
잘 헤아리고 있는 영의정 이산해李山海(1539~1609)를 파직시키고
대신 유성룡柳成龍(1542~1607)을 그 자리에 임명하고는 몹시 허탈
한 상태에 놓여 있었다.

이보다 앞서 서울을 떠난 지 사흘 뒤에 개성에 도착하는 과정에

서 왕이 서울을 사수하지 못하고 피난길에 오르게 한 책임의 소재
가 누구에게 있는가를 두고 논란이 끊임없이 일어났다. 이 난리
통에 책임소재를 묻는 것은 사후약방문死後藥方文 격이고, 오히려
적을 눈앞에 두고 국론을 분열시키는 어리석은 짓으로 자중지란自
中之亂에 지나지 않았다. 그러나 국가를 이끌어 나가던 사람들이
결국 나라꼴을 이렇게 구렁텅이에 빠뜨렸으므로 이것을 잠시라도
묵과하고 용인한다는 것은 오히려 사태를 더 어렵게 만드는 일이
었다. 처음 난리가 일어나자마자 사헌부의 대관들이 왕을 도와 국
정을 총괄하고 있던 이산해를 파직하라는 상소를 빗발치듯 올려
도 왕은 선뜻 응하지 않았다. 이는 나라를 이 지경에 이르게 한
최종적인 책임이 다른 사람에게 있는 것이 아니라 나라를 통치하
는 선조 자신에게 있다는 사실을 잘 알고 있었기 때문이었다. 그
러나 이러한 철체절명의 위기 국면을 맞이하여 아무리 왕이라도
여론을 무시하기는 어려웠을 것이다. 선조는 모든 책임이 자신에
게 있다는 것을 통감하면서도 어쩔 수 없이 대관들의 의견을 받아
들여 결국 이산해를 자신의 곁에서 내쫓는 것에 동의하였다. 이처
럼 우울함과 상실감에 빠져 있는 선조를 한응인이 만나게 되었으니
두 사람이 상봉할 때의 분위기를 어느 정도 짐작할 수 있을 것이다.
선조는 개성유수가 집무하던 관아에 어가를 멈추고 왕이 임시로 머
물며 집무를 보도록 마련한 행재소行在所에서 스스로를 자책하며 왕
으로서의 소임을 충실히 이행하려고 안간힘을 쓰고 있었다.
　선조의 어가가 저녁에 개성에 도착했다고 하니 한응인이 선조
를 만난 시각은 5월 2일 밤이었을 것이다. 선조는 애써 군왕으로

서의 위의를 갖추고 수천리 길을 달려 명나라에 갔다 돌아온 한응
인을 만났다. 두 사람은 마주보며 서로 민망하고 안쓰러운 표정을
지었을 것이다. 도승지로 예조판서로 공을 가까이서 대하며 개인
적인 사담私談까지 나눌 수 있었던 관계였기 때문에 더욱더 할 말
을 잊어 서로 눈으로 마음속의 말을 주고받았으리라고 본다. 한응
인은 신하로서 예의를 갖추고 명나라 신종에게서 들은 얘기를 중
심으로 중국에서의 일을 보고하였다. 그러나 한응인이 중국에서
노심초사하여 이루었던 외교적 성과는 이미 그 의미를 잃어버렸
다. 한응인은 5·6개월에 걸쳐 온갖 신고辛苦를 겪으며 동분서주
했던 일들이 나라에 크게 보탬이 되지 못하고 만 것에 대해 크게
상심했다.

나라가 이 지경에 이른 것을 통탄하면서도 한응인은 사가私家의
부모님과 형제들이 전쟁 통에 어떻게 연명하고 있는지 궁금했을
것이다. 한응인은 지난해에 중국으로 떠날 때에 연로한 어머니께
서 병환으로 고생하고 있어 차마 발걸음이 떨어지지 않았었다. 그
러나 개인의 일보다 나라의 안위가 더 중요하다는 대의명분을 저
버리기 어려워 어쩔 수 없이 북경을 향하여 출발했기 때문에 더욱
가족의 안부가 궁금할 수밖에 없었다. 200년에 걸쳐 조선의 수도
로 번성을 누렸고, 그 상주인구가 10만이 넘는 큰 도시였던 서울
이 하루아침에 적의 소굴이 되었으니, 그곳에 대대로 살고 있던
백성들은 왜적의 침략에서 목숨을 보전하기 위해 산지사방으로
흩어졌다. 한응인의 식구들도 피란민의 행렬에 끼여 서울을 떠났
으나 집안을 주장할 한응인이 명나라로 떠나 미처 귀국하지 못한

상태였기 때문에 피난 갈 장소를 물색하기 어려웠을 것이다. 이런 사실을 의주에 도착해서 알게 된 한응인은 무척 당황하고 괴로웠 지만, 이미 나라를 위해 신명을 바치기로 작정한 몸이므로 사사로 이 개인의 가정사를 먼저 챙기기는 어려웠다. 그러나 임진왜란이 일어나 선조가 서울을 버리고 평양으로 피난하기로 결정했을 때 왕을 시종하고 따르던 정신廷臣 가운데 많은 사람들은 자기 가족 을 지키기 위하여 왕의 행차에서 벗어나 뿔뿔이 흩어지는 등 대조 적인 모습을 보이기도 했다. 어가가 벽제역碧蹄驛에서 쉬었다가 떠나려고 하는데 하룻밤 사이에 대부분의 시종들이 달아나 버렸 고, 경기감사에게 왕의 행차를 따르라고 해도 병을 핑계로 누워서 일어나지 않는 행위들에서 위급한 시대를 만났을 때 관료들의 나 라에 대한 진정한 충성도를 알 수 있다는 말이 실감나게 닥아 왔 다. 여러 가지 정황으로 미루어 볼 때 당시 한응인의 연만하신 노 모와 가솔들은 한응인이 수령으로 근무한 적이 있던 신천군信川郡 으로 피신해서 임시로 기거하고 있었다고 추측된다.

한응인은 명나라에서 돌아와 숨 돌릴 겨를도 없이 왕명에 의하 여 소집된 사헌부·사간원·홍문관의 수장首長들과 6조 판서 이상 의 대신들이 모인 확대 어전회의에 참석했다. 국정을 총 지휘하는 행재소에서 왕이나 대신들은 쫓기는 몸이었지만 나라의 장래가 걸려있는 일에 대해서 함부로 대처할 수는 없었다. 오늘 논의할 문제는 왜적이 침입하자 종묘사직이 있는 서울을 버리고 평양으 로 서울을 옮기자고 주장한 영의정에 관한 것이었기 때문에 회의 가 시작되어 끝날 때까지 사뭇 긴장감이 감돌았다. 이러한 비상사태에 긴급하게 소집된 어전 회의에서도 의론은 두 갈래로 나뉘어졌고, 서로 상대방의 약점을 폭로하며 정치적 주도권을 잡기 위한 불꽃 튀는 논쟁을 거듭했다. 당시의 상반된 두 견해는 이렇게 정리할 수 있다. 이산해를 옹호하는 북인北人들의 주장은 그가 영의정으로서 왕을 제대로 보필하지 못하여 이러한 목불인견의 지경에 이르게 한 책임은 면할 수 없지만, 이산해 한 사람만 파직할 것이 아니라 남인南人인 유성룡도 파직시켜야 한다는 것이었다. 그러나 남인의 입장에서는 일인지하一人之下 만인지상萬人之上인 영의정이 충직하지 못해서 이런 변을 당했으니 이산해를 파직하여 귀양 보내고 유성룡을 영의정으로 임명해야 한다는 주장을 폈다. 어떤 회의라도 서로 다양한 의견을 제시하고 그 중에서 가장 합리적이고 적절한 결론을 끌어내는 것이 이상적이지만 양자가 모두 정치적 목적을 가지고 논쟁만을 일삼는 이 회의의 결과가 제대로 나온다는 것은 기대하기 어려웠다. 선조는 평소에 이산해를 마음속으로 신임하여 함부로 대하지 않을 정도로 총애했으므로 이산해의 파직과 함께 유성룡도 파직시켜야 한다는 생각을 가지고 논의를 이끌어 나갔다. 긴장감이 감도는 이 자리에서 홀로 방어하기에 궁색했던 선조를 옹호하고 나선 사람이 바로 한응인이었다. 지금까지 여러 사람의 의견을 묵묵히 듣고 있던 한응인이 작심한 듯 선조를 향하여 짧게 말했다.

"두 사람을 함께 죄 주어서 두 사람 다 이후로 열심히 노력하고 공부하게 하는 것이 좋겠사옵니다."

한응인의 이 말이 좌중에 있던 사람들에게 하나의 좋은 해결책으로 인식되어 다수의 의론이 이를 따랐으므로 선조도 이산해와 함께 유성룡도 파직하는 것을 재가하였다. 이는 선조가 측근인 이산해를 자신의 곁에서 떠나보내기가 싫었으나 이러한 엄청난 국난을 당하여 영의정에게 책임을 물을 수밖에 없는 상황에서 좌의정인 유성룡도 연대책임을 지어서 물러가게 한 것이다. 선조의 이같은 양비론兩非論은 한응인의 한 마디에 힘을 받아 그대로 관철된 셈이다. 한응인은 명나라에서 막 돌아와 서울이 함락되는 위급한 상황을 현장에서 경험하지 못했지만 남인이나 북인 어느 쪽에도 가담하지 않은 입장에서 현실을 객관적으로 판단하여 제시한 의견이었으므로 아무도 한응인의 주장에 반박하지 못하고 그대로 따를 수밖에 없었다.

다음날인 5월 3일에 선조는 개성의 남문에 나와 왕의 어가가 도착했다는 소문을 듣고 몰려온 백성을 위로하며 고충을 말하라고 했다. 그곳의 선비들은 나라가 오늘날 이 지경에까지 이른 것은 이산해와 김공량金公諒의 죄가 가장 크다고 항변했다. 이산해는 자타가 공인하는 선조의 최측근이고, 김공량은 선조가 지나칠 정도로 총애하여 그 치맛자락에서 헤어 나오지 못했던 인빈仁嬪 김씨의 오빠였다. 초야에 묻혀서 살아가는 선비들이 이산해와 김공량을 성토한다는 것은 결국 당시의 흉흉한 여론의 표적이 왕 자신임을 의미하므로 선조는 얼른 그 자리를 떠났다. 왕은 이날 새벽에 서울이 왜적의 손에 넘어갔다는 보고를 받았기 때문에 백성들의 그 같은 분노의 목소리를 듣고는 모골이 송연할 정도로 놀랐을 것이다. 이때 왕의 어가는 곧 개성을 떠나 본래의 목적지인 평양으로 떠나기로 하고 채비를 차리고 있었다.

선조는 서울이 왜적에게 함락된 것을 보고 조선의 정규군대로
서는 도저히 왜군을 이길 수 없다고 생각하여 자신에게 이 전쟁의
책임을 돌리는 교서를 전국 8도에 보내 백성의 여론을 무마하고자
했고, 이와 함께 각 도에 서신을 보내 의병義兵을 모집하게 했다.
선조가 전국에서 의병을 일으키도록 호소한 것은 어떻게 보면 전
국토가 왜적에게 점령당하겠다는 위기의식에서 국민 총동원령을
내린 것이나 마찬가지였다. 그러나 또 다른 속셈은 나라가 이 지
경에 이르게 된 주범이 선조 자신이라고 성토하는 흉흉한 여론을
잠재우기 위해 백성들로 하여금 일치단결하여 나라를 지켜야 한
다는 애국심을 불러일으킴으로써 자신이 처한 위기에서 벗어나려
는 묘수가 숨어 있다고 할 수 있다. 왕의 이러한 호소에 귀 기울인
각 도의 애국지사들은 의병을 일으켜 왜적에 맞서 싸우기 시작했
다. 이 해 6월의 선조실록에 기록되어 있는 기사를 통해서 그 사
실을 확인할 수 있다.

"각 도에서의 의병이 일어났다. 이때에 충청·전라·경상도에서
군사를 지휘하던 병사兵使들은 하나 같이 민심을 잃고 있었다. 그
러므로 왜란이 일어난 뒤에 백성들에게 군사를 차출하고 군량미를
공납케 했으나 모두 등을 돌렸고, 왜적을 만나면 앞장서 싸우기 보
다는 몸을 피하는데 급급했다. 이러한 상황에서 위기의식을 느낀
명문거족들과 유생들이 왕의 명령을 받들어 대의大義를 부르짖고
나서니 소문을 들은 자들이 크게 고무되어 원근에서 모여들었다.
따라서 흩어져 있던 민심과 나라의 명맥이 이에 크게 힘입어 유지

되었다."

이 기사를 보면 백성들이 창의倡義하여 나라를 위기에서 구해야 한다는 절박한 선조의 호소가 크게 주효했음을 알 수 있다. 5월 3일 새벽에 일본군이 서울을 점령하자 서울을 사수하라는 명령을 받고 방어진을 치고 있던 도원수 김명원과 부원수 신각申恪은 왜군의 압도적인 무력 앞에 속수무책이었고, 병사들은 전의를 상실하였다. 김명원과 그를 따르던 장수들이 무기를 모두 강물 속에 던져버리고 옷을 평민복으로 바꾸어 입고 도망하니 순식간에 대군이 붕괴되었다. 이때 김명원을 따르던 종사관 심우정沈友正이 김명원의 말고삐를 잡고는 울며 하소연했다.

"지금 전하께서 서쪽으로 몽진하셨으니 우리가 임진강을 지켜 그 뒤를 막읍시다."

이에 김명원은 흩어진 군사를 수습하여 임진강을 방어하는 전략을 세우고, 이를 조정에 보고했다. 김명원의 장계를 받아 조선 군대가 서울을 포기하고 임진강으로 물러난 것이 불가항력이었다는 사실을 안 선조는 그의 죄를 묻지 않고 경기도·황해도 지역의 군사를 징집하여 임진강 나루를 사수하라고 명을 내렸다.

선조의 곁에서 시시각각으로 올라오던 전황보고를 지켜보고 있던 한응인은 선조에게 시급하게 처리해야 할 두 가지 사안을 말씀 드리기로 마음먹었다. 그 가운데 하나는 대외적인 조치로 조선이 처해 있는 전쟁 상황과 제압할 길이 없는 일본군의 무력을 알리는 자문咨文을 명나라 조정에 급히 보내야 한다는 것이었다. 한응인은 선조에게 이렇게 아뢰었다.

"신이 중국에서 돌아 온지 얼마 되지 않아 그곳의 분위기를 대강 알고 있사옵니다. 소신의 생각으로는 속히 명나라 조정에 자문을 보내어 위급한 상황을 알리는 것이 좋겠사옵니다."

한응인은 지금의 전황을 명나라에 급히 알려야 한다는 사실을 누구보다 잘 알고 있었기 때문에 선조에게 이 같은 청을 올린 것이다. 한응인이 명나라에 갔을 때 명나라는 일본의 전국시대를 끝낸 풍신수길이 결집된 국민의 에너지를 이용하여 동북아시아를 차지하겠다는 야욕을 숨기지 않고, 이를 실천하기 위해 동북아의 종주국인 자신을 침범하려 한다는 사실을 알고 있음을 여러 경로를 통하여 확인할 수 있었다. 게다가 한응인은 조선이 일본의 길잡이가 되어 자기 나라를 쳐들어온다는 유언비어에 명나라가 예민해 있다는 사실도 알고 있었으므로 지금 조선이 처해 있는 열악한 현실을 즉각적으로 명나라 조정에 보고해야 한다는 것을 한응인은 적극적으로 주장하고 나섰다. 한응인은 몇 달 전에 명나라에 들어가 중국 조정의 원로를 찾아다니며 그 곳의 여론을 청취하면서 명나라 조정이 조선에 대하여 가지고 있던 의구심이 생각보다 심각하다는 사실을 파악했고 이를 해소하기 위해 백방으로 노력했기에 하루라도 지체하지 말고 있는 그대로 솔직하게 전황을 보고해야 한다고 생각했다. 한응인의 이러한 생각은 파죽지세로 공격해오는 일본군을 조선의 힘으로는 도저히 막을 수 없기 때문에

결국 명나라에 구원 군을 요청해야 하고, 이러한 요구를 하기 전
단계로 미리 조선의 위기상황을 명나라에 알려 동정심을 유발해
야 한다는 판단에서 나온 것이었다. 한응인이 선조에게 올린 이
같은 건의는 이후에 조정에서 명나라 군사 파견요청에 대한 뜨거
운 논란으로 발전하는데 하나의 빌미가 되기도 했다. 왕은 한응인
의 이 말을 가상하게 여겨 그대로 실천하기로 했다.

　또 하나 한응인이 선조에게 건의한 것은 전략적인 내용이었다.

　　"신이 신의주에서 개성으로 오는 길에 이원익李元翼(1547~1643)
　　대감을 만났사옵니다. 대감이 말하기를 서울의 한강에 이미 도착한
　　전세田稅는 호조戶曹에 이야기 하여 대동강으로 옮겨 오게 해야 한
　　다고 하였사옵니다."

　한응인이 의주에 도착하여 선조가 있는 행재소로 급히 내려오
면서 당시 이조판서로 평안도 도순찰사都巡察使를 맡고 있던 이원
익을 만났을 때 왕에게 전해 달라고 한 말을 그대로 전달한 것이
다. 한응인이 5월 2일 저녁에 선조를 만나 명나라에 가서 수행한
임무를 보고한 것을 보면 이원익은 이미 평양에 먼저 가 있었던
것으로 볼 수 있다. 여기에서 보면 한응인은 의주에서 평양을 거
쳐 개성으로 내려오면서 왜란에 대한 정보를 곳곳에서 전해 받아
나라가 어떤 위기에 처하고 있는가를 파악하고 있었다고 하겠다.
그러므로 한응인이 개성에 와서 거의 혼이 나간 듯한 선조를 만났
을 때의 감정이 얼마나 애잔했는가를 미루어 짐작할 수 있다. 더

욱이 이원익은 한응인과 마찬가지로 대신의 반열에 있었으므로
두 사람이 만났던 짧은 시간에도 자신들을 나라에 대한 운명 공동
체로 인식하여 당시의 전쟁 상황에서부터 향후 조선의 진운進運에
이르기까지 많은 의견을 나누었으리라고 본다. 한응인의 말을 듣
고 있던 선조는 적군이 서울을 점령하여 이미 임진강 쪽으로 진격
하고 있으니 그 말이 마땅하다고 여겨 그대로 시행토록 했다.

　조정에서는 임진나루와 지척의 거리에 있는 개성에 왕의 어가
가 오래 머물기는 것은 어렵다고 판단하여 원래의 목적지인 평양
을 향하여 서행西行을 계속하기로 하고 출발 준비에 분주했다. 한
응인은 이때 선조를 가까이서 보좌하면서도 주로 외교관계 일을
기획하고 시행하는 일에 큰 힘을 쏟고 있었다.

　왕은 서울을 떠나 종묘에 모셔 놓았던 열성조의 위패位牌인 신
주神主를 모시고 개성에까지 왔지만, 이것을 더 이상 모시고 갈 여
력이 없었다. 전쟁 통이라 왕 이하 모든 관료들이 목숨조차 보존
하기가 어려운 실정이었으므로 신주를 가지고 다니다 뜻밖의 변
을 당할까 염려하여 신주를 임시로 깨끗한 곳에 묻어두고 행장을
간편하게 하는 것이 좋겠다고 여겼다. 그러므로 이 문제를 직접
담당하고 있는 예조판서 정창연鄭昌衍(1552~1635)이 조정의 여러
대신들과 상의도 없이 신주를 개성에 있던 목청전穆淸殿의 우측에
묻었다. 목청전은 단순한 건물이 아니라 태조 이성계가 고려 말기
에 고려의 수도인 개성에 살 때 거처했던 옛 집이었다. 여기에 태
조의 초상화를 모시고 개성부의 종4품 벼슬인 경력經歷을 집사로
임명하여 제사를 지내게 하였다. 이 같이 열성조의 신주를 받들어

모시고 평양으로 가지 못하고 왜군이 쳐들어오리라고 예견되는 개성 땅에 두고 가기로 한 것을 보면 당시 왕의 행차가 얼마나 무기력하고 혼란스러웠는가를 미루어 짐작할 수 있다.

선조는 더 이상 개성에 머물렀다가는 어떤 불측한 화를 당할지 몰라 5월 4일 저녁 무렵에 서둘러 개성을 떠났다. 개성에 도착한 것이 5월 2일 저녁이니 만 이틀을 개성에 머물면서 전열을 정비하여 바쁜 국사를 처리한 뒤에 평양을 향하여 간 셈이다. 이때 어가가 출발하는 데 미처 준비가 제대로 되지 않아 모두 불만에 가득 차 있어 질서가 없고 소란스러운 것이 임진강을 건널 때의 혼란했던 모습보다 더 심했다. 4일 밤을 개성에서 보내지 못하고 황급히 떠날 정도로 시급한 상황이었기 때문에 그러한 소동은 피할 수 없는 일이었다. 왕의 어가는 서둘러 저녁에 개성을 떠나 밤에 금교역金郊驛에 도착해서 왕을 제외한 재상 모두가 풀밭에서 노숙했다. 금교역은 개성에서 50여 리도 채 떨어지지 않은 곳으로 서울과 평양을 오갈 때 드나드는 중요한 역참驛站이다. 여기에는 찰방察訪을 두어 관장케 했는데, 이 땅에 왕을 수행하던 인원이 많았으므로 모든 사람들이 역참에서 잠자리를 얻을 수 없었을 것이다. 비록 어가를 모시고 가지만 적에게 쫓기는 신세이고, 모든 것이 와해되고 무질서한 상태였기 때문에 대신들조차도 풀밭에 임시 천막을 치고 잠자리에 들었지만 편안하게 잠을 청하기 어려웠다. 뒤에서 적이 언제 어가를 덮칠지 알 수가 없고, 게다가 지존인 왕을 모시고 유숙하기 때문에 밖에서 누가 해코지를 할 목적으로 몰래 잠입하지는 않을까 모두 신경이 곤두서 있었다. 그래서 조그만

소리나 기척에도 왕의 행차를 호위하는 군사들이 민감하게 대처
하고 암호暗號를 외쳤으므로 편안하게 잠을 청한다는 것은 불가능
하였다. 선조도 잠을 제대로 이루지 못하고, 4·5차례나 놀라서
잠에서 깰 정도였으므로 어가의 호위군을 철저하게 지휘 감독할
순경사巡警使로 한응인을 임명하였다. 5월 2일에 개성에서 선조를
만나 사흘을 보필한 끝에 한응인은 왕의 호위를 총책임 맡은 순경
사로 임명되어 호위군을 거느리게 된 것이다. 왕의 어가를 따라가
는 고위관료들이나 무관들이 적지 않았겠지만, 모든 사람들이 자
신이 목숨을 지키기에 급급한 현실에서 내일의 운명이 어떻게 될
지 모를 화급한 순간에도 자신의 일신을 돌보지 않고 오로지 충정
으로 국왕인 선조의 안위를 걱정할 수 있는 사람으로 한응인이 지
목된 것이다. 한응인은 평소에 아무런 편견 없이 왕을 보필하고
누구보다도 자신이 맡은 직분에 충실했기 때문에 전란을 맞아 위
기에 처한 왕을 지킬 수 있는 사람으로 인정받았다는 사실이 자랑
스럽기는 했겠지만 이러한 어려운 시기에 왕을 곁에서 진심으로
도울 사람이 자신 이외에는 없다는 사실을 알게 되었을 때 크게
심란했을 것이다. 왕을 호위해야 하는 무거운 책임을 맡은 한응인
은 5월 5일 아침 일찍 일어나 호위군을 점검하고 그들에게 어가를
철저히 호위해야 한다고 훈시하고는 금교역을 떠나 그날 오후에
금암역金巖驛에 도착하였다. 잠시 쉬는 시간을 내어 선조는 이조吏
曹에 명하여 지금 어가를 호종扈從하고 있는 신하들의 성명을 써
서 올리게 했다. 이때 왕을 호종했던 재신宰臣으로는 유성룡, 윤두
수尹斗壽(1536~1601), 이산보李山甫(1539~1594), 이항복李恒福(1556~

1618), 한응인, 윤근수尹根壽(1537~1616), 구사맹具思孟(1531~1604), 유근柳根(1549~1627), 심충겸沈忠謙(1545~1594), 박충간朴忠侃(?~1601), 정사위鄭士偉(1536~1592), 이충원李忠元(1537~1605), 심희수沈喜壽(1548~1622), 이산해李山海, 백유함白惟咸(1546~1618) 등 16명에 지나지 않았다. 한응인은 처음 왕의 어가가 서울에서 출발한 뒤에 바로 호종공신을 점검할 때는 어가행렬을 호종하지 않았기 때문에 포함되지 않았으나 금암역에서 작성된 2차 호종 공신록에는 그의 이름이 올랐다. 이날 해질 무렵 평산平山에 있던 보산역寶山驛에 도착하여 모두가 피곤한 몸을 뉘었다. 6일에 왕의 일행이 안성역安成驛에서 오찬을 가지고 저녁에 서흥부瑞興府에 있는 용천역龍泉驛에서 유숙하는 것이 거리로 봐서 마땅했으나 안성역과 용천역에서 식사거리를 제공할 여유가 없다는 보고가 들어와 어쩔 수 없이 강행군 하여 검수역劍水驛을 지나 봉산역鳳山驛에 도착하였다. 때는 벌써 밤 9시가 되어 왕을 비롯한 모든 일행들은 점심과 저녁을 먹지 못해 허기에 지쳐 움직이지 못할 정도였다. 이때 대사헌大司憲 이헌국李憲國(1525~1602)이 이를 보고 참다못해 버럭 화를 내며 말했다.

"정승이고 승지고를 막론하고 모두 개새끼들이다. 어찌 주상으로 하여금 수라도 못 드시게 하고 길을 재촉하는가."

이헌국이 너무 화난 얼굴로 말 위에서 팔을 치켜들어 마치 주먹으로 칠 것 같은 제스처를 취하니 모두들 쓴 웃음을 지을 수밖에 없었다. 나라를 상장하는 지존인 임금이 하루의 끼니를 잇지 못하고 굶주려가며 앞길을 헤치고 나가야 하는 모습을 보는 모든 신료

들이 얼마나 참담하고 힘들어 했을까. 실제 서울에서 출발하여 평
양에 이르기까지 6일 가까이 어가가 행차하는 동안 삼순구식三旬
九食이라고 할 정도로 때맞춰 식사를 할 수 없었고, 편히 잠자는
날이 하룻밤도 없었으므로 그 고충이야말로 이만저만이 아니었
다. 이헌국은 왕실의 사람으로 선조가 길 위에서 전대미문의 참상
을 겪고 있는 것을 보고 화를 낼 수 있는 입장이긴 했지만, 종실
사람이 아니라도 왕을 모시는 신하라면 누구라도 같은 마음이었
겠지만 애써 감정을 억누르면서 시종일관 왕의 어가를 시종하고
있었을 것이다. 한응인 또한 왕을 지근에서 모시며 왕의 안위를
책임지고 있었기 때문에 선조가 겪은 고통을 바라보며 인신人臣으
로서 몸 둘 바를 모를 정도로 괴로웠으리라고 본다. 그러나 이러
한 어려운 여정을 이겨내며 평양을 향해 가면서 제한적이긴 하지
만 왕과 신료들은 각자에게 주어진 임무를 수행하고 있었다.

　고생을 밥 먹듯이 하며 5월 8일에 최종 목적지로 정했던 평양平
壤에 어가가 도착했다. 한응인은 금교역에서 부터 왕의 어가를 호
위하기 시작하여 혼신의 힘을 다 하여 어려운 난관을 뚫고 목적지
인 평양에 도착하였으나 스스로 이룬 성취감에 만족할 처지가 못
되었다. 평양은 서울에 비해 크게 뒤떨어지지 않을 정도로 도시가
넓고 화려하였으므로 왕 이하 모든 관속들은 그나마 안도의 숨을
내쉴 수 있었다. 평양에 들어오자 선조는 호종공신을 치하하고 각
자에게 맞는 직급과 상금을 내리기도 했다. 한응인은 순경사로서
어가를 호위하는 데 적잖은 공을 세웠다고 하여 지중추부사知中樞
府事에 임명되었다. 지중추부사의 직은 당상관(정3품 이상의 직급)

의 품계를 지니고 있으면서도 일정한 직책이 없는 사람을 우대한다는 의미에서 두었던 자리였다. 당장 마땅히 맡길 일은 없지만 그 사람의 품위 유지를 위해 왕이 내리는 벼슬자리였다. 한응인은 지난해 10월 24일 명나라에 진주사陳奏使로 가기 전까지는 예조판서의 자리에 있었으나 나라의 위급한 외교문제를 해결하기 위하여 예조판서를 사직하고 진주사의 정사로 갔다가 돌아왔으므로 이때까지 조정에서 보직을 받지 못한 상태였다. 그러나 명나라에서 돌아오자마자 난리를 만나 선조의 개성 행재소에 달려가 5월 2일 저녁에 선조를 만나 복명復命하면서부터 일주일 가까이 선조의 곁에서 벗어나지 않고 충심으로 보좌했기 때문에 왕은 정2품직에 해당되는 지중추부사 직을 내려 한응인을 위로하였다.

선조가 평양에 들어갈 때 평양감사 송언신宋言愼(1542~1612)은 3천여 군마를 거느리고 나와 어가의 행렬을 맞이하였는데 군사들의 창칼이 햇빛을 받아 번쩍이고 그 기세도 하늘을 찌를 듯하여 왕이나 호종한 신하들의 얼굴에는 오랜만에 생기가 돌았다. 평양에 입성하자마자 조정에서는 명나라에 성절사聖節使를 파견하는 일을 두고 논란이 있었다. 그래서 성절사 정사로 임명된 유몽정柳夢鼎은 미처 중국으로 출발하지 못하고 개성에서부터 어가를 따라와 평양에 머물고 있었다. 대부분의 대신들은 나라가 황망 중이므로 성절사를 보내기 보다는 조선의 위급한 상황을 명나라 조정에 알리기 위한 임시 사절단을 구성하여 보내는 것이 옳다고 하였다. 여러 대신들의 의견을 청취한 선조는 어떻게 해야 할지 결론을 못 내리고 우왕좌왕 했다. 이때 한응인이 나서서 의연하게 말했다.

"전하, 해마다 명나라 신종의 생신을 하례하기 위해 성절사를 보냈사온데 만일 나라가 어려운 상태에 있다고 해서 관례를 무시하고 보내지 않는다면 황조皇朝에서 반드시 우리나라를 의심할 것이오니, 이미 준비된 성절사를 그대로 보내는 것이 타당하다고 사료되옵니다."

선조는 한응인의 말이 올바른 상황 판단에서 나온 것이라고 생각하여 성절사를 보내도록 지시했다. 선조는 성절사가 가지고 갈 물목단자物目單子를 정성스럽게 갖추어 보내면서 조선에 침략해 들어 온 왜적의 실태를 낱낱이 보고하고, 가는 길에 요동에 있는 명나라의 진鎭에 도움을 요청하는 공문을 가지고 가서 전하도록 했다. 그리고 전세가 최악의 경우에 이르러 왜적이 조선의 전 국토를 차지하는 불상사가 생기면 조선의 왕이 어쩔 수 없이 중국에 건너가 있다가 나라를 되찾게 되면 다시 조선으로 귀국하겠다는 뜻을 중국에 전하도록 했다. 이러한 선조의 부탁 가운데 세 번째 부탁인 내부론內附論은 그해 말에 정치적 소용돌이를 일으킨 핫이슈가 되었다.

한응인은 누구보다도 당시 동북아 정세와 명나라와의 외교문제에 정통하였으므로 외교적 문제가 불거질 때마다 해결사로의 역할을 충실하게 수행했다.

5) 임진왜란의 최전선에 서다

한응인이 의주에서 왜적이 조선에 쳐들어 왔다는 소식을 들은 것은 1592년 4월 하순 무렵으로 추측되는데 4월 14일 일본군이 부산포에 상륙하여 채 20일도 되지 않는 기간에 곳곳의 저지선을 뚫고 서울을 점령했으니 이런 상황을 두고 가히 파죽지세라고 해도 지나친 말은 아니었다. 그러므로 이때에 처참하게 무너진 조선의 현실을 두고 이런 말들이 유행하였다. '바람 소리만 듣고도 먼저 흩어진다.[聞風先潰]', '바람 부는 것을 바라만 보고도 크게 흩어진다.[望風大潰]', '백성의 민심이 무너져 흩어진다.[人心潰散]', '흙덩이처럼 무너지고 기와조각처럼 해체된다.[土崩瓦解]' 이러한 말들은 당시 조선 조정의 전쟁준비가 전무하여 민심을 진정시켜야 할 관료들과 나라를 사수해야 할 군대가 왜군이 쳐들어온다는 소문만 들어도 지레 겁을 먹고 달아나던 참담한 모습을 풍자하는 것이었다. 이는 곧 통치자와 군인들을 믿고 성실하게 살아가던 백성들의 민심이 크게 이반되어 나라를 지탱할 기반을 갑자기 상실해 가는 것을 막아내기 어려웠다는 사실을 뜻하는 것이기도 했다.

선조가 일본군에게 하루아침에 나라를 빼앗기게 된 기막힌 현실 속에 평양에 도착하여 한숨을 돌리게 되었지만 전선은 평양과 가까운 임진강에 형성되어 조선군과 일본군은 대회전大會戰을 준비하고 있다. 따라서 선조로서는 임진강 전투의 결과에 관심을 기울이지 않을 수 없었다. 서울이 일본군에 함락되자 그곳을 지키고 있던 도원수 김명원은 자신의 휘하에 있던 종사관을 모아 놓고서 '불리하여 서울을 떠났지만 북상의 길목인 임진강에 방어진을 치고 왜적을 격퇴하자.'는 약속을 하고는 재빠르게 임진강에 도착하여 군사를 단련시키며 왜적과의 일전에 대비하고 있었다. 그러나

막강한 무력을 앞세운 일본군에 크게 당한 경험이 있는 김명원은
조정에다 빨리 증원군을 파견하여 임진강을 지킬 수 있게 해달라
고 장계를 보냈다.

선조는 서울 전투에서 무기력하게 퇴각한 김명원의 전략에 신
뢰가 가지 않아 조정 백관들의 의견을 좇아 한응인을 팔도순찰사
八道巡察使에, 그를 도울 참모로 이천李薦을 임명하여 방어사로 삼
았다. 선조는 한응인에게 팔도순찰사라는 직위를 내리면서 도원
수인 김명원의 지시나 결제를 받지 않고 단독으로 왜적에 맞서 싸
울 수 있는 독자적 지휘권을 부여하였다. 조정의 여러 대신들도
임진강 전투의 중요성을 알고 있었기 때문에 패전의 경험이 있는
김명원에게 지원군을 증파하여 주고 임진강 전쟁을 혼자 주도케
한다는 것은 위험스런 일이라고 생각하여 한응인에게 일정 정도
의 군사를 주어 왜적과 싸우도록 하는데 찬성했다. 이러한 조정의
결의는 김명원에게 오직 통수권을 위임하는 것이 위험하다는 판
단에 의해서 나온 것이라고 하지만 좌의정으로 있던 윤두수가 그
대안으로 한응인을 그곳에 보내어 양두체제로 전쟁을 치르게 해
야 한다고 주장한 것이 주효했다. 윤두수가 한응인을 적임자로 추
천한 것은 우선 공의 충성심이 누구보다도 강하고 문신으로서 군
사를 통솔할 역량을 갖추었기 때문이지만 개인적으로 윤두수가
한응인의 인품과 능문능리能文能吏한 재주를 눈여겨 봐 오며 크게
신뢰한 것도 한 원인이 되었다고 하겠다. 윤두수는 한응인과 함께
종계변무에 공을 세운 사람으로 광국공신光國功臣에 책록되었고,
조정에서 같이 머리를 맞대며 근무하면서 한응인을 가까이서 관

찰할 기회가 많았을 것이다. 이는 한응인이 왕의 명을 받아 전쟁터로 떠나려 할 때 윤두수가 왕을 위시한 좌중의 여러 사람들을 둘러보며, "이 사람의 풍채에 복기福氣가 깃들어 있으니 반드시 맡은 일을 잘 해낼 것입니다."라고 한 말에서 확인할 수 있다.

한응인이 임진강으로 떠나기에 앞서 왕은 유홍俞泓(1524~1594)을 우의정 겸 도체찰사로 삼아 군사 3천 명을 주며 임진강으로 떠날 것을 명했다. 그러나 유홍은 왕의 명을 받은 지 여러 날이 지났는데도 떠날 기색을 보이지 않았다. 선조가 불러 그 이유를 물으니, 유홍이 대답했다.

"다름이 아니오라 다리 아래에 종기가 나서 아직 떠나지 못하고 있사옵니다."

이 말을 듣고 있던 이헌국이 말하였다.

"대감은 재주도 없고 덕도 없는데 이미 정승이 되었으니 전하의 베푸신 은혜가 지극히 큽니다. 그런데도 겁내어 전쟁터로 가지 않으니 이는 마치 잔치자리에 나간 기녀가 발 아프다고 핑계 대며 가무를 않는 것과 같구려. 어찌 감히 이럴 수 있습니까."

이헌국의 꾸짖는 듯한 말을 듣고 선조가 쓴웃음 지으면서, "한응인을 먼저 보내는 것이 좋겠다."고 하였다. 그 뒤 유홍은 끝내 전쟁터로 나가지 않았다. 신하가 왕의 명령을 그대로 실천하지 않는 데는 나름대로의 명분과 이유가 있을 것이다. 유홍은 70세에 가까운 노인이므로 육체적 어려움도 있을 수 있었겠지만 그래도 나라가 어려움에 처해 있을 때는 신명을 바쳐 나라에 보답해야 되는데, 유홍에게는 무엇보다도 그런 용기와 충성심이 부족했다는 것을 알 수 있다.

역사의 포폄褒貶을 있는 그대로 전달하는 역사서에서 유홍과 한응인의 사실을 대조적으로 기록하고 있는 것이 무척 흥미롭다. 한응인은 유홍에 비해 나이가 30살이나 아래였지만 조선을 상징하는 왕을 보좌하고 나라의 녹을 먹는 신료로서의 대의명분에 따라 목숨을 초개와 같이 버릴 줄 아는 사람으로 평가하고 있다.

한응인은 명을 받은 지 사흘이 지난 5월 11일에 임진강 전쟁터로 출발했다. 그는 이천과 함께 1천 명의 정예병을 데리고 임진강으로 향했다. 이 1천명의 군사는 모두 평안도 지방에서 온 병사들이었는데 한응인이 의주에서 왕에게 복명하러 갈 때 함께 평양으로 내려왔던 군사들이었다. 이들은 모두 북쪽 오랑캐들과 전쟁 경험이 풍부한 정예병으로 나라에서 최후의 전장에 투입하기 위해 예비 병력으로 주둔시켜 놓았었다. 이 1천 명의 군사 외에도 임진강 변에 주둔하고 있는 5천 명의 군사를 휘하에 두게 되어 한응인은 6천 명이라는 적잖은 군사로 임진강을 방어하는데 주도적인 역할을 맡게 되었다.

한응인은 평양을 떠나 전열을 정비하면서 곧장 달려 파주 땅을 지나면서도 그곳에 진을 치고 있던 김명원을 만나지 않고 바로 임진강 나루의 입구에 이르러 급히 진을 치고 왜적을 맞을 준비에 들어갔다. 한응인은 군사를 지형에 따라 배치하고 군율을 엄히 하여 군사의 기강을 바로 잡는 바쁜 시간 속에서도 평양을 출발할 때 자신에게 어주를 하사하고 위로하며 맡은 바 직분에 충실할 것을 당부하던 선조의 안쓰러운 모습을 잊을 수가 없었다. 또한 그 자리에서 선조가 이번 전쟁의 책임이 자기에게 있으므로 지금부터 모든 소장疏章에 예성叡聖이라든가 다른 존호를 일절 사용하지 말라고 했던 일이 뇌리에서 떠나지 않았다. 아무리 나약하고 보잘 것 없는 군주라도 그 나라를 상징하는 지존인데, 선조 스스로가 자책감에서 전쟁 중에는 자신이 죄인이라고 하며 군주로서의 체통과 위의를 잃어가고 있는 모습을 보고 한응인은 만감이 교차했을 것이다. 그러나 한응인 자신은 어떤 경우에도 선조라는 한 군주를 섬기고, 전심전력을 다하여 나라에 헌신하겠다는 약속을 몇 번이나 거듭하며 평양을 떠나 왔기 때문에 반드시 임진강 전투에서 이겨야 한다는 결심을 더욱 굳게 다졌다.

한응인은 자신이 평양을 떠날 때 종사관으로 데리고 간 김신원金信元과 함께 진지를 돌아다니며 대비 태세를 꼼꼼하게 점검하였다. 이때 임진강 나루 남쪽에는 일본군이 진을 치고 있으며 침략할 기회를 호시탐탐 노리고 있었다. 왜군은 잔뜩 긴장된 마음으로 부산포에 상륙하였지만 생각했던 것보다는 별다른 저항을 받지 않고 빠른 속도로 북상하여 서울을 5월2일에 점령함으로써 승리에 크게 도취되어 있었다. 그들은 승리감에 젖어 서울까지 올라오면서 온갖 만행을 저지르고 비인간적인 행동을 서슴없이 자행했음으로 전쟁이 생각보다는 너무 시시하다는 생각을 가지고 처음에 지녔던 전의를 조금씩 잃어가고 있었다. 그러나 그들이 지상목표를 삼은 것은 조선을 관통하여 빠른 시일 내에 명나라 군대와 조우하는 것이었으므로 아무리 승리에 들떠 있어도 진격을 멈출 수는 없었다. 왜군은 서울을 점령한 뒤에 다시 전열을 가다듬어 북쪽으로 향하는 길목인 임진강 나루터에 다다랐다. 그러나 아무리 잘 싸우는 군대라 하더라도 지형이나 풍토가 다른 남의 나라에서 수미일관首尾一貫하게 똑같은 템포로 진격하는 것은 쉽지 않았다. 왜군은 여세를 몰아 단번에 임진강을 건너려고 했으나 마음대로 되지 않았다. 조선의 군사들이 강가에 포진하고 강을 건널 수 있는 배를 모두 징발하여 강의 북쪽 언덕에 대 놓았으므로 남쪽에 진을 치고 있던 일본군은 강을 건너 올 방법이 없었다. 일본군이 매일 몇 명씩 짝을 지어 작은 배를 타고 강의 위 아래로 다니면서 도전해 와도 조선의 군대는 미동도 보이지 않아 10여 일 동안 전쟁은 소강상태에 접어들고 있었다.

5월 13일에 경기감사 권징權懲(1538~1598)이 조정에 장계를 급히 올렸다. 권징이 올린 글의 내용은 대강 이러했다.

"왜적이 깊이 들어와 고립무원의 어려움에 놓이게 되었고, 격렬한 전쟁을 치르느라 그들의 발에 종기가 나고 기운이 다 빠져 그 기세가 이미 꺾였으니 원수에게 명을 내리시어 기회를 놓치지 말고 빨리 공격하게 하소서."

이 장계를 받아본 대신들도 모두 말했다. "적의 기세가 이미 꺾였으며 걸음도 제대로 걷지 못한답니다."

경기감사 권징이 올린 장계의 내용이 올바른 정보를 통해 얻은 것인지 모르지만 결과적으로는 크게 믿을 만한 첩보는 아니라고 할 수 있을 것이다. 조정에서는 그 말을 곧이곧대로 믿어 김명원에게 거듭 명령을 내려 공격을 지시하고, 진격하지 않는 그를 무능하다고 꾸짖기도 했다. 이때 조정에서는 임진강 나루의 전선을 더욱 강화시키기 위해 이성임李聖任(1555~?)을 순찰부사로 삼아 강변의 토병을 거느리고 가서 한응인의 군무를 돕게 했다. 이성임은 태조 이성계의 7세손으로 왜란이 일어나자 조정에 자청하여 직접 영남 땅에 가서 의병을 모아 왜적을 치려고 하였으나 뜻을 이루지 못하고 돌아온 사람이었다. 그는 한응인이 팔도순찰사로서 왜적을 토벌하러 간다는 소식을 듣고 조정에 자청하여 한응인을 도우러 가겠다고 했다. 조정에서는 그의 뜻이 갸륵하다고 하여 원하는 대로 하게 했다. 권징의 급보를 받아보고 나서 조정은 발 빠르게 대응하여 김명원에게 적을 공략할 것을 거듭 명령하고, 급보가 들어온 그 다음 날인 5월 14일에는 한응인에게 유시諭示를 내렸다.

"지금 적의 기세가 꺾였는데도 도원수 김명원이 여태껏 아무런 조치도 취하고 있지 않고 있다. 그러니 경은 하루 속히 전열을 가다듬어 적을 쳐서 무찔러야 할 것이다. 그냥 하는 일 없이 김명원의 지시만 기다리다가 승전의 기회를 놓쳐서는 절대로 안 될 것이니 명심해서 거행하도록 하라."

왕의 명을 받은 한응인은 머잖아 전쟁에 뛰어들어야 하겠다는 각오를 새롭게 다졌다. 그가 전의를 불태우고 있던 16일에 임진강 남쪽에 진을 치고 있던 왜적들은 일시에 군대의 지휘소와 막사를 태워버리고 철수하는 듯한 시늉을 보이고 있었는데, 이 정보를 입수한 경기감사 권징이 또 급히 장계를 조정에 올렸다.

"여기에 있는 왜적들이 고립된 적이 오래고 몸이 지친 상태라 병영을 태워버리고 달아나려 하고 있습니다. 이곳을 지키는 여러 장수들에게 지시하여 적군을 추격하도록 하소서."

조정에서는 이 보고 내용이 그럴듯하다고 생각하여 마침내 한응인을 비롯한 모든 장수들에게 적을 추격하라고 재촉했다. 한응인은 전쟁에 참여한 뒤 처음으로 조정으로부터 5월 17일에 출전하라는 제1호 명령을 받았다. 조정에서는 여러 곳에서 올라오는 다양한 정보를 분석하고 판단하여 임진강에 포진하고 있는 조선 군대에 명령을 하달하지만 실제 현장에 있는 지휘관들이 파악하고 있던 전황과는 달랐기 때문에 명령이 뜻대로 잘 받아들여지지 않았다. 이때에 임진강 전투를 앞두고 이양원·이일·신각·김우고 등이 거느리는 군사는 연천에 있는 대탄大灘에 진을 치고 있었고, 김명원·한응인·권징·신길·이천·이빈·유극량劉克良·변기邊璣 등의 장수들은 임진강 북쪽에 진을 치고 있었다.

왜군은 조선의 군사가 대탄과 임진강 나루에 집중적으로 배치되어 총력전을 준비하고 있는 사실을 알고 있었고, 조선 역시 임진강에서 물러나면 평양마저 위태롭다는 위기의식이 팽배하여 마치 최후의 마지노선에 선 것처럼 종전과는 다른 결연한 임전태세를 보이고 있어 섣불리 서로 싸우려고 들지 않았다. 그러나 조선 조정이나 일본 군부는 가급적 빠른 시일 내에 승부를 결정짓기를 바라고 있었다. 조선은 계속 왜군에게 밀리기만 하여 백성들이나 군인들의 사기가 땅에 떨어져 있어 한번이라도 왜군과 싸워 역전의 기회를 마련해야 할 절박한 입장에 놓여 있었다. 왜군도 지금까지 조선을 침략하여 뜻한 대로 전 국토의 반을 휩쓸며 전승가도를 달리고 있는데 만약 임진강 전투에서 발목이 잡혀 오도가도 못할 경우 타국에서 오래 버티기 어렵다는 것을 잘 알고 있어 속전속결로 임진강을 돌파해야 했다. 이 같은 양쪽의 절박한 입장 때문에 오히려 서로 쉽게 싸움을 걸어오지 못하고 첨예하게 상대방의 허점만을 노리고 있었다. 조선 조정에서 한응인에게 5월 17일에 임진강을 건너 일본군을 향하여 진격하라고 명령을 내린 것도 더 이상 멈추었다가는 전세가 어렵게 되리라는 정보 분석에서 나온 것이라서 한응인은 감히 조정의 명령에 이의를 제기할 명분을 가지고 있지 못했다. 조정의 명령에 따라 5월 17일이 밝아오자 한응인은 전군에 임진강을 건너 왜군 진영으로 진격하라는 명을 내렸다. 그러나 진격명령을 내렸는데도 아군 진영의 어떤 장교가 이유를 대며 출전하기를 꺼려했다.

"우리 군사의 숫자가 많으나 거의 전의를 상실한 약졸일 뿐입니다. 우리가 믿을 수 있는 것은 오직 평안도에서 온 강변토병江邊土兵인데 그들도 먼 곳에서 달려 와 채 피로가 가시지 않았으니 만약 며칠만 기일을 늦추어 충분한 휴식을 취하게 한 뒤에 출동한다면 이길 수 있을 것입니다."

이 장교의 얘기가 전혀 부당한 것은 아니었고, 한응인이 생각하는 조선 군대의 현실도 그와 의견을 같이 했지만 군대는 오로지 명령에 의해서 움직이고 명령에 따라 목숨을 바쳐야 하기 때문에 설령 잘못된 명령이라도 따라야 했다. 한응인은 지금까지 조선의 군대가 일본군에 번번이 저항 한번 못하고 패주하게 된 것이 무엇보다도 군사력의 열세에서 그 원인을 찾을 수 있겠지만, 그에 더하여 군령軍令이 서지 않고 군인정신이 투철하지 못한 것도 하나의 원인이라고 생각했었다. 그러므로 한응인은 출진명령에 불복하고 군사들 사이를 이간질 하려고 하는 장교에 대해 단호한 조치를 취하여 축출함으로써 군령을 엄격하게 집행했다. 17일의 거병에 대해서 여러 사람이 정황에 맞지 않는 일이라고 불만을 가지고 있었지만, 그의 단호하면서도 결의에 찬 행동에 대해서 아무도 반발하지 못했다. 도원수 김명원조차도 반대의견을 가지고 있었으나 자신이 한응인을 통제할 권한이 없었으므로 묵묵히 한응인의 공격명령을 추인할 수밖에 없었다.

17일 밤 야음을 타고 좌위장左衛長 이천이 임진강 북쪽 언덕에서 왜적과 대치하고 있는 남쪽 언덕으로 건너가는 것을 신호로 하여 임진강 전투가 시작되었다. 군사 통수권을 쥔 한응인이 일제히 강 북쪽으로 진군하라고 외친 명령은 밤하늘을 가로질러 왜군의 병영에까지 들렸다. 한응인은 두루마기식으로 된 장군용 갑옷을 입고, 공작의 꼬리를 꽂고 식모와 옥로를 단 전립을 썼으며, 허리에는 약 2m에 가까운 지휘용 칼을 차고 있어 최고사령관으로서의 위용을 유감없이 발휘했다. 이천이 강 언덕으로 올라가니 기다렸다는 듯이 왜적이 뛰어나와 대응했는데 여기에서 전쟁은 군대의 사기로만 좌우되는 것이 아님을 확인할 수 있었다. 싸움에 지쳐 몸을 가누기조차 어렵다고 보았던 왜군이 일제히 나타나 달려들었다. 조선군은 그들이 맞서 싸울 수 있는 상대가 아니라는 것을 깨달았지만 이미 때는 늦었다. 왜군의 칼날과 조총 앞에 이천을 따르던 군사들은 칼 한 번 써 보지 못하고 죽어갔다. 이어서 신할 申硈은 적이 거짓으로 물러가는 척하자 실제로 적이 이기지 못하고 도망가는 줄 알고 자신이 거느리고 있던 군사들을 독려하며 강을 건넜다. 왜적은 산 뒤에 군사를 매복시켜 놓고 전혀 그 모습을 드러내지 않아 신할은 그들이 매복해 있는 곳으로 육박해 들어갔다. 나무꾼으로 위장하고 있던 왜군이 멀리서 조선 군사들을 보고 달아나는 시늉을 했다.

조선군은 멀리서 쫓고 쫓기는 장면을 보면서 마치 우리 군사가 이겨서 진군하는 줄 알았다. 박충간과 김명원의 종사관인 독군관 督軍官 홍봉상洪鳳祥은 우리 군사가 이기고 있다고 착각하여 환호성을 지르면서 펄쩍펄쩍 뛰기조차 했다. 이 여세를 몰아 왜적을 다그칠 작정으로 홍봉상이 급히 강을 건너 적의 동정을 살피고 있는데 갑자기 왜적 7·8명이 알몸뚱이로 뛰쳐나와 칼을 휘둘러 우리 군사의 정신을 빼 놓았고, 이와 동시에 곳곳에 숨어 있던 복병이 일제히 덤벼들어 칼을 쓰고 조총을 쏘아대니 생각지도 않았던 복병을 만난 조선 군사들은 모두 흩어져 달아났다. 먼저 강을 건너가 적병의 동태를 살피고 있던 유극량이 신할을 부르며 후퇴시키려고 했으나 신할은 이미 적군의 총알에 맞아 숨진 뒤였다. 자신의 상관인 신할과 그 부대원들이 싸움에 진 것을 알고는 유극량은 말에서 내려 땅 위에 주저앉아 여기가 자신의 뼈를 묻을 장소라는 것을 알고 연신 활을 당기어 적을 쏘았다. 화살이 다해 칼로 맞섰으나 적의 창칼에 찔려 죽자 그를 따르던 군사들은 혼비백산

하여 달아났으나 물러설 길이 없어 강물 속으로 다투어 뛰어 들었
다. 왜적이 당황해서 어찌할 줄을 모르는 조선군을 긴 칼로 어지
럽게 풀 베듯 하니 놀래어 물에 빠진 사람이 마치 바람에 흩날리
는 낙엽 같았다. 홍봉상도 왜적을 상대하여 혼신의 힘을 다해 분
전했으나 중과부적이라서 왜적의 칼날에 이슬로 사라졌다. 조선
군은 한꺼번에 임진강을 건너 자신만만하게 왜적이 진을 치고 있
는 북쪽 언덕에 올랐다가 소서행장이 이끌고 있던 왜적의 기만전
술과 양동작전陽動作戰에 필살의 일격을 맞은 격이 되었으므로 십
팔계의 전법에 따라 도망가지 않을 수 없었다. 한응인과 김명원은
적진에 접근하여 지휘하다가 이런 참변을 당하고는 급히 배를 타
고 북쪽 언덕으로 퇴각할 수밖에 없었다. 북쪽 언덕으로 올라와
눈앞에서 전개되는 전행상황을 바라보던 한응인은 이 사태를 어
떻게 수습하여야 할지 막막하기만 했다. 한응인과 김명원이 북쪽
언덕에 서 있는 모습을 본 아군들은 멀리서 바라보고 원수가 자기
들을 버리고 달아났다고 부르짖으며 사방으로 달아났다. 공이 다
시 정신을 가다듬고 나서며 "내가 여기 있다. 내가 여기에 있다."
라고 외쳐 군사들을 안심시켜 모이게 했는데 한응인의 명을 따른
군사들의 숫자가 겨우 천여 명에 불과했다. 왜적은 승세를 타고
마치 자기 나라 안에서 군사작전을 펼치는 것처럼 당당하였으나
상대적으로 조선군은 공격을 개시할 엄두를 내지 못하고 있었다.
한응인은 이번 임진강 전투에서 도원수 김명원과 함께 군사를 총
지휘하여 어떻게 해서든 전세를 조선쪽으로 유리하게 만회하려고
안간힘을 썼지만 전장에서 일본군과 맞붙어 보고는 조선 군대가

얼마나 취약한가를 확인하였다. 더구나 한응인이 조정의 신빙성 없는 정보를 바탕으로 하여 턱밑까지 쫓아온 일본군을 한 발짝이라도 후퇴시키려는 생각으로 진격명령을 내렸지만 임진강 전투에서 승리한다는 것은 애초부터 불가능한 일이었다.

한응인은 남은 군사를 이끌고 선조가 있는 평양 행재소로 돌아왔다. 조선 조정에서는 임진강 전투에 모든 것을 걸다시피 했기 때문에 패전했다는 비보를 듣고 크게 낙담하며 앞으로 왕의 행보에 대해서 고민하기 시작했다.

한편 조선 조정은 한응인이 임진강 전투에서 패전했다고 해서 어떻게 그 책임을 물을 수 없었다. 한응인은 진주사라는 막중한 사명을 띠고 명나라에 가서 치열한 외교전쟁을 치르고 돌아온 문신으로서 아무런 전략적 무장도 하지 못한 채 팔도도순찰사라는 임시직을 받아 갑자기 전쟁터로 내몰렸으므로 백전백승의 일본군에게 효율적으로 대응한다는 것은 애초에 불가능한 일이었다. 다만 이 일이 한응인 개인에게는 커다란 파장을 불러 일으켰을 것이다. 무엇보다도 처음으로 패배를 맛보는 쓰라린 경험이었고, 더욱이 나라의 명운이 걸린 전쟁에 총지휘관으로 참여했다가 패전함으로써 역사에 오명을 남겼다는 사실에 크게 괴로웠을 것이다.

한응인은 도원수 김명원과 함께 겨우 군관 50~60명을 거느린 채 선조에게 나아가 전황을 보고하였다. 한응인은 문신으로서 최선을 다해 싸우다 패전했기 때문에 자신의 책임을 누구에게 전가시키거나 구차하게 변명하지는 않았다. 임진강의 대회전을 통해서 국면 전환의 돌파구를 마련할 수 있으리라고 잔뜩 기대했던 만

조백관들이 열을 지어 서 있는 공간에서 왕을 향해 패전보고를 올리던 한응인의 모습을 상상하면 조선의 무기력함과 파쟁에 온 국력을 소모했던 당시의 정치 현실이 원망스러울 따름이다. 그러나 한응인도 열악한 조선의 군사력을 알면서도 임진강을 향해 떠나면서 승리를 맹세한 이상 패전의 책임에서 벗어날 수 없었을 것이다. 한응인은 참으로 무슨 일을 해야 할지 몰랐다. 패장은 말이 없었다.

왜적은 대치하고 있던 조선군을 무너뜨리고 5월 27일에 임진강 나루 북쪽을 점령함으로써 임진강 전투는 왜군의 승리로 끝나고 말았다. 소서행장과 가등청정이 연이어 임진강을 건넜는데 그들이 거느린 병력은 모두 25만 명으로 그들의 위세는 여전했다. 이때 임진강변을 지키고 있던 부원수 이빈은 화살 한 대 쏘아보지 못하고 휘하의 병사들을 남겨둔 채 먼저 도망하니 지휘관을 잃은 군사들은 너도나도 살기 위해서 사방으로 달아나 흩어졌다.

일본군의 평수가는 휘하에 여러 장수들을 거느리고 서울에 머물면서 그곳을 관장하고 있었다. 소서행장·가등청정·모리휘원·흑전장정 등은 같이 임진강을 건너 평산군 안정역에 이르러서는 함경·평안 양도를 나누어 쳐들어가는 일을 모의했다. 그 결과 소서행장은 평안도를, 가등청정은 함경도를, 흑천장정은 황해도를 맡아 쳐들어가기로 결의하고는 각자 군사를 이끌고 헤어졌다. 선조가 최종 도착지로 삼았던 평양은 소서행장이 공략하기로 한 셈이다.

왜적이 임진강을 건넜다는 소식이 들려오자 평양의 행재소는 다시 술렁이기 시작했다. 임진강에서 조선군이 패배하면 틀림없이 평양으로 진격하리라는 정보를 가지고 있던 조정은 평양을 사수하느냐, 아니면 여기를 떠나 의주로 옮겨가느냐 하는 문제를 두고 심각한 고민에 빠졌다. 그러나 조정에서는 일차적으로 평양을 지키기 위해서 다양한 방어대책을 강구해야 했다. 평양을 지키기 위해서는 무엇보다 그쪽 지리에 밝은 사람들로 군대를 편성해야 했으므로 그곳 출신으로 근무하고 있던 토병土兵들을 모두 동원하여 정규군에 편입시켰다. 또한 평양을 지키기 위해서는 무엇보다도 대동강을 사수해야 했다. 조정에서는 대동강을 책임지고 사수할 수 있는 사람을 찾느라 고심하다가 그래도 패장이지만 이 어렵고 혼란한 시대에 나라와 선조에 대한 충성도가 가장 높은 한응인을 그 책임자로 임명할 수밖에 없었다. 조정에서는 한응인을 대동강 동쪽 언덕을 방어하는 데 투입하여 전화위복의 기회로 삼으려 한 것이다. 이는 선조가 자신이 총애하고 있던 한응인이 패장으로 무기력하게 지내기보다는 다시 왜적에 맞서는 기회를 가지게 하여 패전에 대한 죄책감에서 벗어나도록 배려한 것이라고 하겠다.

선조는 조정 대신들에게 평양을 사수하느냐 마느냐 문제를 가지고 논의하도록 했다. 여기에 평양 사수의 책임을 맡게 되었던 한응인도 참석했을 것이다. 그 논의의 중심에 정철鄭澈(1536~1593)이 있었다. 정철은 문장가로서 감성이 뛰어난 사람이었지만 정치적으로는 정치인들이 파당을 지어 동인과 서인으로 나뉘어 졌을 때, 서인의 입장에서 강력하게 정치적 드라이브를 걸었다가 순탄한 길을 걷지 못했던 풍운아였다. 임진년에 왜란이 일어났을 때 강계江界에서 귀양살이를 하고 있었는데 국가 비상사태를 만나 유죄판결을 받은 사람을 사면하여 다시 정계에 복귀시키게 되자 정철도 방면되어 다시 선조를 돕게 되었다.

정철이 먼저 말을 꺼냈다.

"여기는 서울처럼 죽음을 무릅쓰고 지켜야 할 곳이 아닌 것 같습니다. 이왕 한응인이 수비대장으로 임명되었으니 그로 하여금 이곳을 지키게 하고, 어가를 모시고 의주를 향하여 다시 서행西行하는 것이 좋겠습니다."

이 말을 듣고 있던 심충겸沈忠謙(1545~1594), 이덕형李德馨(1561~1635) 등이 찬성하고 이에 많은 사람들이 동조하니 그의 주장이 힘을 얻는 듯 했다. 그러나 그 반대편에 서 있던 윤두수, 이유징, 박동량朴東亮(1569~1635) 등이 말했다 .

"그 말씀은 크게 틀린 말입니다. 우리나라 강토가 남북으로 수천리에 불과한데 만약 북쪽으로 가면 땅이 끝나 더 갈 데가 없고, 압록강을 건너게 되면 그날로 당장 어찌할 도리가 없으니 그곳에서 하루를 더 연명한들 무슨 소용이 있겠습니까. 평양은 사방의 지세가 매우 험해서 방어하기가 쉽고, 지금 이곳에 진을 치고 있는 군사가 만 명이 넘고 양식도 그에 못지않게 많이 비축되어 있으니 여기서 어디로 발걸음인들 옮길 수 있겠습니까."

윤두수가 이 의견을 극력 주장하며 또 선조에게 말했다.

"나라의 형편이 이 지경에 이르렀으니 급히 요동에 구원병을 청하고 또 전쟁터에 나가 있는 원수元首를 비롯한 여러 장수들이 돌아오기를 기다렸다가 그들로 하여금 죽음으로써 이곳을 지키도록 하소서."

양쪽의 의견을 다 청취한 선조는 어느 쪽의 의견을 좇아야 할지

망설였다. 정철의 말은 이곳을 버리더라도 왕의 안정을 위해서는 어쩔 수 없이 평양을 포기할 수도 있다는 것이고, 윤두수의 의견은 이제 막다른 골목에 다다랐으니 여기에 배수진을 치고 국체를 보존해야 한다는 것이다. 이러한 상반된 의견들은 조선의 미래에 대한 불확실성에서 나온 것으로 한치 앞을 내다 볼 수 없는 시점에서 조정을 지키는데 앞장 서야 할 고위 관료들이 중심을 잡지 못하고 얼마나 우왕좌왕 하고 있었는가를 확인할 수 있다.

조선 조정의 주류였던 친여권의 상부층에서는 1592년 4월 29일에 신립의 군대가 방어하던 충주가 일본군에게 점령되었다는 소식을 듣고 왜군의 무력이 상상 밖으로 막강하다는 사실을 알게 되었다. 그래서 그들은 왕을 호위하여 서울을 떠나 평양·의주 등으로 옮겨갔다가 최악의 경우에는 왕의 어가가 요동 땅으로 들어가 명나라에 호소하여 국토를 만회할 기회를 얻어야 한다는 생각을 가지고 있었다. 이러한 패배의식을 가지고 있던 선조는 여차할 경우 명나라 요동 땅에 들어가 후일을 기약하기로 작심하여 내부內附는 곧 나의 뜻이라고 하며 단호한 망명 의지를 보이기도 했다. 왕을 비롯한 고위 집권자들이 내부적으로는 이 같은 생각을 가지고 있기는 했지만 열성조가 지켜 온 조선과 그 조선의 근간을 이루는 백성들을 버릴 수 없다는 대의명분 때문에 이미 정해진 결론을 두고도 끊임없이 논쟁을 벌이지 않을 수 없었다. 정철의 주장역시 선조의 이러한 생각을 대변하는 것이기도 했다.

이처럼 조정에서는 나라를 버리고 요동으로 피난 가 후일을 도모하는 내부론內附論과 끝까지 왜군에 맞서 싸워 조선의 강토를

지켜야 한다는 고수론固守論으로 양분되어 서로 날카롭게 대립하
고 있었다. 그해 5월 중순에 조선군이 임진강 전투에서 무참하게
대패하자 선조의 내부론을 추종하는 세력들이 왜적들이 월등한 무
력으로 파죽지세로 북상하여 평양까지 밀고 올라오리라는 것을 알
고 명나라에 지원군을 요청하자는 청병안을 제기하였다. 일본이
명나라를 치기 위해서 조선을 쳐들어온다면 조선은 어쩔 수 없이
명나라를 대신하여 대리전을 치룰 수밖에 없었기 때문에 유사시를
대비하여 명나라의 원조를 요청한 장본인이 바로 한응인이었다.

　지난해 10월 24일 명나라로 출발하여 6개월 가까이 외교활동을
하면서 명나라의 원조 약속을 받아 왔기 때문에 일본이 조선을 침
략했다는 소식이 들리면 명나라가 자동적으로 개입하기로 되어
있었다. 그러므로 한응인은 선조가 개성에 행재소를 차리고 국무
를 보고 있을 때 지체하지 말고 왜란의 실상을 명나라에 알리자고
극구 주장하였고 이에 나라에서는 성절사를 파견하기로 했었다.

　대명청병안大明請兵案은 선조나 그 측근들의 전략적 판단에서 나
온 것이고, 일찍부터 명나라에 주문해 왔던 사안이긴 했지만 대부
분의 관료들은 반대하고 나섰다. 이 안을 반대하는 측의 주장은
이러했다. 첫째 명나라는 자기의 내부 사정으로 조선의 청병요구
를 허락하지 않을 가능성이 높다. 둘째, 만약 명나라가 우리의 청
병요구에 응하여 군대를 파견할 경우에 그에 따른 폐해와 부작용
이 생겨 조선의 대외항쟁 의지를 꺾을 위험성이 높다는 것이었다.
이들의 염려는 명나라가 보내는 군대는 주로 요동지역에서 차출
한 군사들로 이루어질 것인데 이들은 문화적으로 아주 저급한 오

랑캐들이므로 왜적의 침략에도 온전하게 보존된 평안도까지 그들에게 먼저 유린되기 쉽다는 논리에 근거하고 있었다. 이러한 상반된 논란은 적진 앞에서 아군의 분열 양상을 보이는 것으로 왜적에게 일사분란하게 대응하는데 방해가 될 정도였다.

조정에서는 선조의 어가가 평양을 떠나는 문제를 두고 왈가왈부 했으나 전쟁 상황은 급박하게 돌아갔다. 선조의 행로를 두고 논란이 많았지만 벌써 6월 6일에 중전·빈궁嬪宮·왕자들 일행이 먼저 함흥을 향해 출발함으로써 어가가 평양을 떠나는 것은 기정 사실화 되었다. 8일에는 왜적의 선봉대가 대동강 가에 이르렀다. 이 소식을 들은 선조는 평양을 떠날 준비를 하라고 명하고는 대신인 노직에게 종묘와 사직의 신주를 모시고 먼저 떠나게 했다. 이 사실을 알게 된 평양 시민들이 폭동을 일으켜 노직이 모시고 가던 종묘사직의 신주가 땅에 팽개쳐지기도 했다. 이런 민심의 동요 때문에 선조의 어가는 10일에 출발하려다 빠져나가지 못하고 기다리다가 그 다음날인 11일에야 영변으로 향했다. 이때 대동강에는 김응서金應瑞(1564~1624)·한희길韓希吉·김의일金毅一·김응감金應瑊과 팔도순찰사 한응인이 최전선을 형성하여 진을 치고 있었다. 선조가 13일에 영변에 도착했을 때, 한응인은 장계를 올렸다. 대동강의 최후 방어선이 뚫려 퇴각할 수밖에 없다는 절박한 내용이었다.

"13일 신시申時에 왜적이 왕성탄王城灘·능라도綾羅島로 부터 공격해 오자 우리의 장수와 병졸들이 일시에 무너져 흩어졌습니다. 평양이 이미 포위당하였으니 이렇게 무기력하게 앉아서 강을 지킨

다는 것은 별 의미가 없습니다. 흩어진 장졸들을 모으기 위해 곧바
로 길을 택해 출발하고자 합니다."

이미 예견은 했지만 선조는 자신의 앞길이 크게 위태로움을 느
끼고 세자와 함께 피난을 가면 두 사람 다 위태롭게 된다고 생각
하여 세자에게 종묘사직의 신주를 모시고 급히 강계 쪽으로 가 있
다가 훗날에 나라를 회복하도록 했다. 왕과 세자가 서로 이별을
나눌 때 북받치는 감정을 억누르지 못하고 하염없이 눈물을 흘리
니 산천초목도 서러워 흐느끼는 듯했다. 선조는 함경도로 가려는
계획을 바꿔 중국 요동 땅에 쉽게 접근할 수 있는 의주로 가기로
하고 바삐 서둘러 떠나 23일에 의주에 도착했다.

그 동안 명나라는 늘 조선이 왜군에 허무할 정도로 무너지는 것
을 보고 오히려 이를 의심하기 시작했다. 조선이 기짓으로 항복하
는 체 하며 왜군과 합세하여 명나라를 쳐들어오려고 한다는 유언
비어가 나돌아 실제 명나라에서는 사람을 보내어 그 소문의 진위
를 확인하게 했다. 심지어는 선조를 만난 적이 있는 관원에게 화
가를 딸려 보내 선조가 가짜 조선왕이 아닌지 확인하고 그 초상화
를 그려오게까지 했다. 그러나 정말로 조선이 왜군에게 패배하여
국토의 전부를 잃을 형편에 놓여 있고, 조선의 왕도 가짜 왕[假王]
이 아니라는 것을 확인하고서야 명나라는 원군을 파병하기로 작
정했다. 왜적이 대동강을 돌파한 다음 날인 6월 15일에 요동유격
遼東遊擊 사유군史儒軍의 병사 1,029명이 조선으로 들어왔고, 이어
서 광녕유격廣寧遊擊 왕수관군王守官軍 500군마, 부총병副摠兵 조

승훈군趙承訓軍 1,319명 등의 군사가 조선에 출병했다. 평양이 왜적의 손에 넘어간 뒤로 조선 조정이나 명나라는 위기의식을 느껴 양국은 오랜 줄다리기 끝에 명나라의 원군이 들어와 왜적이 점령하고 있는 평양으로 나아갔다.

　명나라 군사가 대거 조선으로 넘어와 평양을 포위하고 있다는 정보를 얻은 왜군은 쉽게 진격하지 못하고 평양에 머물고 있었다. 명나라 군대는 국내에 들어와 공동작전을 펼쳐 순안順安에서 왜군을 기다리고 있었다. 한응인은 이들을 맞이하여 함께 진을 치고 군대를 지휘하였다. 한응인은 순안에 있는 부산원斧山院의 고갯마루를 막고 경계하면서 평양에서 흩어졌던 군사들과 그곳 출신의 토병들을 불러 모아 다시 군대의 위용을 갖추었다. 임진강 전투에서의 패배로 인한 자신의 실책을 만회하기 위해 분연히 대동강에서 왜군과 맞섰지만 또다시 패배의 쓴잔을 마시고 명나라 군사와 함께 순안에서 왜군과의 일전에 대비하고 있었다. 이러한 상황 속에서 선조는 왜군이 조선 전토를 점령하게 되리라는 두려움에 자신의 주위에 의지할 만한 신하를 두고 싶었고, 또한 명나라 군대가 조선을 지원하러 들어오므로 이들과 원만한 관계를 갖는데 도움이 될 수 있는 명나라 외교통이 필요했다. 그래서 선조는 자기를 추종하고 있는 여러 신료들 가운데 자신의 기대에 가장 잘 부응할 만한 인물로 한응인을 선택했다. 선조는 한응인을 의주 행재소로 불러들여 공조판서工曹判書에 임명하였다. 한응인은 명나라에서 돌아오자마자 왜변을 만나 온갖 고난을 겪었고, 전투에서도 일본군에게 무참하게 무너져 생애에 걸쳐 더 할 수 없는 치욕을 겪었으나 다시 공조판서에 임명됨으로써 1년 전에 명나라로 떠나가기 직전에 지니고 있었던 판서 자리를 다시 얻게 된 것이다.

한응인은 공조판서에 오른 이후로 명나라와의 외교관계에 있어 중요한 역할을 하게 된다. 조선 조정은 왜군이 평양을 점령하자 명나라에게 구원병을 요청하고, 명이 우리의 요구에 까다롭게 굴었기 때문에 한응인의 힘이 절대적으로 필요하였다. 이때 조정에는 요동과 외교 문서를 끊임없이 주고받고 있으나 외교 문서를 맡아보던 관청인 승문원承文院을 주제할 제조提調의 자리가 비어 있었다. 승문원 제조는 승문원의 외교문서를 읽고 작성하는 일을 맡아보았다. 제조는 여러 사람의 고위관료로 이루어져 있었는데 이들은 대개 종2품의 상위 품계를 가진 사람들이었다. 이때 한응인, 이조판서 이산보李山甫(1539~1594), 예조판서 이충원李忠元(1537~1605) 등 세 사람이 제조가 되어 외교문서를 총괄하었다. 또한 당시에 변경의 문제는 물론이고 국내의 일반 행정업무를 맡아 보던 비변사備邊司에서는 명나라에서 온 사유격史遊擊·왕유격王遊擊·조총병趙摠兵 등의 장관將官을 접대하는 최고책임자로 한응인을 추천하니 왕이 허락하였다. 한응인은 승문원의 제조로 외교문서와 관련된 일을 주장하는 자리에 있으면서 명나라에서 온 장관들을 접대하는 접빈사로서의 소임과 함께 순안에 설치한 조·명 연합군의 일을 관장하게 되었으므로 자연스럽게 전투에 참여하게 되었다.

명나라에서 보낸 1차 구원군은 순안에 집합하여 전열을 가다듬은 뒤 7월 중순 경에 평양을 향해 진격해 들어갔다. 그러나 수적으로 우세한 조·명 연합군이 결국 왜군의 완강한 저항을 막아내지 못하고 많은 사상자를 남긴 채 후퇴함으로써 3일간의 전투는 왜군의 승리로 끝났다. 왜군이 조선을 침입해 들어와 파죽지세로 밀고 올라와 평양까지 점령하자 치열한 논쟁 끝에 어렵게 불러들인 명나라 군대인데 이들이 왜군을 맞아 사흘 만에 무너지고 말았으니 조선 조정에서는 어떻게 대응해야 할지 궁리가 서지 않았다. 조·명 연합군이 평양전에 패하자 조선은 더욱더 명나라에 매달릴 수밖에 없었다. 조선 곳곳에서 백성들이 창의倡義하여 의병들이 왜군 진영을 기습하기도 하였지만 이것은 백성들이 위기에 처한 나라를 구해내자는 의분의 발로로써 백성들의 사기를 진작시키는 데 큰 도움이 되었으나 관군이 제대로 정비되어 있지 않는 한 왜적을 조선 영토에서 몰아낸다는 것은 어려운 일이었다. 여기에서 한응인의 충성심과 외교적 능력이 크게 발휘되기 시작했다.

한응인은 제1차 조·명 연합군이 7월 중순 경에 왜군과의 평양 전투에서 패하자 명나라 주력 부대가 조선에 파견될 수 있도록 백방으로 노력했다. 한응인은 조선의 고위관료로서 명나라 변방의 관료들과 장수를 만나는 것이 격에 맞지 않았지만 조선파병과 직·간접으로 관계되는 사람이었으므로 신분의 고하관계를 논할 처지가 아니었다. 한응인의 이러한 외교적 노력은 당시 고립무원에 빠져 있는 선조에게 상당한 힘을 실어 주었다.

9월 27일 국경인鞠景仁(?~1592)이 난을 일으켜 당장 임해군과 순화군을 붙잡아 회령으로 진격해 들어오는 왜장 가등청정에게 넘겨주었고, 정릉靖陵(중종의 능)이 파헤쳐 지는 변괴가 있었다는 보고가 들어오자 조정에서는 어찌 할 바를 몰랐다. 또한 평양에 있

던 왜적이 선조가 있는 쪽으로 향하고 있다는 말이 돌았으므로 조
정에서는 한응인으로 하여금 요동의 동총병佟摠兵을 찾아가 구원
군을 요청하게 했다. 한응인이 9월 27일에 요동에 들어갔다가 돌
아와 왕에게 보고했다.

> "신이 어제 늦게 구련성九連城에 주둔하고 있는 동총병에게 찾아
> 가 그에게 가져간 글을 주었더니 총병이 보고 나서 말하기를 '공의
> 나라가 겪고 있는 큰 슬픈 사연이 모두 이 글에 들어 있어 이것을
> 읽고 나니 나도 모르게 눈물이 납니다. 어제 김여귀金子貴가 보내
> 온 보고를 받아 보고서 찰원察院·총병摠兵·포정布政 등의 관아에
> 병마를 보내주길 청해 놓았소. 나는 한 지방의 관리에 지나지 않으
> 니 어찌 조선 왕을 모시는 배신陪臣이 와서 말할 때를 기다린 뒤에
> 야 움직이겠습니까.'라고 하였사옵니다. 신이 다시 말하기를 '노야
> 老爺께서 우리나라의 긴급한 사정을 특별히 생각하여 바로 위에 보
> 고해 주었다니 감사하기 그지없구려. 다시 바라건대, 이 글에 있는
> 내용도 총진摠鎭의 관아에 빨리 알려주어 구원병이 늦지 않게 오게
> 해 주시오.' 하였더니, 총병이 '배신께서 말한 대로 하겠다.'라고 하
> 면서 바로 글을 짓는 사람에게 약속한 내용을 쓰게 하고는 따라간
> 역관譯官에게 '만일 나를 믿지 못하겠거든 네가 여기에 남아 있도록
> 하라.'고 하였습니다."

한응인의 이 보고 내용은 무기력하기 이를 데 없는 조선의 현실
을 그대로 반영하고 있었다. 일척건곤의 벼랑 위에 서 있는 나라
를 건지기 위해서는 누구에게나 나아가 구원을 요청해야 했고, 어

떠한 수모와 치욕을 겪더라도 상대방을 끌어 들이는 노력을 아끼지 말아야 했다. 한응인이 동총병을 만나러 갈 때 가지고 간 글에는 조선이 처한 어려움과 백성들이 처한 슬픈 사연이 기록되어 있어 읽는 사람이 자기도 모르게 눈물을 흘렸다고 하니 한응인이 당시에 가지고 있던 심적 상태와 정서가 어떠했는가를 알 수 있다. 그는 거의 나라를 잃다시피 한 약소국의 설움이 어떠한가를 뼈저리게 느끼고 있었다.

선조를 비롯한 조정의 대소신료들은 명나라에게 구원군을 줄기차게 요구하였으나 명나라에서는 갖은 계교를 부리며 선뜻 군사를 파병하지 않았다. 명나라가 감질나게 파병의 시기를 끌었고, 왜군은 평양에서 물러갈 줄 모르고 조선 조정을 끝까지 밀어 붙이려고 호시탐탐 기회를 노리고 있으니 조선 조정은 작은 움직임이나 소문에도 전율하고 있었다.

선조는 한응인에게 11월 22일에 요동의 송시랑宋侍郞에게 찾아가 글을 올리고 구원군을 요청하여 왜적을 섬멸할 것을 부탁하도록 했다. 조전 조정에서 지난 8월 달 이후부터 마치 사생결단을 낼 것처럼 명나라 군대의 파병을 요구하여 우여곡절 끝에 머잖아 파병이 성사되리라는 전망이 서자 왕이 한응인을 특사로 삼아 송시랑에게 보낸 것이다. 한응인은 12월 6일에 요동에서 돌아와 결과를 왕에게 보고했다.

"신이 12월 2일 아침 일찍 송시랑宋侍郞이 근무하고 있는 관아에 들어가 역관 임춘발林春發을 시켜 '배신陪臣이 간절히 대감의 가르침을 받아 조선으로 돌아가 국왕에게 보고하고자 한다.'라고 하였습니다. 시랑의 말이 '내 뜻은 전일에 이미 말하였고, 또 올린 글을 보니 그 글의 내용도 또한 내가 다 알고 있다. 지금 설령 우리가 만나더라도 여기서 더 이상 할 말이 없다. 그러니 배신은 돌아가는 것이 좋겠다. 군사가 출발할 시기가 이달 안으로 이미 정해졌으니 지금 변동할 수 없다. 이 사실을 절대 누설하지 말고 다시는 와서 소란을 떨지도 말라.'고 하였습니다. 이여송李如松이 언제 오는가를 신이 다방면으로 알아보니 열흘 안에는 올 것 같습니다. 심유경의 소식을 진주사신陳奏使臣이 우연히 언급하였더니, 시랑이 정색하며 그 일에 대해서는 일체 언급하지 말라고 하며 듣기 싫어하는 듯했습니다."

한응인의 보고한 내용을 보면 이미 명나라가 제2차 지원군을 조선에 보내기로 하고 파견 날짜만 저울질하고 있는 듯했다. 보고한 내용에 나오는 송시랑은 명나라 장수 송응창宋應昌을 말한다. 이 사람은 중국 절강성 출신으로 병부우시랑兵府右侍郎으로서 명나라 조정으로부터 왜군을 치도록 명령을 받은 인물이었다. 또한 심유경은 명나라 1차 지원군이 파견되었을 때 따라와 왜군의 정세를 살피고 갔는데 명나라 병부상서兵府尙書 석성石星의 비호를 받아 왜군과의 화의和議를 도모하고자 했던 인물이었다. 한응인이 조선에의 파병을 앞두고 있던 송시랑에게 찾아간 것은 이미 출병하기로 정해진 상태에서 빠른 시일 내에 파병이 이루어지기를 촉구하고, 그들이 파병을 늦추고 있는 저의가 무엇인가를 살피기 위한 목적에서였다. 한응인이 요동으로 파견되어 갈 때 진주사陳奏使로 북경에 갔다 돌아오던 정곤수鄭崑壽(1538~1602) 일행과 요동에서 만나기로 되어 있었는지 모르지만 한응인은 그를 송응창의 관아에서 만났다. 이것을 보면 선조는 북경에 사절로 보낸 정곤수가 채 돌아오기도 전에 너무 궁금하고 급한 탓에 다시 한응인을 요동으로 보낸 것으로 추측된다. 한응인은 자신이 송응창을 찾아 간 이유와 명분을 잘 알고 있었기 때문에 조정에서 가장 관심을 가지고 있는 이여송 휘하의 구원병들이 파견되는 날짜에 관심을 가지고 확인하기도 했다. 한응인은 송응창과 대면하여 긴하게 대화를 나누지 못하고 거의 문적박대를 당했지만 명나라 군대의 파견이 목전에 다다랐다는 사실을 확인하고 돌아가 선조를 안심시킬 수 있었다. 한응인이 돌아와 얼마 있지 않아 명나라에서 구원군을 출동시키니, 병부시랑 송응창으로 경략經略을 삼고 영하후寧夏侯 이여송李如松으로 도독군무사都督軍務司를 삼아 4만 3천여 명의 대병을 거느리고 조선을 구원하게 했다. 거기에는 60여 명의 용장勇將들이 각 부대를 거느리고 있어 명나라 군대의 위용을 자랑할 만했다.

그런데 실제 군사를 총지휘하는 이여송은 요동의 통원보通遠堡에 일만 군사를 머물게 하고는 움직일 줄 몰랐다. 명나라 군사들의 이동은 자신들의 로드맵에 따라서 진행되었겠지만, 그 속사정을 모르는 조선 조정은 한시가 급한 처지라 안절부절 할 수밖에 없었다. 초조한 나머지 선조는 집의集義 이호민李好閔(1553~1634)을 보내어 이여송에게 "왜적의 음모를 알 수 없으니 사세가 급박하다."고 하여 빨리 진군하기를 간곡히 요청했다. 이여송은 내년 정월에 진군할 계획을 말하고는 쉽게 움직일 것 같지 않았다. 선

조가 다시 이조판서 이상보로 하여금 달려가 구원병이 빨리 강을
건너도록 청하였는데 이상보가 하도 절박하게 말을 하다 감정이
북받쳐 자기도 모르게 눈물을 쏟으니 이여송은 그제야 마음을 움
직여 강을 건넜다. 이렇게 조선과 명나라 사이에 급박한 외교전이
펼쳐지는 현장에 한응인이 늘 함께 했고, 승문원 제조로서 명나라
에 보내는 외교문서를 기획하고 작성하는 일에 전력을 기울였다.
당시에 왕의 주위에서 왕을 끝가지 사수할 요량으로 충심을 바치
는 사람들이 많지 않았다. 전쟁의 참화 속에서 사람들의 행보는
유리한 쪽을 택하기 마련이었으므로 많은 사람들이 개인의 신명
을 보전하기 위하여 현실에 가담하기를 싫어했다. 그러나 한응인
은 선조의 곁에서 혼신의 힘을 다하여 나라를 위해 희생하고 있었
으므로 소국小國의 제왕으로서 선조가 겪고 있는 참혹한 현실을
누구보다도 가슴 아프게 생각하며 괴로워했다.

이여송의 접반사가 되다 

　12월 22일에 유격장군 전세정錢世禎이 남방군사 3천 명을 거느리고 먼저 압록강을 건너옴으로써 명나라 제2차 구원 군이 조선 땅을 밟게 되었다. 사흘 뒤인 25일에 이여송을 필두로 하여 많은 휘하 장수들이 강을 건너오니 깃발이 천리에 뻗치었고 징소리·북소리가 천지를 진동시키니 조선의 백성들이 연도에 서서 열렬히 환영하였다. 그 맨 앞에 백마를 탄 백전노장 이여송이 원수로서의 위풍을 갖추었고, 바로 뒤에는 좌협대장左協大將인 부총병副摠兵 양원揚元과 중협대장인 부총병 이여백李如柏과 우협대장인 부총병 장세작張世爵이 이여송의 후광을 더욱 빛내 주었다. 이들의 군대는 바로 전투에 투입할 수 있는 정예병 2만 명과 외곽에서 전투에 필요한 다양한 업무를 담당하고 보충군으로 충당될 2만 5천명 등 4만 5천명으로 구성되어 있었는데 이들 군사가 강을 건너 조선에 들어오니 조선의 관군 1만여 명도 새로운 힘을 얻게 되었다. 이여송이 수많은 군사를 이끌고 압록강을 건넌다는 소식을 접한 조정에서는 명나라 군사들을 맞을 준비에 분주하였다. 명나라 군사들

을 먹일 군량미 준비는 물론이고 그들을 정중하게 맞을 의례문제
에도 세심한 주의를 기울였다. 선조는 이여송이 조선을 구원할 수
있는 구세주라고 생각하여 특별히 붉은 비단 전포를 입고 홍명교
紅明轎를 타고 찾아 온 이여송을 의주에 있는 용빈관龍賓館에서 맞
았다. 그야말로 대국에서 위기에 처한 약소국을 도우러 온 최고
사령관과 변방에서 왜적에 위협 당하여 전전긍긍하고 있는 쇠미
한 소국의 왕이 처음 대면하는 자리였으므로 선조는 국왕으로서
의 위엄을 갖추면서도 도움을 받는 자의 자세도 잃지 않았다. 선
조가 먼저 말을 꺼냈다.

"과인이 나라를 잘못 지켜 황제께 염려를 끼쳐 드리고, 여러 대
인大人들로 하여 금 먼 곳까지 정벌하러 오시게 했구려. 비록 저의
마음을 쪼갠들 어찌 하늘 같이 높고 땅 같이 넓은 크신 은혜를 갚
을 수 있겠소."

의례적인 말이었지만 약소국의 국왕으로서 한껏 몸을 낮춘 말
투였다. 이여송이 선조의 말을 듣고는 웃는 얼굴로 말했다.

"황제의 하늘과 같은 위엄과 이 나라 임금의 홍복으로 왜적이
저절로 섬멸 될 것이니 감사할 것까지 있겠습니까."

선조가 다시 조용히 말했다.

"우리나라의 한 오라기 같이 남은 명맥이 오직 대인의 손에 달
려 있소."

이여송이 흐뭇한 얼굴을 하며 말했다.

"이미 황제의 명령을 받고 왔으니 어찌 죽음을 두려워하겠습니
까. 또한 소장의 선조는 본래 조선 사람이었고, 조선으로 나올 때

소장의 아버지께서도 조국을 도우라고 훈계 하셨습니다. 그러하
오니 제가 어찌 감히 조선의 일에 힘쓰지 않겠습니까.”

선조는 이미 6개월 동안 왜적에게 쫓기어 일본에게 나라를 송두
리째 내줄 위기에 처해 있었으므로 마치 군왕으로서의 위엄과 자
애로운 모습을 잃어버린 것처럼 이여송에게 애원하듯 도움을 요
청했다. 이미 이여송을 맞아 왕을 대신하여 접대해야 할 접빈사接
賓使로 한응인과 한성판윤 이덕형이 임명되었으므로 이 어색하고
도 쓸쓸한 자리에 한응인도 참석하고 있었다.

이여송의 가문은 대대로 요동의 철령위鐵嶺衛에서 살았다. 그의
증조부는 원래 우리나라 평안북도 초산군楚山郡 사람이었는데 살
인죄를 지어 중국 땅 요동으로 피신하여 살아왔다, 그의 아버지는
무인으로 명나라에 공을 세워 유격장군의 칭호를 받아 이름을 떨
쳤으며 슬하에 아홉 명의 아들을 두었다. 이여송은 그의 큰 아들
이고 그 나머지 여덟 명의 아들도 총병관과 참장參將이 되었는데
모두 2품 이상의 장군이었다.

한응인은 이여송이 24일에 압록강을 넘어 조선의 영토에 진군
한 뒤 줄곧 그의 접빈사로 있으며 조선의 사정을 알리는데 온 힘
을 쏟았다. 선조는 용문관에서 이여송의 일행을 접견하고 나서 한
응인과 이덕형을 불러 이후의 일을 논의했다. 선조는 4만 명 이상
의 명나라 군사가 조선에 머물며 왜적과 싸워야 하는데 그들의 군
마와 병사들을 먹일 건초와 군량미를 조달할 방도를 물었다. 전쟁
의 승패를 좌우할 양초糧草의 조달문제는 가장 시급히 해결해야
할 사안이었기 때문에 세 사람은 깊은 궁리에 빠졌다. 한응인이

말했다.

"우리나라가 중국의 군사가 오기를 학수고대하였더니 그들이 이제야 우리나라 영내에 들어왔사옵니다. 지금 우리나라의 존망이 그들의 손에 달려 있는데 만약 왜적의 군사력이 강하여 명나라 군대가 평양을 쉽게 함락시키지 못하고 시간을 오래 끌게 되면 양초가 부족할 수밖에 없습니다. 이 문제를 해결하지 못하고서는 전쟁에 이길 방법이 없으니 크게 염려되는 바입니다."

왕은 그 자리에서 한응인과 이덕형으로 하여금 이여송을 접대하는 일에 한 치의 오차도 없어야 한다고 당부하며 앞으로 전쟁터에도 이여송을 수행하도록 했다. 이여송의 지원군은 12월 28일에 의주를 떠나 다음 해인 계사년癸巳年 정월 초이튿날에 안주安州에 도착하였고, 4일에는 숙천군肅川郡에 이르렀다. 한응인은 이여송을 수행하면서 때때로 선조에게 장계를 올려 상황을 자세하게 보고했다.

명나라 지원군은 1월 6일에 소서행장이 진을 치고 있는 평양성을 공격해 들어갔다. 명나라 군사들은 사정거리가 짧은 일본의 조총을 조롱이나 하듯 5·6리의 먼 곳까지 공격할 수 있는 대포를 가지고 있었으므로 일본군을 압도해 들어갔다. 한응인은 이여송과 함께 있으며 그에게 전략에 관해 자문하기도 했다. 그는 임진강 전투와 평양성 싸움에서 왜군과 직접 맞서 싸웠던 경험을 가지고 있어 그들의 전략과 무력에 대해서 어느 정도 파악하고 있었으므로 이여송에게 훌륭한 작전참모 역할을 할 수 있었을 것이다. 이여송은 한응인과 함께 적군의 조총에 대응할 화공火攻을 의논하고, 먼저 대포로 평양의 보통문을 깨트려 적군이 북쪽으로 진출하지 못하도록 봉쇄하는 전략을 모의하였다. 명나라 군대의 무력이 막강하여 왜적이 쉽게 대항하지 못하는 것을 보고 한응인은 마지막 전략을 이여송에게 주문했다.

"왜적들이 이미 간담이 다 떨어졌고, 살아 있는 사람보다 죽은 사람의 숫자가 더 많습니다. 이런 파죽지세를 타고 군사를 총동원하여 끝까지 추격한다면 단번에 나머지 적군까지 다 섬멸할 수 있을 것입니다."

이여송은 중국어에 능통하고 미목이 수려한 학자풍의 한응인에게 매료되기도 했지만, 그가 조선의 지리와 왜적의 전술에도 통하여 전략적으로 도움을 주는 것에 감사할 따름이었다. 6일에 시작된 조·명 연합군의 평양성 탈환 작전에서는 4만 5천 명 대 1만 5천 명이라는 수적 우세와 함께 이여송의 탁월한 지휘력에 힘입어 사흘 만인 8일에 평양성을 탈환할 수 있었다. 이로써 평양을 점령하고 있던 소서행장의 군대와 함경도를 거의 다 점령하여 이어서 의주 땅을 침략하려고 했던 가등청정의 군대가 모두 평양 이남으로 물러갔다. 평양전투의 승리로 조선으로서는 한양을 되찾을 희망을 갖기 시작했다. 평양을 되찾게 되자 한응인의 마음도 조급해졌다. 그는 이여송으로 하여금 평양을 떠나 빨리 개성으로 진군하여 왜군을 몰아내고 그 여세를 몰아 임진강을 건너 서울로 진격할 것을 적극적으로 권하며, 한편으로는 그를 대접하는 일에 갖은 정성을 다 기울였다.

이여송의 군대는 머잖아 개성으로 진군하여 서울 탈환을 눈앞에 두고 있었다. 평양에서 왜적에게 통쾌한 승리를 거둔 이여송은 벽제碧蹄에까지 진출하여 일거에 왜적을 무너뜨리고 곧장 서울로 진격할 계획을 세웠다. 그러나 이여송은 왜군을 너무 가볍게 보고 평양성을 공격할 때처럼 치밀한 작전을 세우지 않았다. 또한 일본의 대군이 매복해 있다는 첩보도 받지 못했으며, 자신들이 자랑하던 화력을 동원하지도 않은 채 정예의 기병만을 거느리고 자신만만하게 싸움에 뛰어들었다가 무참하게 패배하였다. 왜군에게 뜻하지 않은 패배를 당한 이여송은 다시 평양으로 돌아와 왜적을 두려워하여 다시 진군할 의욕을 상실하였다. 오히려 조선 조정이 양초를 원활하게 공급하지 않는다는 핑계로 요동으로 철군할 의사를 밝히기도 하여 조선 조정과 한응인의 애를 태웠다. 한응인은 이 전쟁의 질곡에서 벗어나 나라를 정상궤도 위에 올려놓고 싶어하는 선조의 간절한 소원을 누구보다도 잘 알고 있었기 때문에 이여송의 이러한 태도에 크게 실망하였다. 그렇지만 그는 이여송의 접빈사로서의 책무를 성실히 수행하면서 이여송을 움직여 남쪽으로 진군하기를 끈질기게 요구했다. 이여송이 왜군과 싸울 생각을 접은 채 여유만만하게 시간을 보내고 있는 모습을 보고 한응인이 그에게 말했다.

"지금 조선의 민심이 흉흉하여 형편이 어렵게 되었사오니 군사를 정비하여 남쪽으로 진격하심이 어떻겠습니까."

"머잖아 군사가 보충되고 군마를 교환하게 되면 그리 할 것이오."

"지금 조선의 남쪽 군사가 왜적과 싸워 대승을 거두고 있습니다. 이 기회를 이용하여 개성에 머무르고 있는 군사를 남쪽으로 진격하게 하여 우리 군사를 도운다면 크게 승리를 거둘 수 있을 것입니다."

그러나 이여송은 도로가 흙탕이고 날씨도 좋지 못하여 출병할 기회가 아니라고 하여 한응인의 청을 끝내 거절했다. 당시에 몇 달 동안 명나라의 대군이 평양과 개성 등에 발이 묶여 주둔하고 있었으므로 그들이 먹는 군량미와 말이 먹는 건초가 턱 없이 부족했고, 그로 인하여 조선 조정과 명나라 구원군 사이에 갈등이 점점 커져 갔다. 이에 따라 한응인의 고민도 쌓여만 갔다. 그의 생각으로는 함경도와 황해도 일대가 왜군이 분탕질한 뒤 끝이라 백방으로 양초를 모아 들여도 필요한 양을 공급하기 어렵다고 여겨 조정에 특별한 조치를 취해 줄 것을 요구했지만 조정으로서도 달리취할 방도가 없었으므로 접반사인 한응인으로서는 어려움에 봉착해 있었다. 그러나 한응인이 이여송의 접반사로 있으면서 겪었던 고통은 이것만이 아니었다.

평양성을 탈환한 이후 조선 지원군을 감독하기 위해서 파견된 경략經略 송응창과 명나라 병부상서 석성의 비밀지시를 받은 심유경은 서울 탈환을 위해 명나라가 일본의 군대와 싸우기보다는 강화講和를 통해 이 전쟁을 끝내기를 바라고 있었다. 그래서 심유경은 왜군의 선봉장격인 소서행장과 회합을 자주 가져 여러 가지 조건을 제시하며 일본 측을 압박해 들어갔다. 일본 측 또한 이미 풍신수길에게 서울 철수를 허락받은 상태였기 때문에 더욱 적극적으로 중국과의 화의를 모색하였다. 심유경은 일본이 조선 점령지를 반환하고, 사로잡은 임해군과 순화군 두 왕자와 그들과 함께

잡혀간 조선 신하들을 방면하고, 풍신수길이 조선을 침략한 행위
에 대해서 사죄하면 명나라 조정에서 풍신수길을 왕으로 봉하도
록 주선하겠다는 중재안을 제시했다. 이러한 강화 회담은 명나라
정부의 엄명에 의해서 조선 조정도 모르게 진행되었다. 조선 조정
에서 명나라의 지원군 파견에 감사를 표하는 사은사와 조·명 연
합군이 평양 싸움에서 승리하여 반전의 기회를 가지게 된 것을 사
례하는 사은사를 보냈지만 요동에서 송응창이 그들 사신일행의
통행을 막아 북경으로 못 가게 할 정도로 조선 조정이 철저하게
배제된 채 비밀리에 강화회담이 진행되고 있었다. 한응인은 조선
조정의 입장을 대변하기 위해서 이여송을 가까이서 상대하고 있
기 때문에 이 강화회담에 민감할 수밖에 없었다. 일본이 명나라와
직접 상대해서 강화조약을 맺는다면 그 이해 당사자인 조선은 두
나라의 이해득실에 따라 헤아릴 수 없는 불이익을 당하게 될 것이
뻔하였다. 더구나 평양과 개성을 일본에게서 탈환하고, 이순신과
원균 장군이 해전에서 연전연승하며, 의병들의 분기로 어느 때보
다 국토회복의 기운이 무르익는 이 시점에서 일본과 강화를 맺으
면 조선의 완전한 국토회복이 어렵다는 것을 알고 있었기 때문에
조선 조정은 이 강화회담을 적극적으로 반대할 수밖에 없었다. 한
응인 또한 이런 조선 조정의 의견을 대변하고 있었으므로 이 문제
를 가지고 이여송과 담판해야 한다는 사실을 생각하면 가슴이 답
답했다. 한응인은 이 문제와 관련된 내용을 장계로 꾸며 조정에
올리기도 했다.

　5월에는 왜적이 이여송의 군진에 계속해서 투항하여 그 수가 1

백여 명에 이르렀는데 이여송이 이들 대부분을 죽이지 않고 자신의 군대에 편입시켜 전쟁에 나아가게 훈련을 시키고 있었다. 이것은 평양탈환 작전 시에 왜적을 보면 씨를 말리라고 엄한 군령을 내린 것과 배치되는 것으로 왜군과 화해를 시도하는 행위로 간주되었다. 그러나 송응창이 주도하는 경략부經略府의 강화사講和使가 왜군이 주둔하고 있는 서울에 들어오자 왜적은 두 왕자를 인질로 한 채 4월 19일 서울에서 모조리 철군하였다. 왜군은 서울에서 떠나 일본에서 군수품 운송이 용이한 울산과 거제도 사이의 남해안 가에 주둔하며 장기전에 대비하였다. 그들이 서울에서 퇴각하자 이여송은 이틀 뒤인 4월 20일에 서울로 입성하였고 다음달 6일부터 왜적을 뒤쫓았으나 왜군이 철군한 지 오래 되었고 추격 속도도 너무 느려서 왜적을 따라잡을 수는 없었다. 이여송이 진심으로 왜군을 섬멸시킬 뜻이 있었다면 얼마든지 가능했다. 그러나 명나라 장수로서 일본과의 화해 약속을 지켜야 했고, 무엇보다도 그에게는 힘들여 싸우려는 의욕이 없었기 때문에 왜적을 추격하여 섬멸하는 데 적극성을 보이지 않은 것이었다.

　이여송이 서울에 입성했으므로 한응인도 그를 따라 같이 서울로 들어왔을 것이다. 그렇다면 한응인이 조선 조정의 어떤 대신보다도 먼저 서울에 도착한 것이 된다. 한응인은 서울에 오자마자 종묘의 불탄 자리를 청소하였고, 선릉과 정릉을 봉심奉審하였다. 왜군은 서울에 처음 들어와 파괴 행위를 일삼았는데 왕과 왕비의 능침인 선릉과 정릉을 파묘하는 등 천인이 공노할 온갖 만행을 저질렀다. 선조는 이 능침들이 훼손된 사실을 1593년 4월 9일에 알게 되었는데 지난해 9월에 이 일이 일어나고서 거의 7개월 만에 이 사실을 알고 비밀리에 현장조사를 했으니 한응인이 서울에 들어 온 4월 20일에 살펴본 선릉과 정릉은 말 그대로 아수라장이 되어 눈 뜨고 차마 볼 수 없는 모습이었을 것이다. 한응인이 서울에 들어와 제일 먼저 했던 일은 서울을 살펴보고 그 진상을 조정에 보고하는 것이었고, 그 다음으로는 이여송을 독려하여 남쪽으로 내려가고 있는 왜군을 추적하는 것이었다.

한응인은 서울에 있으면서 일본군의 말발굽 아래 목숨을 잃은 사람을 조문弔問하고, 적의 치하에서 살아남은 사람들을 위로하였다. 또한 이리저리 흩어지고 사라진 서적과 판도版圖를 사들여 수습한 것이 적지 않았다. 그러나 이여송을 부추겨서 일본군을 빨리 추격하기를 간절히 바랐던 한응인의 생각은 이여송의 소극적 태도로 인해 결국 무위로 끝나고 말았다. 이로써 전쟁을 하루라도 빨리 끝낼 수 있는 기회를 놓치고 만 것이다.

이여송이 서울에 들어와 조선의 한복판을 차지하게 되면서부터 조선 조정과 명나라 지원군 사이의 중계역할을 하고 있던 한응인은 바쁜 나날을 보냈다. 이 당시 기후가 고르지 않아 흉년이 거듭되었고, 전쟁 통에 외국 군대가 들어와 병을 퍼트려 이에 희생된 백성들의 주검이 곳곳에 널부러져 있었으므로 전국에 괴질怪疾이 만연하여 살아남은 사람도 산 목숨이 아닐 정도로 나라가 극도의 위기에 처해 있었다. 왜적이 1592년 4월 30일에서 다음해 4월 18일까지 거의 일 년에 가까운 기간 동안 분탕질하고 떠난 뒤의 서울은 모든 것이 파괴되고 불에 타 폐허화되었다. 일 년 동안 일본

군의 치하에서 살아남기 위해 몸부림쳤던 백성들은 공황상태에
이르러 삶의 희망을 잃고 있었기 때문에 서울을 둘러보는 한응인
의 가슴은 찢어질 듯 했을 것이다. 일본군이 명나라가 제시하는
강화안을 받아들인 것도 점점 메말라 가는 조선의 경제 상황과 역
질로 죽어가는 병사들의 수가 점점 많아진 것이 주된 원인 가운데
하나였다. 한응인이 애석해 한 것도 그러한 열세에 놓여 있는 왜적
을 공략하여 일제히 섬멸시키지 못하고 이들을 놓치고 만 것이었다.

# 어머니의 부음을 듣다

한응인은 서울에 들어와 이여송에게 남쪽에서 재기를 노리고 있는 일본군을 물리칠 것을 강하게 요구하고 있던 중에 6월 1일 어머니가 세상을 떠났다는 비보를 들었다. 한응인으로서는 일찍부터 어머니가 병고病苦로 어려움을 겪고 있다는 소식을 듣고 언젠가 뜻하지 않은 변을 당하리라고 생각은 하고 있었지만 이 어려운 시기에 어머니가 이승을 하직하였으니 자식으로서 간병看病의 도리를 못한 것이 너무나도 괴로웠다. 한응인이 어머니를 뵈온 것은 지난해 1월 24일에 진주사로 북경으로 출발하던 즈음이었다. 아들이 예조판서에 올라 나라를 위해 헌신하고 있는 것을 커다란 긍지로 여기고 가문의 더 없는 영광이라 생각하며 살아오던 어머니는 외국으로 떠나는 자식에 대한 마음이 편치는 않았을 것이다. 어머니로서는 자식이 어려운 임무를 띠고 머나먼 외국으로 떠나는 것이 안쓰러웠을 것이고, 자식은 병약하여 몸져누운 어머니를 두고 6개월 가까운 여정으로 외국에 다녀온다는 것이 크게 부담스러웠을 것이다. 그러나 자식을 떠나보내는 어머니나 병중에 있는

어머니를 두고 떠나는 자식이 서로 못내 믿기지 않았지만 위기에 처해 있는 나라를 구원하기 위해 어쩔 수 없다는 결론에 도달함으로써 서로 붙잡은 소매를 놓으며 메별袂別했다. 어머니는 평생 자식을 보살피고, 자식은 심신을 바쳐 어머니께 효도해야 하는 천륜天倫을 새삼 확인한 두 모자는 뻥 뚫리는 듯 허전한 가슴을 진정해야 했다. 그러나 어머니와 이별한 지 6개월 만에 조선에 돌아왔지만 나라는 외침을 받아 건곤일척의 위기에 놓여 있었고, 충성으로 모시던 선조는 난리를 피해 개성에 임시 행궁을 두고 머물고 있는 초유의 사태를 만나 고향집에 계시는 어머니께 달려갈 계제가 되지 못하였다. 한응인은 그 길로 한 걸음에 개성에 있는 선조에게 달려가 자신이 중국에서 이룬 결과를 보고하고 전시비상사태에 대비하게 되었다. 게다가 왕명을 받아 임진강 전투에 최고사령관으로 참여하게 되어 적과 대치하고 있는 선조를 구해야 한다는 일념으로 싸워야했기 때문에 가족의 안부를 물을 겨를이 없었다. 한응인이 조선에 있지 않은 사이에 서울이 일본군의 점령 하에 들어가 성안의 백성들은 피난길에 올랐다. 당시에 한응인의 가족이 어떻게 서울을 떠나고 어디에 피난지를 마련하였는지 알 수 없었지만 병석에 있던 어머니는 당신의 노환 걱정보다는 외국에서 떠돌 자식 생각에 전쟁 중에도 뜬 눈으로 밤을 지새웠으리라. 한응인이 어머니의 부음을 어디에서 들었는지 정확하게 알 수 없지만 앞에서 말한 것처럼 이여송을 수행하면서 부음을 접했다.

한응인의 어머니는 경주 김씨 가문에서 출생하여 부군 한경남韓敬男과 혼례를 올렸다. 한응인의 외조부는 현감縣監을 지낸 만일萬

鎰이고, 외증조부는 홍문관의 정3품 벼슬인 부제학副提學을 지낸 염결지사廉潔之士였다. 한응인의 가문이나 경주 김씨 외가가 모두 대대로 청요직清要職을 지낸 가문으로 두 가문이 혼사로 인척이 됨으로써 한응인과 같은 훌륭한 인물이 나올 수 있었다고 하겠다. 한응인의 어머니는 아드님인 한응인이 나라의 공신이자 정승의 반열에 올랐으므로 뒤에 정경부인貞卿夫人으로 추증되어 사후에도 크게 영광을 누렸다. 한응인의 연보에 의하면 그의 어머니는 왜란 이 일어난 1592년 겨울에 험난한 산길을 마다않고 강행군한 끝에 의주에 도착하여 어렵게 한 겨울을 지내다가 다음해 6월에 세상을 떠났다고 한다. 서울에서 피란 나온 것은 1592년 4월 30일 경이 되었을 것인데 그해 겨울에 의주로 들어왔다고 하니 아마 한응인 이 공조판서에 임명되어 실직實職을 갖고 안정된 위치에 있게 되자 중도에서 난을 피하고 있던 가족을 의주로 옮겨오게 한 것으로 추측된다.

한응인이 살았던 시대에는 무엇보다도 예를 중시했고, 예 가운데서 상례가 가장 강조되었기 때문에 한응인은 관례에 따라 조정에 사직서를 제출하고 거상居喪에 들어갔을 것이다. 아무리 나라가 위기에 처해 있더라도 부모의 상을 당하면 그 자리를 그만두고 상을 치러 자식으로서의 도리를 다하는 것이 상례였으므로 한응인도 마찬가지로 접반사의 직위를 그만두고 의주로 돌아왔다. 1585년 9월 21일에 선고先考인 사직공司直公의 상을 당했을 때처럼 2개월 여 동안 집안에 가묘를 두었다가 8월에 장례를 치렀다.

나라가 위태로운 지경에 놓이게 되었을 때 나라에 동량이 되는 유능한 인물이라면 신분의 고하를 막론하고 누구라도 적당한 곳에 기용하기 마련이다. 그러므로 나라에서는 거상 중에 있는 한응인에게 상을 당한 그해 12월 13일에 청평군淸平君이라는 봉호를 내리는 예우를 베풀며 그에게 상복을 벗고 나라의 부름에 부응하라는 명을 내렸다. 또한 비변사에서도 선조의 명을 받아 한응인에게 여러 번에 걸쳐 기복하기를 권했으나 그는 애절한 사연으로 상소하여 완고하게 거절했다. 한응인의 대답을 들은 비변사에서 왕에게 이런 글을 올렸다.

"한응인이 기복을 사양하는 상소를 올렸사온데 그 상소의 내용을 보면, 부모를 생각하는 정의情意가 간절하고도 지극하여 참으로 그 뜻을 빼앗기가 어렵사옵니다. 그러나 나라의 일이 바야흐로 위급한 형편에 놓여 있으니 전하께옵서 다시 간곡하게 기복을 권하는 명을 내리시옵소서."

비변사가 이 말을 왕에게 올린 것이 그 다음해인 1593년 1월 27일 이니 한응인이 상을 당한지 반년 밖에 지나지 않은 시점이었다. 선조와 조정에서 그에게 거듭 기복하기를 청한 것은 명나라와의 원만한 관계가 왜란을 해결할 수 있는 가장 중요한 관건이었으므로 이 문제에 누구보다 정통한 한응인의 역할이 기대됐기 때문일 것이다. 조정에서는 거상중인 1593년 6월 1일부터 대상을 치르게 된 1595년 6월 10일까지 세 차례에 걸쳐 한응인의 기복을 요구하고, 이에 한응인은 정중하게 사양하는 소를 올렸다. 나라를 위해서 기복하라는 왕의 명령을 받고 올린 첫 번째 상소문만이 현재까지 남아 전하고, 두 번째, 세 번째 상소문은 지금에는 확인할 길이 없다. 한응인이 왕에게 올린 첫 번째 상소문을 다시 읽어 봄으로써 그의 진정한 애국심과 효심을 살필 수 있을 것이다.

"몰래 생각하옵건대 상중에도 상복을 벗고 벼슬자리에 나아가는 제도는 임시방편을 위한 은전恩典이오나 그 사람이 맡은 일의 중요도를 따지지 않고 사람의 슬퍼하는 마음을 빼앗으러 한 적은 없었사오니, 더욱 이 태평성세에는 그러한 경우를 보기 어렵사옵니다.

비록 나라가 난리를 만난 때라도 반드시 어질고 유능한 사람을 가려서 맞이해야 하니 이로써 옛날에 이 명을 받은 사람은 그 충성과 용맹심이 적을 섬멸시켜 나라에 원수를 갚을 만했고, 그 재주와 지혜가 어지러운 것을 다스려 쇠약해진 것을 일으켜 세울 만했사옵니다. 임금께서는 공의公義를 내세워 나라 일에 힘쓸 것을 유시하셨고, 소신은 사사로운 개인 복제服制를 내세워 벼슬길에 나오기 어렵다고 굳이 사양하였사옵니다. 부모의 관을 메고 산으로 돌아갔으나 상기를 다 마치려는 본래의 뜻을 이루지 못한 경우에는 그에 따른 합당한 이유가 있었으나 그것이 평범한 신하에게까지 미쳤다는 것은 들은 적이 없습니다. 이는 어찌 그 사람의 나아가거나 물러남이 시국에는 손해나 보탬이 되지 않고 자식 된 자로서 어버이의 은혜를 망각하는 일이 아니겠습니까.

다시 삼년상을 생각해 보니 성인께서 제정한 것 가운데 어진 사람이나 어리석은 자를 가릴 것 없이 고금에 걸쳐 행해진 것으로 윤리 법칙 가운데 이것보다 더 중요한 것이 없사옵니다. 백년을 살아간다 해도 한 번이면 몰라도 두 번은 행하기 어려운 것이니 자식으로 도리를 다하려 한다면 어찌 해야 되겠습니까. 혹여 부모님의 가

없는 은혜를 이에 다 갚지도 못하고 기한이 정해져 있는데 제도를
또 실행하지 못한다면 죽을 때까지 원통함을 잊지 못할 것이고 사
람으로서 세상에 나설 수 없을 것이옵니다. 또한 전하께서 효도의
이치로 백성을 가르치심이 저의 일로 인해 누가 될까 두렵습니다.
신이 홀어머니를 봉양한 것이 8년이 되오나 살아 계실 때 극진히
모시지 못했고 돌아가실 때도 자식으로서 예를 다하지 못했습니다.
지금 봉분의 흙이 아직 마르지 않았고 소상이 아직도 먼데 전하의
명령이 갑자기 내려와 상복을 벗어버리고 관복으로 갈아입는 일이
부득이한 사정에서 나온 것일지라도 신은 비록 보잘 것 없는 몸이
지만 그 일이 옳지 않다는 것은 알만합니다. 그러니 어찌 눈물을
닦고 일어나 상투를 틀고 달려나가 스스로 부귀영화를 탐한다는 이
름을 얻게 되면 거듭 조정에 누를 끼치는 꼴이 되지 않겠습니까.
신이 지난 신묘년(1591) 10월에 진주사로 명나라 서울에 가게 되었
을 때 소신의 어미는 병석에 누워계셨으나 감히 사양하지 못하고
아쉬운 작별을 나누고 떠나갔으며, 임진년(1592) 여름에는 개성으
로 복명하러 갔다가 서쪽으로 어가를 호위하느라 바삐 내달려 부모
를 그리워하는 마음이 간절했으나 되돌아 볼 마음조차 내지 못했사
옵니다. 어머니께서 겨울에 의주에 있는 저를 찾아 왔는데 거기까
지 오느라 묵은 병이 다시 도져 갑작스레 병이 악화되어 아침저녁
을 넘기기 어려웠으나 하루도 곁에서 지켜볼 겨를이 없었습니다.
제가 떠돌아다니느라 달을 넘기도록 소식을 듣지 못하였다가 반년
을 떨어져 있는 사이에 흉한 부음이 이르니 하늘을 우러러 부르짖
으며 급히 달려갔으나 시신은 이미 염을 마친 뒤였습니다. 이 날
소신의 마음이 어떠했겠습니까. 선영에 돌아가 장사 지낸 뒤에도
저의 질긴 목숨은 아직도 남아있고 신주를 안고 서쪽으로 돌아와

유리 결식하는 신세를 면하지 못하고 있사옵니다. 지금 저의 몸이 살아있는 것은 성은에 힘입은 것이오나 불효를 저지른 죄는 진실로 면하기 어렵습니다. 순간적인 실수가 영원한 상처로 남는 것을 생각하고 늙은 어미를 봉양하는 까마귀를 보고 부끄러움을 더하게 되는 것을 돌이켜 보면 오직 삼년상을 다 치러야 자식의 도리를 다할 수 있을 것입니다. 그러니 전하의 명령이 생각지도 않게 나와 그 은총이 분수를 모르는 저에게 더해지니 이는 아무리 생각해도 어찌할 바를 모르겠사옵니다. 이것은 소신의 아픈 마음을 더욱 찢어지게 하는 것이옵니다. 또 신은 집안 식구들과 멀어 떨어져 있어 정신이 어지럽고 혼몽하여 몸의 왼쪽에 힘이 빠지고 손과 발이 오그라들어 종종 위험한 증세가 나타나 이미 죽음의 그림자가 따라 다닙니다. 이때를 당하여 병든 몸을 핑계로 전하의 명령을 거절하는 것이 옳지 못하여 감히 사정을 다 아뢰지 못하옵니다. 바라옵기는 어지신 전하께서 소신의 간절한 마음을 곡진하게 살피시어 상을 다 마칠 수 있게 한다면 이보다 더 큰 성은이 없겠사옵니다."

이 상소문에서 보면 한응인은 명나라에선 돌아온 뒤 가족과 연락할 시간도 없이 바쁘게 시간을 보내다 어머니의 부음을 들었다는 것을 알 수 있다. 병석에 누워서 안타가운 얼굴로 자식을 보냈던 어머니가 임진년 겨울에 자식이 있는 의주까지 오면서 추운 날씨에 갖은 고생을 한 끝에 앓아 왔던 병이 다시 도져 객지에서 세상을 떠났다는 것이다. 한응인은 나라를 위해서 산지사방으로 뛰어 다니며 나라의 장래를 걱정하면서 의주에서 몸져누운 어머니에 대하여 항상 죄송스런 마음을 가지고 있었을 것이다. 그러나 어머니는 아들을 기다려주지 않았다. 서울이 탈환되고 전쟁이 소강상태에 접어들어 그래도 한숨을 돌릴 수 있는 시간을 가질 수 있었을 텐데도 어머니는 그리워하는 아들을 보지도 못하고 세상을 떠난 것이다. 한응인은 판서의 자리에 올라 성숙한 사람이 되었지만 자식으로서 어머니에 대한 그리움은 아무리 해도 지울 수가 없었다. 그래서 나라에서 한응인을 거듭 불러도 나가지 않고 어머니에게 다하지 못한 효도를 사후에라도 갚기 위해서 어머니를 모신 빈청에서 삼년상을 치르기로 한 것이다.

어머니를 8월에 선영에 있는 선고의 옆에 모시고 신주를 신천에 모셨다. 신천은 한응인이 35세가 되던 1588년에 군수로 부임하여 2년 넘게 근무했던 곳으로 백성들에게 선정을 베풀었기 때문에 한응인의 가족이 마음 편히 지낼 수 있는 피난지였다.

한응인의 선비先妣께서 세상을 하직한 뒤부터 왜군은 남쪽으로 내려가 있으며 재기를 다짐하고 있었기 때문에 임진년처럼 급박한 분위기가 아니었지만 다시 가족을 이끌고 서울로 가는 것은 쉬운 일이 아니었다. 한응인은 신천에 자봉自奉할 수 있는 전답을 마련하여 거기에서 농사를 지으며 어머니를 여읜 죄인으로 칩거하며 살았다. 그래도 조선 조정의 핵심 요직인 도승지와 판서를 지낸 경력이 있었으므로 당시의 민초들이 겪는 고통에서는 좀 비껴서 있었을 것이다. 그러나 한응인이 상을 치루고 있던 신천은 한응인에게 있어 객지일 뿐이었다. 그 곳에서 한응인은 상주로서 몸가짐을 조심스럽게 하며 사람들과 어울려 화락하게 지낼 수 없었기 때문에 그 곳에서의 생활이 힘들었다. 한응인은 상을 당하여

칩거하면서 틈틈이 자신의 소회를 시로 써서 남겼으리라고 추측
되지만 실제 어머니의 삼년상을 치르는 동안 남긴 시로는 오직 한
수가 전하고 있을 뿐이다.

신천에서 스님의 시축에 쓰다

오랜 객지 생활에 몸은 온전히 늙어 가는데,
근심에 시달려 병이 생기려 하네.
내 작은 정성은 조정에 닿아 있고,
고을의 원은 봄빛을 막고 있네.
술을 좋아하여 도연명의 한가로움 그리워하고,
거문고를 뜯으며 자유子游의 무성곡에 부끄럽네.
때때로 법승을 만나,
안석에 기대어 그윽한 정을 얘기 하네.

客久身全老,
愁煩病欲生.
蟻誠懸魏闕,
鳧舃阻春明.
愛酒思彭澤,
鳴琴愧武城.
有時逢法侶,
憑几說幽情.

〈在信川, 題上人軸〉

이 시는 한응인이 신천에 우거寓居하면서 가까운 절에 주석住錫하고 있는 스님의 시 두루마리에 쓴 것이다. 한응인은 시의 첫 연에서 말하고 있듯이 몇 년에 걸쳐 고향을 떠나 객지에서 머물고 있어 심신이 편안하지 못하다는 것을 말하고 있다. 이 시를 쓴 곳이 신천군이기 때문에 그곳에서 살아가는 것이 쉽지 않았다는 것을 짐작케 한다. 그곳에서 거상 중에 있었지만 한응인을 괴롭히는 일들이 많아 몸에 병이 생겨날 정도라고 하니 한응인이 그곳에서 먹고 사는 문제에서부터 때때로 들려오는 시국문제에 이르기까지 모든 것들이 제대로 굴러가지 않아 스스로 심한 스트레스를 받고 있었음을 알 수 있다. 이러한 마음의 병은 한응인의 육신을 침범하여 병으로까지 진행되고 있었다. 그러나 상중에 있어 현실에 나아가 세속의 일에 가담하지는 못하지만 마음은 선조가 있는 행재소에 가 있어 쓸쓸하기 그지없다고 하였다. 우리는 여기에서 따뜻한 봄볕조차도 � 수 없는 절박한 현실에서 고뇌에 빠져있는 한응인의 처량한 모습을 상상해 볼 수 있다. 한응인은 자신이 몸담고 있는 현실이 부모를 잃은 개인적인 상실감과 함께 오랑캐로 인식돼왔던 일본의 침략에 온 나라가 나락에 빠져 있었기 때문에 스스로 감당할 수 없을 정도로 힘겨웠다. 그래서 한응인은 공허한 마음을 달래기 위해 중국 진晉나라의 은일지사隱逸之士인 도연명陶淵明(365~427)을 그리워하고 있다. 상중이라 어머니를 추모하는 마음자락을 놓칠까 두려워 술을 마시기는 어려웠겠지만 세속의 욕망과 번뇌를 멀리하고 자연 속에 은거하며 만유萬有의 조화로운 진리를 추구하던 도연명에게 마음이 닿아 있었다. 그러나 한응인의 마음은 나라와 백성을 생각하며 보다 문명된 세계를 지향하고 있었다. 시름을 견디기 위해 거문고를 뜯고 있지만 그 거문고 소리가 단순히 음풍농월의 표현에 그치기보다는 백성의 마음을 순화시키고 백성들로 하여금 문명된 세계를 지향하게 하는 곡조를 연주하고 싶어 했다. 공자의 제자인 자유子游는 노나라 무성武城 고을의 태수로 예로써 백성을 잘 다스려 많은 사람들이 그를 따랐으므로 백성들이 그의 덕을 칭송하는 곡을 만들어 연주했다. 이것을 무성곡武城曲이라고 하는데 한응인도 재야에 있는 몸이지만 언제나 백성들을 올바로 인도하여 조선이 문명의 땅이 되기를 바라고 있었던 것이다. 우리는 여기에서 아무리 시대가 혼란스럽고 질서가 무너졌더라도 백성을 다스리고 계도해야 할 집정자들이 예의와 염치를 숭상하며 백성들을 바로 가르친다면 그 나라는 새로운 문명 세계로 나아갈 수 있다는 한응인의 문명관文明觀을 엿볼수 있다. 한응인은 어머니의 상을 당하여 우거하고 있었지만 자신의 내적 수양과 나라의 장래에 대해서 끊임없이 사색하고 있었다. 마지막 연에서 한응인은 가까이 지내는 법승法僧과 더불어 세상 만물의 이치를 이야기 하고 거기에서 진정한 삶의 의미를 찾으려는 노력을 게을리 하지 않았음을 알 수 있다. 한응인의 이러한 사유적 지평은 정치인들의 파벌 다툼과 왜적의 조선 국토의 황폐화 전략에 맞서 새로운 세계를 열 수 있는 하나의 희망으로 진전되어 갔다.

위의 시에서 한응인이 어머니의 상을 당하여 신천에서 꼼짝 안고 자식으로서 속죄하고 있으면서 오히려 자기 성찰을 통하여 성숙해간 것을 알 수 있다.

　한응인이 어머니를 여의고 거상居喪 중에 있던 2년 동안은 왜군과 치열한 전투가 벌어지는 상황은 아니었으나 전쟁은 계속 진행 중이었다. 특히 1593년부터는 기근이 혹심하고 지금까지 겪어보지 못했던 추위가 겹쳐 곡물 수확은 평년의 반 토막에도 차지 않았으므로 피아간에 전쟁을 치를 여력이 없었다. 여전히 적들이 나라 안에 가득하여 설령 세가勢家라고 할지라도 끼니꺼리를 걱정해야 할 정도였다.

　거상居喪 중에도 한응인에게 조정의 부름은 계속되었다. 복제服制를 마치기 4개월 전인 선조 1595년 4월 15일에 비변사는 명에서 온 당관唐官을 접반하는데 있어 상중에 있는 한응인을 기용할 것을 선조에게 건의하기도 했다.

　"양포정楊布政이 우리나라에 와서 하고 있는 일이 몹시 중대합니다. 박동량朴東亮은 참으로 재기才氣가 뛰어난 사람이니 접반사로서 소임을 다하는 데 부족한 점이 없습니다. 그러나 혼자 큰일을 담당하면서 여러 가지를 살피고 주선함에 있어서 혹 조금이라도 후회되는 일이 있게 된다면 그것은 작은 일이 아닙니다. 만일 상사上使·부사副使를 두어 서로 협동하여 일을 도모하게 하면 크게 실수하는 일이 없을 것이고 상대에게 접대를 소홀히 하지 않는다는 인상을 줄 수 있을 것입니다. 그러므로 신들이 글을 보내어 청평군淸平君 한응인韓應寅을 올라오도록 한 것은 이러한 접반사의 자리를 맡기고자 해서였습니다. 이 사람은 오랜 기간 이여송을 수행하였고 한어漢語에도 능통하여 당인唐人을 접대하는 데 익숙합니다. 그러므로 양포정과 수작酬酌하고 임기응변하는 것이 다른 사람보다는 특별하여 참으로 상사上使에 적임자이니 속히 올라와서 조정의 분부를 듣고 그를 맞이하려 서쪽으로 가게 하는 것이 좋겠습니다. 다만 응인은 상중喪中에 있으니 슬픔과 괴로움 속에서 당관唐官을 접대하는 일을 반드시 곤란하게 생각할 것입니다. 그러나 이처럼 국가의 존망이 달린 위급한 때에 사사로운 형편이 비록 절박하다고 하나 공론 또한 크니, 속히 성지聖旨를 받들어 명에 따르도록 글을 보내는 것이 어떻겠습니까?"

한응인은 왜란이 발발한 임진년 당시에 명나라에서 파견된 제독 이여송을 접반하는 임무를 이덕형李德馨과 함께 수행한 일이 있었다. 그때 한응인은 선조가 조선의 최북단인 좁은 의주 땅에 행궁을 설치하고 나라를 잃을까 노심초사하고 있는 현실 속에서 명나라에서 파견된 구원군 최고사령관의 카운터파트너로서의 역할을 충실히 이행했기 때문에 조정에서는 한응인과 같은 인물이 절실히 필요했던 것이다.

비변사의 건의에 대하여 선조는 당관을 접반하는데 상사와 부사를 둔다는 것은 모양이 좋지 않을 뿐더러 지금까지의 제도대로 한응인을 접반사로 삼고 그에게 종사관從事官을 데리고 가도록 윤허하였다. 그러나 한응인은 계속된 조정의 부름에도 불구하고 상제를 마칠 때까지 벼슬길에 나아가지 않았다.

선조가 1593년 10월 4일에 서울로 복귀하고, 한응인이 탈상했을 때는 그런대로 서울이 옛 모습을 되찾아가고 있었다. 1595년 8월에 복제기간이 끝났고, 조정에서는 다음 달인 9월 22일에 한응인을 호조판서에 임명하였다. 호조는 나라의 인구에 관한 사무 전반과 식량·재화財貨 등 경제에 관한 업무를 담당하는 중앙부서로 오늘날의 행정안전부와 재정경제부를 합친 것과 같은 기능을 담당하였는데, 한응인이 탈상을 하자마자 선조가 호조의 수장首長으로 그를 임명한 것을 보면 선조가 일찍부터 그의 역량을 높이 평가하고 있었다는 사실을 알 수 있다.

상촌象村 신흠申欽, 택당澤堂 이식李植, 계곡谿谷 장유張維와 함께 훌륭한 문장으로 한문사대가漢文四大家로 일컬어지는 월사月沙 이정구李廷龜(1564~1635)는 이때에 한응인을 상사로 모시고 같이 일을 했기 때문에 한응인의 덕망과 애국심을 누구보다 잘 알고 있었다. 월사는 한응인의 행장에 이렇게 적고 있다.

"내가 공보다 연배는 조금 뒤이나 같은 마을 출신으로 공을 모신 것이 30년쯤이나 되었다. 공이 호조판서가 되었을 때 내가 좌랑佐郎으로 보좌했는데 국가가 어려운 형편에 처해 있던 때라 같은 관아에 근무하면서 서로 열심히 일했다. 공이 마음과 몸을 다해 국가를 근심하는 것이 마치 자신의 집안을 애정을 다하여 극진히 보살피는 것과 같았다."

월사의 이 글을 보면, 한응인은 선공후사先公後私의 정신으로 나라를 위해서 아낌없이 심신을 바쳤다고 하겠다. 1595년에 호조판서에 제수된 한응인이 경제정책을 입안하고 수행하는 중앙부처의 수장으로서 수행해야 할 과업은 국내적으로 전쟁을 치르기 위한 세수의 확보와 전쟁으로 인한 기아문제의 해결에 있었을 것이다, 무엇보다도 명나라 군대의 군량미를 조달하는 일이 더 급했던 것으로 보인다. 조선정부는 군량미를 조달하는 데 있어서 조선 관군보다 명나라 군사에게 우선권을 부여했다. 명나라는 자국의 군사가 먹을 군량미의 일부분을 본국에서 의주까지 운반하였지만 계획대로 조달되지 않아 급식할 군량미를 때에 맞춰 대지 못했다. 그러므로 부족한 군량미는 조선 조정에서 충당할 수밖에 없었다. 그러나 국내 양곡을 조달하는 일은 명나라에서 군량을 조달해 제공하는 것 못지않게 애로가 컸으며 민간인의 희생이 수반되었다. 〈선조실록〉에 의하면 난중에 조선에서 군량으로 충당하는 세원稅源은 작미作米·수세收稅·모속募粟·무속貿粟의 네 가지 방법 밖에 없었다고 한다. 유성룡柳成龍도 다음과 같은 기록을 남기고 있다.

"오늘날 양향糧餉을 조치하는 일이야말로 가장 시급한 일이라 조금도 소홀히 할 수 없다. 양향을 조치하는 길은 또한 다른 계책이 없고 전세田稅와 공물 작미貢物作米·둔전소출屯田所出·노비신공작미奴婢身貢作米로 충당할 수밖에 없다."

　이들 두 내용을 종합하면, 군량으로 충당할 수 있는 길은 전세와 공물작미·노비신공작미·무속·모속·둔전소출屯田所出 등 6조목으로 나눌 수 있겠다. 이 중에서 정부가 필요로 하는 경비를 제한 나머지는 모두 군량으로 충당되었다. 한응인은 이해 9월 22일에 호조판서에 임명되어 그해 겨울 11월 30일에 물러나기까지 2개월 남짓 호조의 수장으로 있으면서 국가재정을 운용하는 데 전력을 기울였다. 그가 호조에 재직하고 있던 짧은 기간에는 흉년으로 인해 국가의 양곡정책이 제대 집행되지 않아서 백성들을 위한 구휼미救恤米와 조선 관군과 명나라 군대를 먹일 군량미 문제로 골치를 앓았을 것이다. 한응인이 호조판서로 있던 기간에 공의 활동을 기록한 자료를 보면 그는 당시 조선에 나와 있던 명나라 군인과 상인들이 조선의 재정에 끼치는 피해를 최소화하기 위하여 애를 썼다. 왜적이 조선을 쳐들어와 모든 경제활동이 올 스톱됨으로써 백성은 굶주리고 국가의 재정은 바닥을 드러내었다. 조선 정부는 명나라에게 중강中江에 시장을 열어 곡식을 수입하는 창구를 삼을 수 있도록 요청하였다. 중강은 의주의 맞은편에 있는 곳으로 여기에 시장이 열리자 매곡 거래는 물론이고 명나라의 농산물과 공산품이 활발하게 거래되었다. 이 중강개시中江開市를 중심으로 상거래에 밝은 명나라 상인들이 대거 몰려왔고, 특히 명나라 군사들이 정부로부터 받은 월급으로 필요한 물건을 사들이게 되자 명나라 상인들은 조선으로 조선으로 끊임없이 밀려왔다. 임진왜란

이전에도 평안도 지역뿐 아니라 서울의 상인들까지 인삼·은·유기 등을 가지고 와 요동의 상인들과 활발하게 교역을 벌였는데 중간개시는 두 나라에 의해서 공식적으로 승인된 상거래 장소였으므로 양국의 상인들은 떳떳하게 거래를 하게 되었다. 전쟁으로 인해 조선의 물자가 부족하고 명나라 군사들의 군량미를 조달하는 데 어려움이 있다는 사실을 간파한 명나라 상인들은 항시 양국 사이에 공동으로 화폐로 삼은 은銀을 가지고 와 조선에서 필요한 물자를 사 군대에 납품하는 방식을 통해 많은 이익을 챙겼다. 특히 매월 급여를 은으로 받아 구매력을 갖춘 수만 명의 명나라 군사가 주둔해 있었으므로 조선은 그들에게 매력적인 시장이었고, 게다가 명군 지휘부에서도 이들 상인을 적극적으로 조선에 끌어 들였다. 명나라 상인들이 무엇보다도 관심을 기울였던 것은 조선인들에게 직접 중국산 물품을 판매하는 일이었다. 명나라 상인들은 조선인들을 상대로 곡물과 같은 생활필수품만이 아니라 명주와 같은 사치품도 판매하여 많은 이익을 남겼다. 당시 중국에서 들어온 물품 가운데 조선 사람들이 가장 좋아하는 것은 청람포靑藍布와 견직물絹織物 등이었다. 명나라 상인들을 통해 청남포를 비롯한 각종 당물唐物이 조선에 유입되면서 사치하기를 좋아하는 조선인이라면 오로지 비단과 양가죽 갖옷인 양구羊裘를 입고 다니며 뽐내기도 했다. 이러한 사치품을 조선 사람들이 살 때는 물물교환보다는 은을 사용했기 때문에 명나라 상인들은 조선에서 은을 모으는 데 혈안이 되다시피 했다. 상인들의 이러한 금전만능 풍조는 조선에 주둔하고 있는 명나라 군부에도 번져 군부의 간부들도 청남포를 청나라에서 싸게 수입하여 조선 상인이나 백성들에게 비싸게 팔아 막대한 이익을 챙겼다. 명나라 군부의 이러한 작태가 시비문제가 되고, 나아가 조선의 국부國富를 유출시키는 큰 원인이 되었으므로 이 문제는 호조가 풀어야 할 시급한 과제 가운데 하나였다. 어느 날 한응인이 이 문제를 해결하기 위해 호조참판戶曹參判인 이희득李希得과 함께 동평관東平館으로 갔다. 동평관은 원래 일본에서 온 사신 일행이 묵을 수 있도록 마련한 숙소였으나 당시에는 명나라 측 인물들과 만나 회의를 갖는 곳으로 쓰였다. 이곳에서 한응인은 명나라의 하도사河都司와 이지휘李指揮를 만났다. 그들은 일찍이 조선에서 1만 2천 필의 청남포를 은과 바꾸겠으니 조선 조정이 그 길을 터달라고 요청한 적이 있었다. 먼저 한응인은 명나라 군부에서 요구하는 것이 현실에 맞지 않는 일이라는 내용을 적은 정문呈文을 하도사에게 건넸다. 이 글을 본 두 사람은 얼굴이 붉으락푸르락해지며 격한 어조로 말했다.

"우리의 뜻은 본래 조선을 해치려고 하는 것이 아니었는데 이렇게 곡해 하시니 우리들은 당장 내일이라도 철수하여 돌아가야겠소. 반드시 조선 국왕에게 글을 올려 우리들이 왜 명나라로 돌아가는지 그 이유를 적은 회자回咨를 짓도록 하시오. 우리들이 서울에 주둔한 지 오래 되었는데 시장 상인들이 어두운 밤에 몰래 은을 가지고 와 물건을 많이 사 가기도 했소. 또 그대의 나라 사람들이 은·인삼·피물皮物을 많이 가지고 와서 강상江上에서 매매한 사실을 잘 알 것이오. 그러므로 우리나라의 요동도사遼東都司가 3개월 동안 세금으로 1천 냥의 은을 거두었소. 지금 조선 조정에서는 시장 백성들의 실업失業을 염려하여 온갖 방법으로 청남포 파는 것을 막으니 이것은 무슨 짓거리란 말이요."

한응인이 단호하게 말했다.

"은은 우리나라에서 생산되는 것이 아니므로 시장에서 절대로 통용될 수 없소. 난리 이후 우리나라는 중국 조정에서 하사한 은 수만 냥으로 군량미를 사들였는데 다 써버린 것이 이미 오래 전 일이오. 이제 관공서나 개인이 가지고 있는 은을 다 긁어모으더라도 4·5백 냥에도 미치지 못할 것인데 이 1만 2천 필의 청포를 무슨 은이 있어 바꾼단 말이오."

한응인은 양측의 의견이 너무 달라 쉽게 해결하기 어렵다는 사실을 알아채고는 주안상을 준비하게 하여 그들을 위로하면서 해결방안을 얘기했다.

"이 많은 청남포를 지금 시장 상인에게 나누어 주어 강제로 은으로 바꾸려고 한다면 도저히 은을 마련할 길이 없소. 우선 우리 호조에서 이 일을 관할하는 낭중郞中에게 이 물건을 수령하여 창고에 쌓아 두게 하였다가 시간을 두고 천천히 은으로 바꾸게 하면 혹 얼마 되지 않은 은이라도 얻을 수 있을 것이오."

한응인의 단호하면서도 진지한 말을 들은 두 사람은 어쩔 수 없는지 "좋소. 그렇게 하도록 합시다."라고 하며 물러섰다. 조선의 경제를 책임지고 있는 한응인이 외인부대의 간부들을 직접 만나 부당한 경제활동을 자제해달라고 호소하는 모습을 보면 그가 겪었던 시련과 고통이 얼마나 심대했던가를 쉽게 헤아릴 수 있다. 더욱이 명나라 군사들이 억지를 부리고 쓸데없는 트집을 잡아도

그들에게 주권 국가의 대신으로서 위엄을 갖추어 준엄하게 꾸짖
기는커녕 허리를 굽혀 용서를 빌어야 하는 참담한 일을 견디기 어
려웠을 것이다. 한응인은 위난에 처한 나라를 지키기 위하여 이
같은 황당한 일을 경험하면서 두 달여의 호조판서 생활을 성공적
으로 마치게 된다.

광해군 세자책봉주청사로
다시 연경으로 가다

　1595년 겨울에 한응인은 주청사奏請使의 정사正使가 되어 연경에 가게 되었다. 한응인이 호조판서의 중책을 맡고 있다가 갑자기 2개월 만에 명나라 사행 길에 오른 것은 특별한 이유가 있었다. 왜란으로 인해 나라가 풍전등화와 같은 위기국면을 맞이하고 있었을 때 선조는 평양에서 의주로 가는 피난길에 올랐다. 한 치 앞도 내다볼 수 없는 절체절명의 현실에서 선조는 의주에서 까딱하면 요동으로 망명할 요량으로 둘째 아들인 광해군光海君(1575~1641)을 세자로 삼고 유사시에 조선에 남아 종묘사직을 받들어 나라를 잘 다스리라는 비장한 명령을 내렸다. 이때 광해군이 또 다른 조정형태의 소조정小朝廷을 맡게 되었는데 이것은 선조가 있던 의주 행재소의 원조정元朝廷에 대한 대칭적인 개념을 가지고 있었다. 선조로부터 분조의 작은 왕으로 일정한 정도의 국정을 위임받은 광해군은 영의정 최흥원崔興源(1529~1603)을 비롯한 10여 명의 중신을 이끌고 선조와는 다른 길로 피난을 갔다. 그는 평안도 망산·양덕과 황해도 성천을 거쳐 영변에 머물며 분조를 이끌어 갔다. 왜적이 서울에서 물러난 뒤에도 선조를 대신하여 전국 각지를 다니며 군과 백성을 보살펴 민심을 수습하는 데 크게 힘썼다. 반면에 첫째 왕자인 임해군臨海君(1574~1609)은 군과 백성들을 격려하고 돌보기보다는 전쟁 중에도 백성을 수탈하는 부당한 행동을 보여 조야의 원성을 샀다. 이후 임해군은 함경도 회령에서 반란을 일으킨 국경인鞠景仁에게 사로잡혀 모욕을 겪었으며, 그에 의해 일본군 가등청정에 넘겨져 볼모가 되어 선조의 애를 태우기도 했다. 광해군은 선조에 의해 1592년에 태자에 봉해졌지만 명나라 황제의 재가를 받아야 공식적으로 태자의 자리에 오를 수 있었다.

서울을 탈환한 뒤 전쟁이 소강국면에 접어들었으므로 선조는 태자책봉 계획을 명나라 신종에게 알려 광해군이 명실상부한 태자로 자리매김할 수 있게 하기 위해 그 특사로 한응인을 보내게 된 것이다. 이때 광해군을 세자로 책봉하기로 한 것은 이 일이 조선의 혼란스런 분위기를 반전시킬 수 있는 계기가 될 수도 있기 때문에 전란 중이었음에도 그런 기획을 하게 되었다고 하겠다. 그러므로 선조는 누구보다 자신의 속마음을 잘 헤아리고 있는 한응인에게 이번 사행 길에 행해야 할 임무가 중요하니 나라를 위해 최선을 다하라고 부탁했다.

"경은 중도에서 지체하지 말고, 급히 연경으로 달려가서 기어이 명나라 황제의 재가를 받아오도록 하시오. 황제에게 나아가 국왕의 병이 점점 깊어져서 거의 죽게 되었으므로 변방의 작은 나라의 왕으로서 그 직분을 봉행하기 어려운 형편에 놓여 있으니, 세자가 정해지지 못하면 안으로는 신민臣民이 장차 의탁할 곳이 없고, 밖으로는 침략해 들어오는 흉적凶賊을 막아 낼 도리가 없기 때문에 나라의 모든 백성들이 어쩔 줄 몰라 하고 있다는 사실을 간곡하게 아뢰도록 하시오."

한응인은 선조의 간절한 부탁을 받았으나 본의 아니게 병이 난 까닭에, 사행단의 행차가 압록강을 건너지도 않았는데 벌써 달포가 넘는 시일을 허비하였다. 국내에서는 사행단의 출발이 늦어지는 것에 대하여 그의 책임을 추궁하는 상소가 이어지고 있었다. 한응인은 선조가 지체하지 말고 빨리 북경으로 가서 세자 책봉을 건의하여 허락을 받아오라는 지시를 받고도 서울에서 의주까지 가는데 35일이 걸렸고, 다시 의주에서 열흘을 머문 후에야 북경으로 출발하였다. 여기에는 특별한 사정이 있었을 것이다. 왕명이라면 전쟁 중에 사지에도 뛰어들었던 한응인이 아니던가. 그가 늑장을 부린 것은 단순히 건강상의 이유 때문만은 아니었으리라고 본다. 사헌부에서 막중한 국사國事를 책임지고 사행을 가게 된 한응인이 일정을 제대로 지키지 않는다고 해서 선조에게 파직의 소를 올릴 정도였으면, 단순히 병으로 일정이 지연된 것으로는 보기 어려울 것이다. 선조가 사헌부의 거듭되는 사직 요청에도 끝까지 반대함으로써 이 일은 없던 것으로 되었지만 한응인이 당시에 정신적으로 힘든 입장에 있었던 것만은 쉽게 짐작된다. 한응인은 모든 일이 여의치 않아 겪어야 했던 마음의 갈등과 자기를 알아주고 끝까지 감싸 준 선조에게 불충했던 죄책감으로 절망에 찬 심경을 시로 읊었다.

을미년 중국으로 가는 길에 짓다

해진 갖옷에 주검처럼 누웠다가 몸 일으키기 힘든데,
긴 여정이 지체되었다고 날마다 달려가라고 재촉했네.
들판 다리 위의 서리 밟으니 불안한 소리 들리고,
눈을 뚫은 벼랑길은 기울어 위태롭기만 하네.
끝없이 아득한 고국 생각에 혼백이 끊어지고,
자금성 숲은 멀고먼데 들어가 보기나 할 수 있을지.
때마침 아름다운 봄에 함께 할 이 있으니,
객창에서 다시 가슴을 열고 얘기하길 다짐하네.

弊裘尸寢起嘗遲,
不向脩程倍日馳.
霜踏野橋聲窸窣,
雪穿崖磴勢欹危.
鄉心漠漠隨魂斷,
京樹迢迢入望疑.
賴有宜春同事在,
客窓時復話襟期.

〈乙未朝天時沿途作〉

　광해군 왕세자책봉주청사王世子册封奏請使라는 소임을 맡고 연경
으로 출발하기도 전에 병이 나서, 조선 땅에서만 달포를 허비해
버렸으니 실제 의주를 떠나 압록강을 넘은 것은 1596년 1월이었
다. 지난 1591년에 진주사로 북경에 갔을 때와 마찬가지로 겨울의
삭풍이 부는 영하 20도 이하의 동토인 요동 벌을 건너야 했다. 이

시에서 한응인은 결빙結氷된 들판 다리를 말을 타고 달리자니 불
안한 말발굽 소리가 걱정스럽고, 눈 덮인 계곡의 벼랑길은 가파르
고 험준하여 혼미하지만, 이곳에서 주저앉을 수는 없는 상황이라
달리고 또 달려야 하는 다급한 신세를 말하고 있다. 한응인은 마
음이 사그라들 정도로 고향에 대한 그리움을 키워가고 있지만 자
신이 가야 하는 북경은 아직 멀기만 하다. 이때 43세의 장년의 나
이이지만 한응인은 몇 년에 걸쳐 겪었던 왜란과 어머니의 타계로
인해 심신이 극도로 지쳐 있어 따뜻하고 포근한 고향을 그리워하
고 있었을지 모른다. 그러므로 머잖아 찾아 올 화창한 봄날을 기
다리며 벌써 즐거운 미래를 상상하고 있다. 한응인은 감정이 풍부
하고 자상하였지만, 자신에게는 철저했던 사람이었기 때문에 임
무를 수행하는 동안에는 고독할 수밖에 없었다. 이번 사행 길도
출발 때부터 물의를 일으켜 위기에 몰렸었고, 명나라에 가서 수행
해야 할 일이 중대하였으므로 스스로 자유로울 수 없었다.

남 서장관에게 써서 보여주다

객지에서 짝할 사람 없어 중처럼 혼자 앉아,
천릿길 고향생각에 온 밤을 등불 밝히고 있네.
세상의 일 점점 위태로워지고 몸은 늙어가는데,
흩날리는 흰 귀밑머리 감당할 수 없네.

客窓無伴坐如僧,
千里歸心一夜燈.
時事漸危身漸老,

不堪衰鬢白鬅鬙.

〈書示南書狀〉

이 시는 한응인을 수행하였던 서장관 남이신南以信(1562~1608)
에게 써서 보여준 것이다. 한응인은 북경으로 바삐 떠나야 했고
조선은 낭패 지경에 놓여 있었으므로 사신 일행의 규모가 크기는
않았을 것이다. 그는 정사로서 북경에 가 조선에 대해 악감정을
가지고 있는 요로要路의 고관들을 설득해야 할 막중한 임무를 띠
고 있었기에 생각이 복잡할 수밖에 없었다. 그러므로 한응인은 혼
자 앉아 갖가지 상념에 사로잡혀 방안에서 불을 밝혀놓은 채 뜬
눈으로 밤을 새웠다. 그는 세상의 일들이 뜻대로 돌아가지 않아
자신의 의지와 다르게 진행되고 있었기 때문에 심신이 점점 야위
어 가고 있음을 느꼈다. 붕정만리鵬程萬里의 중국 사행 길에 오른
그는 힘들고 괴로운 나라 일에서 헤어나지 못해 스스로 쇠잔해 가
는 자신을 발견하며, 어려운 시간을 보내고 있었다. 이러한 자신
의 삭막한 마음을 시화詩化해서 동행하는 서장관에게 보이고 있으
니 서장관 남이신도 마찬가지로 같은 고민에 빠져 있었다는 것을
알 수 있다. 그런 가운데서도 한응인은 북경으로 가는 길에 요동
지역을 통괄하고 있는 포정사布政司 양호楊鎬에게 들렀다. 당시 여
진족은 세력을 크게 떨쳐 만주지역을 거의 차지하였고, 조선과도
여러 형태로 관계되어 있어 명나라는 조선에 의혹의 눈길을 감추
지 않고 있었으므로 그 문제를 해명하기 위해 양호를 찾은 것이
다. 한응인이 양호에게 가서 여진족과의 관계를 해명한 글을 바쳤

다. 양호가 그 글을 다 보지 않고 끝부분만 살펴보다 노기 띤 얼굴
로 말했다.

"귀국이 노추老酋와 두 차례나 만나 강화講和를 맺고 폐백을 주
기까지 했다면서요. 우리가 일찍 귀국에 노추와의 관계를 물었을
때 그 답변서를 보내지 않더니 이제사 겨우 배신陪臣 편에 답변서
를 바치게 하는구려."

한응인이 애써 근엄한 자세를 취하며 말했다.

"우리나라의 서희원徐希元이라는 관료가 일찍이 오랑캐들을 깨
우쳐 주기 위해 변경에 가 있었으므로 사사로이 그들과 선물을 주
고 받은 일이 있었소. 그러나 우리나라가 어찌 짐승과 같은 오랑
캐에게 폐백을 주었을 리가 있었겠소. 그리고 물음에 대한 답변서
는 이미 지난해에 요동도사에게 보내어 귀국 조정의 예부와 병부
에 전해 줄 것을 부탁하였잖소."

양호가 다시 물었다.

"배신은 오로지 이 일 때문에 여기에 오게 된 것이오?"

한응인이 대답했다.

"세자 책봉의 일로 주문奏文을 가지고 급히 북경으로 가다가 오
랑캐의 패덕悖德을 포정사에게 고하지 않을 수 없어 이처럼 글을
드리는 것이오."

양호가 노기를 풀지 않은 얼굴로 말했다.

"그대들은 간사하기 짝이 없으니 정말 가증스럽소. 그대 나라의
크고 작은 일을 의당 먼저 여기에 알려야지 마총병馬摠兵에게 바
로 알려서는 안 되는 것이었소. (노추의 일을 일찍이 조선에 파견되어

있던 마총병에게 알린 적이 있었다.) 또 압록강 가에 초막草幕을 즐비하게 설치해 놓고 삼을 캐러 왕래한다는 소문이 있는데 이것 또한 거짓말이란 말이오."

한응인이 대답했다.

"중국에서 오랑캐와 교섭하는 것을 지극히 엄격하게 금지시켜 우리나라가 저 오랑캐와 왕래하지 않는데 어떻게 그런 일이 있겠소."

여기에서 말하는 여진족은 나중에 청나라를 세운 만주족을 가리키고, 노추는 만주족 출신으로 만주 땅을 거의 점령했던 누르하치를 명나라에서 낮추어 부른 별명이다. 누르하치는 머잖아 명나라를 무너뜨리고 청나라를 건국하여 청 태종으로 황제의 자리에 오르게 된다. 당시 만주족이 그 위세를 크게 떨쳐 명나라에게 큰 위협이 될 정도였는데 왜란이 일어났을 때 그들이 조선에 구원병을 파견하겠다고 하여 선조가 놀라서 거절한 적이 있었다. 한응인이 조선과 여진족 사이의 일을 누구보다 잘 알고 있어 양호에게 적절하게 대답할 수 있었기에 망정이지 만약 말 한마디라도 잘못하여 양호의 비위를 상하게 했다면 주청사로 북경에 갈 수도 없었을 것이다. 한응인은 양호를 만나고 나오면서 불길한 예감이 들어 선조에게 양호의 눈치를 살피니 좋지 않는 조치가 내릴 것 같으니 빨리 양호에게 여진족과 관련된 답서를 보낼 것을 요청했다. 한응인은 양호를 만난 뒤에 급한 발걸음을 재촉하며 북경으로 향했다. 계절이 겨울과 봄의 중간에 있었기 때문에 땅이 풀리기 시작하여 지나는 길이 진창이 되어 앞으로 나가기가 어려운 구간이 많았다. 가마 위에 앉아 먼 길을 가는 것도 힘든데 길조차 진흙탕이 돼 있으니 온 종일 가도 몇 십리도 가지 못한 채 하루를 보내기가 예사였으므로 일행은 이중 삼중의 어려움에 처해 있었다. 그러나 이들은 산해관山海關에 가까이 접근할수록 봄빛이 완연해져 버들이 푸릇푸릇하고 꾀꼬리가 봄을 노래하는 산하山河를 보면서 위로를 받기도 했다.

한응인은 북경에 무사히 입성하여 조선의 사신이 그곳에서 행하던 절차를 밟으며 어렵고 바쁜 나날을 보냈다. 지금까지 조선 조정에서 광해군의 세자 책봉을 위해서 직·간접적으로 노력해왔으나 매번 좌절당하기 일쑤였기 때문에 한응인은 신중하게 대처해 나가며 명나라 예부禮部를 중심으로 활발한 외교활동을 펼쳤을 것이다. 그러는 사이에 시간은 자꾸 흘러가고 뜻하는 일은 여의치 않으니 초조하기만 했다. 한응인은 사신 일행이 머무는 옥하관玉河館에서 자신이 처한 불우한 현실을 시로 읊어 스스로를 달래기도 했다.

옥하관에서 생각나는 대로 짓다

이국에서의 세월은 꿈속처럼 빠르기만 한데,
객창 가에서 시름겨워 봄 술잔을 멈춘다.
봄바람은 이 시인의 뜻 아는지,
꽃닢 한 조각 살며시 날려 보내주네.

세월이 흘러가 은근히 나그네 마음 바쁜데
가없이 향수에 젖어 술 한 잔 들어 보네.
저물녘에 높은 다락에 올라 다시 먼 곳을 바라보지만,

옥하천 동쪽 가에는 인적조차 끊어 졌네.

노년에 근심과 병이 간단없이 침노하니,
반은 즐기는 술잔이고 반은 두려운 술잔이네.
만리 밖의 집 그리워 홀로 거니는데,
작은 뜨락의 꽃과 달이 사람을 따라오네.

한번 연경에 오면 반년의 세월 지나는데,
조선에서 오는 소식은 더욱 수심을 자아내게 하네.
턱을 괸 채 고향 꿈을 꾸다가 갑자기 깨고 나니
물 건너 수양버들 숲에서 꾀꼬리 울고 있네.

멀리서 온 나그네 돌아갈 생각에 길 모퉁에 서보니,
몰아치는 비바람 속에 절로 근심이 생기네.
충성심에 늙은이 몸 부질없이 한을 쌓아 가는데,
임금님의 평안을 바라며 갈 때를 점쳐 보네.

異國光陰夢裏催,
旅窓愁把殿春盃.
東風似識詩人意,
吹送飛花一片來.

年光暗與客心催,
無限鄕愁酒一盃.
暮倚高樓還望遠,
玉河東畔斷人來.

暮年愁病苦相催,

半是耽盃半怯盃.
萬里思家成獨步,
小庭花月逐人來.

一入秦城歲半周,
東來消息更堪愁.
支頤忽罷鄉園夢,
隔水垂楊喚栗留.

遠客思歸立道周,
滿天風雨自生愁.
丹心白髮空成恨,
欲向君平卜去留.

〈留玉河館卽事〉

　이 시를 보면 한응인이 북경에서 머물며 얼마나 힘들고 괴로운
시간을 보냈는가를 알 수 있다. 그러나 그는 훌륭한 시재를 발휘
하여 자신의 침체되고 초조한 심사를 자연과의 조화를 통해 아름
답게 승화시키고 있다. '봄바람은 시인의 마음을 아는지, 꽃잎 한
조각 살며시 날려 보내네.'라고 한 것에서 한응인은 천근만근의
무게로 짓눌려 오는 괴로움을 한숨에 날려 버리고 있다. 이러한
시적 표현은 시의 본질을 제대로 파악하고 시를 통해서 절대적인
심미세계를 찾으려는 사람만이 가능한 것이다. 이와 같은 심상에
서 나온, '만리 밖의 집 그리워 홀로 거니는데, 작은 뜨락의 꽃과
달이 사람을 따라오네.'라고 한 구절은 절창絕唱이라 아니할 수 없

다. 그는 사람과 꽃과 달을 모두 유정물有情物로 어우러지게 하여 술로써 달랠 수 없는 깊은 고뇌를 잊어버리려고 하고 있다. 여기에서 보면 한응인은 당시 한시 작가들 가운데 보기 드문 서정 시인임을 알 수 있다. 그는 이 시를 통해 뛰어난 상상력으로 유한하고 절망적인 세계를 영원하고 안온한 세계로 승화시키고 있다. 이 시에서 한응인 자신이 어려운 입장에 처해있으면서도 자연의 미묘한 아름다움을 포착하여 인간은 자연에게서 위로받을 수 있다는 사실을 말하려고 하였다. 그러나 한응인은 마음속에 조국의 아픈 현실을 늘 잊지 못하였으므로 조선에서 들려오는 소리를 귀 기울여 듣고 있다. 꿈속에서 조국의 산하를 헤매다 가위에 눌린 듯 깨기도 하였으니 조국의 현실이 그에게 얼마나 큰 아픔으로 남아 있었던가를 알 수 있다. 북경에 있으면서도 그러한 조국으로 향하는 마음을 달랠 길 없어, 멍하니 돌아가는 길모퉁이에 서 보지만 비바람 치는 궂은 날씨가 자신을 가로 막고 있는 현실에 절망하기도 했다. 그러한 그의 마음속에는 항상 선조가 자리하고 있었다. 선조는 그에게 하나의 태양이었다. 한응인은 연경에서 광해군의 세자 책봉을 위해 갖은 노력을 다했지만 결국 그의 단심丹心이 통하지 않아 뜻을 이루지 못했다. 그는 이미 이러한 낌새를 알아차리고 절망에 가까운 심정으로 위의 시를 쓰게 된 것이 아닐까 한다.

그가 명나라 조정의 예부에 광해군 세자 책봉을 바라는 조선 조정의 주문奏文을 바쳤는데, 그것을 받아 본 예부상서 범겸范謙의 대답은 이러했다.

"지금 조선의 국왕이 세자를 봉하기를 청하지만, 만약 삼군三軍

을 격려하여 거느리며 밖으로 교활한 적을 막아내고, 안으로 경계境界를 편안하게 한 뒤에 백성이 원하는 사람에게 나라를 맡기면 될 것이오. 지난번에도 칙유勅諭를 청했지만 우리나라에서는 잠시 이 논의論議를 중지할 것이니, 조선 국왕에게 왜적이 평정되고 사방이 편안해지기를 기다렸다가 사실에 의거하여 상주上奏하라고 하시오."

범경의 말은 조선이 왜란으로 혼란스러우니 지금보다는 전쟁이 끝난 뒤에 조선 백성들의 여론에 부합되는 인물을 세자로 책봉해도 늦지 않다는 것이다. 그러나 명나라의 저의는 딴 데 있었다. 당시 명나라에서도 세자 책봉문제로 어려움에 빠져 있었다. 신종 황제가 둘째 아들인 복왕濮王 주상순朱常洵을 총애하여 세자로 책봉하려고 했기 때문에 큰 아들인 태창제泰昌帝가 관심 밖으로 밀려날 처지에 있었으므로 예부에서 여러 번 적자嫡子를 세자로 책봉해야 한다고 황제에게 건의하고 있었다. 이런 형국에 조선 선조의 둘째 아들인 광해군을 명나라에서 세자로 책봉해 준다면 차자次子 세습이라는 하나의 좋은 사례가 될 수 있기 때문에 명나라 예부에서 광해군 세자 책봉을 은근히 반대했던 것이다. 한응인은 자신이 아무리 노력해도 시기가 시기인 만큼 맡은 바의 임무를 수행할 수 없었다. 그러나 뒤돌아서는 발걸음은 마냥 무거웠다.

한응인은 이듬해인 1596년 5월에 돌아와 선조에게 복명하였다. 그가 명나라 조정에서 받아 온 황제의 칙서내용은 이러했다.

"조선국 광해군光海君 혼琿에게 칙유勅諭하노라. 지난번에 말한 것처럼 왜적의 무리가 달아나 돌아가고 나라는 이미 광복光復이 되었으며 광해군은 청년으로 영기가 발랄하여 신민臣民들이 복종한다고 들었다. 지금 특별히 명하노니 그대는 전라도와 경상도의 군무軍務를 총독하고, 힘과 뜻을 다해 부친이 실패한 일을 회복하고 국토를 보존하라. 안으로는 피폐해진 전쟁의 상흔傷痕을 회복하고 밖으로는 전비戰備를 마련하여 뒷수습을 잘 마무리 짓도록 하라. 우리와의 국경을 굳건히 하고 그대의 종묘사직을 편안히 하라. 성공하기를 기다렸다가 뒤에 따로 우악優渥한 조처를 의논하겠노라. 혹여 분명한 명령을 어겨서 일의 기회를 그르치지 말라. 그대는 내 말을 공경하여 받들라."

정유재란의 와중渦中에 빠지다

한응인은 주청사로 갔다가 5월에 돌아왔고, 그로부터 두 달을 쉬었는데 선조는 그를 평안도 관찰사觀察使로 임명했다. 그가 지난 해 겨울에 명나라에 세자 책봉 주청사에 임명되어 늦게 출발한다고 비변사에서 파직소를 여러 번 올렸고, 선조도 그가 돌아오면 따끔하게 훈계하겠다는 약속을 하여 일단 마무리되었다. 그러므로 그는 조선에 돌아 온 뒤에 자신에게 어떤 조치가 내려질까 은연중에 힘이 쓰였다. 그러나 전쟁 중에 있던 조선에서는 늘 나라에 헌신할 수 있는 인재를 찾고 있었기 때문에 한응인이 다시 평안도 관찰사로 임명된 것이다. 그가 이 직책에 임명된 것은 명나라로 철군하는 이여송과의 친밀한 관계 때문이었으리라고 본다. 그가 관찰사에 임명되기 전 이여송은 서울에서 명나라 군사들을 거느리고 철군하기로 했다. 이여송은 군사를 이끌고 평안도에까지 올라와 머물고 있었는데 이들을 상대하여 무리 없이 일을 처리할 수 있는 인물로 한응인을 낙점한 것이었다. 한응인은 오랫동안 이여송과 같은 막사에서 접반사로 활동하였으므로 두 사람은 서로 잘 알고 있어 상대하기가 쉬웠다. 그는 철군하는 군사들에게 필요한 물자 공급과 숙소문제 등에 만전을 기하여 짜여 진 계획대로 접대하였으므로 명나라의 장교와 사병들이 모두 고마워하였다. 이여송은 한응인의 변함없는 충성심과 아무리 힘들고 어려워도 의리를 저버리지 않는 대인의 기질에 감탄하여 칭찬하기를 마지않았고, 돌아갈 때는 이별의 징표로 자신이 아끼던 보검 한 자루를 선사하였는데, 이것이 청주 한씨 가문의 보물로 대대로 전해져 왔다. 이때 그의 장남인 덕급德及이 광산光山 김문金門으로 장가를 갔다. 배우자는 바로 사계沙溪 김장생金長生(1548~1631)의 따님이었다. 당시 사계는 예학禮學에 일가를 이루어 학자로서의 명성이 드높았고, 문인으로 우암尤庵 송시열宋時烈과 동춘당東春堂 송춘길宋春吉을 배출하여 영남학파와 쌍벽을 이루는 기호학파를 형성하였다. 한응인이 당대 최고의 도학자로 추앙되던 사계 집안과 사돈관계를 맺은 것은 두 집안이 가계家系의 전통이나 사회적 명망이 비슷했기 때문에 가능했을 것이다. 한응인이 대신의 반열에 올랐고 선조가 신망하는 사람이었다고 하더라도 당시의 유림儒林이나 관료들에게 덕망 있는 가문으로 인정받지 못했다면 두 집안이 사돈관계를 맺는다는 것이 불가능했다. 또한 사계 집안에서도 한응인과 사돈을 맺음으로써 광산 김문이 한층 업그레이드 될 수 있다고 판단했기 때문에 일이 성사되었을 것이다.

　한응인은 그 다음해인 1597년 정유년丁酉年 1월에 평안도 관찰사로 있으면서 왜군이 다시 조선으로 쳐들어왔다는 소식을 들었다. 앞에서 얘기한 것처럼 1593년 1월 8일에 일본군이 평양에서 명나라 군사들에게 패하고 다시 4월 18일에 서울에서 철수함으로써 명나라와 일본 사이에 강화교섭이 활발하게 이루어져 전쟁이 끝나는 듯싶었다. 그러나 1596년 9월 3년에 걸쳐 진행되던 강화회담은 결렬되었고, 정유년인 1597년 1월 15일 풍신수길은 가등청정을 선봉으로 삼고 그에게 대규모의 육군과 수군을 주어 조선을 다시 침략하도록 했다.

정유재란 초기에 왜군이 거듭 승리하면서 전세가 위급해지자 조선은 다시 명나라에 구원병을 요청하였고, 명나라 조정은 2월에 구원병을 파견하였다. 명나라 조정에서는 병부상서 형개邢玠를 총독으로 삼고, 도어사都御使 양호楊鎬를 경리經理로, 마귀麻貴를 제독提督으로 삼아 구원군을 지휘하게 했다. 명나라 지원군이 차례로 압록강을 건너와 양호는 평양에 주둔하고 마귀 이하는 서울에 주둔했다.

한응인이 세자 책봉 주청사로 북경에 가는 길에 양호를 만나 여진과의 관계를 해명했던 인연이 있어서 그랬는지, 아니면 철군하는 이여송에게 한응인에 대해서 자세하게 얘기를 들어서 그런지 모르지만 명군의 최고 책임자인 양경리는 이미 한응인의 인품과 관료로서의 뛰어난 능력을 알고 있었다. 그가 평양에 이르러 평안도 관찰사인 한응인을 만나 군대의 일을 의논해보니 법도에 들어맞지 않음이 없었으므로 그는 한응인을 절친한 친구를 대하는 것처럼 하였다.

이때는 김수가 호조판서였는데 양경리는 군량 공급이 제대로 이루어지지 못하자 김수를 교체하여 한응인으로 대신하고자 하였다. 양경리는 서울에 와서 선조를 알현謁見하고 이렇게 청했다.

"장차 영남에 주둔하고 있는 왜적을 나아가 치려면 대군이 출동하기 전에 앞서 준비해야 할 것은 군량미입니다. 급히 평안도 포정사 한 아무개를 소환하여 탁지度支의 임무를 제수하여 군량미를 공급하게 하소서."

그런데 이것은 국왕의 인사권에 관한 문제였다. 이에 대하여 평양 탈환작전에 공을 세워 평안도관찰사가 되었으며 광해군 때에 영의정을 지낸 오리梧里 이원익李元翼(1547~1634)은 이렇게 말하고 있다.

"주상께서 처음에는 결정하지 못하시고 미루었지만 뒤에는 어쩔 수 없이 따르셨다. 이때 양호에게는 다른 뜻이 없었고 다만 한응인이 쓸 만한 인물이라고 판단했기에 그렇게 왕에게 청한 것이다."

이원익은 당시의 상황을 명료하게 설명하고 있다. 그러나 당시에 조정의 의견은 분분하였다. 상촌象村 신흠申欽은 그때 상황을 이렇게 전하고 있다.

"승지 허성許筬은 그것을 따르자고 청했다. 그러나 수몽 정엽이 '벼슬을 내리는 것은 임금의 큰 권한인데 다른 사람에게 빌려줄 수가 없다.'라고 하였는데 주상도 그 의견과 같았다."

신흠은 선조가 경리인 양호의 요청을 마땅치 않게 생각한다고 하였다. 선조는 당시 관서지방이 중국과 통하는 요로이고 여진족과의 문제도 심상찮게 제기되고 있었으므로 가장 믿을 만하고 유

능한 한응인을 관서 도관찰사의 적임자로 생각하고 있었기 때문
에 양호의 청을 들어주기가 어려웠을 것이다. 그러므로 비변사에
서 양호의 청을 들어줄 수밖에 없다는 소를 올리자 선조는 이렇게
전교했다.

"관서 지방은 오늘날 나라의 근본이 되는 곳이요 많은 중국 장수
들이 이곳을 경유하여 왕래하고 있다. 그리고 포악하고 무례한 노
추虜酋가 노리는 곳도 바로 이곳이다. 따라서 그곳의 감사는 반드
시 한漢나라 때 관중關中을 지킨 소하蕭何 같은 사람이어야 하는데
지금의 도관찰사인 한응인은 국사를 위해 정성을 다하였고 재주도
훌륭하다. 지금 경리 대인의 헌패憲牌 내용을 살펴보았지만 참으로
양보할 수 없다. 내가 지금 이 사람을 의지하고 있는데 이러한 때에
이 사람을 불러오면 국사國事는 끝장이 나고 말 것이다. 그곳에 있
으면 재주를 펼 수 있으나 그가 이곳으로 오게 되면 마땅한 후임자
를 구할 수 없으니 경리 대인의 청을 받아들이는 것이 우리에게 무
익한 일이어서 내가 참으로 번민하고 있다. 조정에 있는 신하들의
능력을 내가 다 알고 있는데 한응인 같은 인물은 참으로 쉽게 얻을
수 없다. 내 생각으로는 그를 결코 그만두게 할 수 없으니, 게첩揭帖
을 만들어 올리거나 그렇지 않으면 내가 친히 찾아가서 그 사실을
알리고 가부를 결정하고자 한다. 대개 경리의 생각은 경직京職에
있는 신하들이 직책을 제대로 수행하지 않는다고 여기고 있으므로
외직外職에 있는 방백을 불러 들여서 일을 위임시키려고 하는 것이
므로 나는 마음속으로 이를 매우 부끄럽게 생각하고 있다."

이로써 본다면 양호의 요청이 있었던 것은 분명한 사실이고, 그

에 대하여 선조는 한응인에 대한 두터운 신임으로 즉각적인 인사 조치를 취하지 않았던 것으로 보인다. 그런데 한응인의 비문과 행장에는 이렇게 기록하고 있다.

"1597년 9월에 분호조판서에 임명되었고, 그해 11월에는 군량을 감독하여 남쪽으로 내려갔다."

여기에서는 1597년에 호조판서로서 군량을 감독하였던 것으로 기록하고 있다. 그러나 『선조실록』은 1597년 10월 13일자 기사에서 한응인의 직책을 '도체찰사都體察使 부사副使'라고 기록하고 있고, 선조 31년1598 5월 16일 기사에서도 한응인은 여전히 평안도 관찰사인 것으로 언급하고 있는 것으로 보아 행장의 기록에 오류가 있는 것으로 보인다.

한응인은 이듬해인 1598년 6월에 호조판서에 임명되었다. 이때를 즈음하여 정유년에 무서운 기세로 조선을 재침략했던 왜군을 크게 무찌르고 적을 궁지에 몰아넣었던 양호楊鎬가 형개邢玠의 참모관이던 정응태丁應泰의 탄핵을 받고 명나라로 소환되었다. 정응태丁應泰는 양호를 기군망상欺君罔上하여 일을 그르쳤다는 20여 가지의 죄목으로 탄핵하였다. (뒤에 응태는 글을 올려 형개 등을 비난하고 또 우리나라가 왜와 내통하였다고 헐뜯었다.) 양호는 이 일이 있자 명나라 조정에 사직하는 글을 올리고 죄를 청하며 명나라로 돌아가고자 했다.

이 사건은 조선 조정에서도 간과할 수 없는 사안이었다. 양호는 정유년 초에 조선에 구원군을 이끌고 들어와 뛰어난 전술과 용병술을 발휘하여 왜적을 물리치는데 일등공신이 되었고, 선조를 비롯한 조선의 고관들과 조화를 잘 이루었으므로 정응태가 그를 시기하여 모함하고 있다는 사실을 누구나 다 알고 있었다. 선조는 영의정 유성룡柳成龍, 해원 부원군海原府院君 윤두수尹斗壽, 행지중추부사行知中樞府事 정탁鄭琢, 좌의정 이원익李元翼, 우의정 이덕형李德馨, 호조 판서 한응인, 병조 판서 이항복李恒福, 좌승지 허성許筬, 주서注書 권진倦縉, 사변가주서事變假注書 최충원崔忠元, 사관史官 유색柳穡·조중립趙中立이 참석한 어전회의에서 이렇게 말했다.

"양 경리楊經理가 참소당한 것은 무슨 일 때문인지 모르겠소."

이덕형이 대답했다.

"아직 그 이유를 정확하게는 알 수가 없사옵니다. 대개 울산蔚山의 싸움에서 남병南兵과 북병北兵이 서로 공功을 다투다가 감정이 어긋났는데, 이것 때문이 아니온지요."

선조가 답답하다는 표정으로 다시 말했다.

"그렇다면 지금의 이 사태에 어떻게 대처해야 한단 말이오?"

유성룡이 앞으로 나서며 대답했다.

"지금의 사태는 가만히 두고 볼 수만은 없사옵니다. 먼저 명나라 조정에 아뢰고, 다음으로는 명나라 구원군의 군문軍門에 자문咨文을 보내어 반복해서 정응태의 주장이 무고에 지나지 않는다고 변론하면, 중국 조정에서도 아마 실상을 알게 되어 헛된 말에 현혹되지 않을 것이옵니다. 이것이 지금 우리 조정이 행해야 할 급선무라고 사료 되옵니다."

정응태는 1597년 12월 23일부터 그 다음해인 1598년 12월 4일 사이에 벌어진 울산성 전투에서 조·명 연합군이 패한 원인이 양호에게 있다고 명나라 조정에 보고했다. 또한 정응태는 조선이 일본과 내통하여 명나라를 치려 한다는 의구심을 가지고 있었기 때문에 조선 조정에서는 이 문제를 심각하게 받아들여 7월에 진주사陳奏使 최천건崔天健을 보내 한응인의 이름으로 변론하게 했다.

"경리 도찰원이 속방의 신하인 한 아무개를 찾아 안부를 묻고 아뢰어 말하기를, '본원은 조정에 상소하고 사직하려 합니다.'라고 했습니다. 신이 가만히 밖에서 하는 말을 들으니, 혹은 양 도착이 정주사의 탄핵을 당했는데 '도산의 싸움에 병마가 많이 손상되었음을 감추고 보고하지 않았다.'라고 말하고, 혹은 '공을 기림에 공평하지 못하여 기록하지 않은 것이 많았다.'라고 말하고, 혹은 '경리가 조선에서 성을 쌓은 것은 큰 착오이다.'라고 말하고, 혹은 '왜적이 원래 수가 많지 않은데도 경리가 부풀려서 거짓으로 보고했으니 군량을 마땅히 줄여야 한다.'라고 하는 등 의론이 분분하여 비록 그 진상을 알 수 없는 말들이 점차 퍼져서 멀고 가까운 데의 사람들이 모두 의심하기 시작했습니다. 경리가 첫 번째 직산 전투에서 왜군과 겨루어 승리함으로써 서울이 온전해 졌고, 두 번째는 청산전투에서 이겨 적을 몰아냄으로써 호남과 경기가 완전해 졌으며, 세 번째는 도산전투에서 왜적을 몰살시켜 적이 혼백을 빼앗길 정도였습니다. 양호는 지나치게 근신勤慎하고 사양지심辭讓之心을 고집하는 사람이오니 그 주문을 거두어 주시기 바랍니다."

한응인의 변론에도 불구하고 결국 명나라 조정은 양호를 파직하고 천진순무天津巡撫 만세덕萬世德을 새로운 경리에 임명했다. 8월에 양호는 서쪽으로 떠났다. 양호가 조선에 구원군을 이끌고 들어왔을 때 제일 먼저 찾은 사람이 한응인이었고, 이후로 조선의 수많은 관료 가운데 가장 신뢰할 만하고 능력이 출중한 사람으로 한응인을 지목하여 두 사람은 가까운 친구처럼 지낼 수 있었다. 양호가 조선에 체류한 기간이 길지는 않았지만 한응인은 자신을 인정하고 알아주는 양호에게 음으로 양으로 많은 도움을 주었으리라고 본다. 그래서 양호가 중국에 들어갈 때, 한응인과의 이별을 아쉬워하며 자기가 아끼던 통천관通天冠과 서대犀帶 일습一襲을 신표로 주고 갔다. 이 통천관은 중국의 황제가 정무를 볼 때 쓰던 갓인데 양호가 애장품으로 가지고 다녔던 것으로 추측된다. 한응인이 생전에 양호에게 받은 이 선물을 애지중지하였으므로 그의 사후에 집안에서는 대대로 보물로 전해 왔다.

뒤에 조선에서 적극적으로 양호의 무죄를 변호하는 주문을 명나라 조정에 올렸으므로 결국 정응태는 직책을 잃어 서민이 되었고, 정부로 부터 엄한 조사를 받기도 했다. 우리는 여기에서 사필귀정事必歸正의 의미를 새삼스럽게 되새겨 보게 된다.

호조 판서로서 한응인에게 부여된 책무는 아무래도 군량미의 조달이 가장 큰 임무였다. 임진년 이후로 납속책納粟策이 시행되었으나, 자진 납속만으로는 도저히 필요한 식량을 충족시킬 수 없어서 각처에 곡식을 거두어들이는 모속관募粟官을 파견하였다. 모속관을 파견한 효과에 대해 사관史官의 기록은 다음과 같다.

난리를 치른 이후로 모곡募穀하는 관원이 고을과 마을을 막론하고 파견되지 않는 곳이 없었다. 한 모속관이 징발하는 곡식이 몇

백, 몇 천 석인지는 알 수 없으나 공가公家에 돌아가는 것은 겨우 십분의 일이고 개인에게 돌아가는 것이 대부분으로 십 분의 구를 차지하고 있으니, 참으로 팔도에서 모은 곡식을 모두 공가로 돌아가게 한다면 군량과 공수公需에 대한 것은 우려할 것이 없을 것이다.

사관의 이 말이 어느 정도 과장된 것일지는 모르겠으나 각 읍이나 촌에 배치한 모속관들은 사복私腹을 채우는 데 급급하여 실제 조정으로 들어가는 양은 얼마 되지 않았음을 알 수 있다. 이러한 모곡관의 부정은 나라의 경제를 어렵게 하는 주범이었고, 이로 인해 조선관군과 명나라 지원군의 군량미를 공급하는데 큰 차질을 빚기도 했다. 명나라 군사를 위한 군량미는 간신히 마련할 수 있었으나 조선의 군사는 극심한 식량난으로 매년 어려움을 겪어야만 했다. 따라서 조선의 군사와 명나라 군대를 위한 군량미 조달은 호조판서였던 한응인에게 큰 부담이 아닐 수 없었다.

1598년 8월 18일 풍신수길의 사망으로 왜군이 철수하기 시작하였다. 풍신수길이 죽고 일본 국내의 정세가 혼란해지자 왜군은 빠른 기간 내에 조선에서 철군하기로 한 것이다. 일본군부 수뇌에서 밀서를 보내 퇴로를 막고 있는 조·명 연합군에게 퇴로를 열어 줄 것을 부탁하였는데, 소서행장은 명나라 구원군의 책임자에게 뇌물을 주면서까지 애원하였다. 일본의 뇌물을 받은 명나라 군대는 이순신 장군이 제의한 양국의 공동작전을 거부한 채 군대를 전선에서 철수시키기도 했다. 쫓기고 있던 소서행장은 심지어 퇴로를 막고 있던 통제사 이순신에게도 접촉하려고 노력했지만 이순신은 단호하게 거절하였다. 이리하여 임진왜란 7년을 마감하는 11월 18일 노량대첩에서 왜군은 크게 패하였고, 이순신은 민족의 영웅으로 장렬하게 전사하였다. 이순신의 노량해전을 고비로 7년간에 걸친 임진왜란은 종결되었다.

왜란은 1592년 4월부터 1598년 11월까지 횟수로는 7년, 달수로는 6년 7개월 동안 진행되었다. 중간에 소강상태를 보였던 3년의 휴전 기간을 빼면 실제로 전쟁을 치른 것은 4년 정도였다. 우리나라는 역사상 6·25와 같은 내란은 있었지만 외침으로 인해 이렇게 오랜 기간 동안 전쟁의 질곡에 빠진 적은 없었다. 임진왜란으로 인하여 조선이 겪었던 참화는 형언하기조차 어렵다. 정확하지는 않지만 5만 명에 달하는 사람이 죽었고, 10만 명이 넘는 조선 사람이 일본군에게 포로로 잡혀갔다. 이들 포로가운데 조선으로 돌아온 사람은 7천 5백 명 정도에 지나지 않았으니 많은 사람들이 일본에서 불귀의 객이 되고 말았다. 노량해전을 끝으로 일본군은 완전히 조선에서 철수했고, 명나라의 주력부대도 바로 본국으로 철수 했으나, 일부는 전후의 조선 국내의 인권을 위한다는 명분으로 약 2만 명 정도가 1600년 9월까지 잔류하였다.

한응인은 선조 32년 1599년 1월 3일에 의정부議政府 우찬성에 임명되었고, 청평부원군淸平府院君에 봉해졌다. 한응인이 대신보다 윗자리인 종1품의 자리에 임명된 것을 두고 사간원 등에서 지나친 특혜라고 하며 파직을 요청하였다. 선조는 한응인의 현 직위가 그의 능력에 비해 높은 것이 아니기 때문에 우찬성에 제수하는 것이 전혀 이상스러운 일이 아니라고 하며 사간원의 주장을 일축함으로써 한응인에 대한 전폭적인 신뢰를 보였다. 호조판서에는 윤승훈尹承勳이 임명되었다. 그런데 다음달 2월 8일 사간원은 한응인이 중국 군사들의 식량 조달을 수행하지 못하였다는 이유로 파직을 요청하였다.

"남쪽에 내려간 중국 군사가 철수하여 서울로 돌아올 것인데 창고에 남은 식량이 많지 않으니 담당 책임자는 마땅히 미리 조치해서 적기에 수급될 수 있도록 했어야 했습니다. 그런데 한응인 등은 한가하게 날짜만 보내고 식량 조달하는 일을 아랑곳 하지 않아, 각 도에 저축한 곡식이 적지 않은데도 제때에 운반되지 못했습니다. 마침내 3로路의 군사가 돌아오자 큰 혼란이 일어났습니다. 그리하여 명나라 군대가 식량을 보급받지 못하여 다급한 상황에 이르게 되자 욕이 임금에게 미치고 그 결과 또한 예측할 수 없게 되었으니, 그 사실을 아는 사람이라면 누군들 가슴 아파 하지 않았겠습니까. 한응인 등과 색낭청에게 파직의 명을 내리소서."

이번에도 선조가 윤허하지 않았다. 군량미 조달에 차질이 있었던 것은 사실이었지만 그것이 한 개인의 잘못 때문이기보다는 국가의 총체적인 문제와 결부되는 것이어서 한응인 한 개인에게 전적으로 책임을 물을 수 없었다. 그해 6월 24일 우찬성右贊成이던 한응인은 사직의 글을 올렸다.

 사은사로 네 번째 연경으로 가다

전쟁이 종결되고 1599년 1월 의정부 우찬성에 발탁된 한응인은 그해 봄에 사은사謝恩使의 정사에 임명되어 북경에 가게 되었다. 7년에 걸친 전쟁 기간 동안 명나라는 절강성, 섬서성 등 각지에서 연인원 22만 명이 넘는 군사를 동원했는데, 대략 수만 명의 군사가 죽고 수백만 석의 양곡이 소모되었다. 이에 대하여 명나라 황제에게 감사하고 나라가 옛 모습을 다시 되찾은 정황 등을 기록한 표문表文을 황제에게 올리러 가는 사행 길이었다.

한응인은 앞서 북경에 서장관으로 한 번, 진주사와 주청사의 정사로 두 번을 다녀왔다. 그러나 이번의 사은사는 정사의 품계나 행차의 규모면에서 크게 차이가 났다. 조선이 왜적의 침입으로 나라를 잃을 뻔했는데 구원군을 보내주어 위기에서 벗어나게 했으니 명나라에 대한 고마움은 무엇으로도 표현하기 어려울 정도로 컸다. 그러므로 조선의 왕인 선조가 직접 명나라 황제에게 나아가 돈수백배하며 베풀어 준 은혜에 감읍해야 했지만 현실적으로 왕이 갈 수 없었으므로 왕을 대신하는 정승이 정사로 가야 했다. 그래서 조정에서는 영의정 이원익李元翼을 이번 사은사의 정사로 보내자는 의견이 나왔으나 선조는 한응인을 정승의 직위인 우찬성으로 승진시키면서까지 정사로 삼아 보냈다. 선조의 이 같은 단호한 결정은 이번 사행사의 정사가 명나라 조정의 주목을 받게 되고, 왕을 대신하여 황제를 비롯한 명나라 조정의 고관들에게 감사의 뜻을 극진하게 전달하는 중대한 사명을 띠고 가기 때문이었다. 아직 조선은 전쟁이 끝난 지 얼마 되지 않아 전쟁으로 인한 상처가 미처 다 아물지 않았지만 사은사 일행을 이끌고 가는 정사 한응인의 모습은 이전에 세 번에 걸쳐 갔던 사행 때와는 달랐다. 무엇보다도 전쟁에 대한 공포가 사라지고 다시 나라를 전쟁 전의 상황으로 되돌릴 수 있다는 희망을 가지고 있었기 때문에 한결 발걸음이 가벼웠다. 게다가 왜군 포로 61명을 데리고 가니 승자로서의 자부심도 느낄 수 있었다. 한응인은 늘 가던 행로를 따라 북경으로 들어가 옥화관에 여장을 풀고 먼저 명나라 형군문刑軍門을 찾아 예를 올리고 나서 조선에서 데리고 간 왜군 포로 평수정 등 61명을 바쳤다. 신하국으로 황제의 나라에 가서 전쟁에서 승리했다는 뜻으로 이 포로를 바친 것이다. 이때 명나라 황제 신종이 직접 나와 포로를 바치는 의식에 참석했고 한응인의 일행은 황제에게 명나라 군대의 도움으로 왜적과의 전쟁에서 이기게 된 것을 하례했다. 황제가 대궐 안에서 정양하느라고 외부 사람들을 접견하지 않은 지가 오래되었는데, 이 자리는 전승 보고를 받는 자리라서 특별히 신하들의 권유를 받고 참석하였다. 뜰에 늘어서 있던 군인들 중에 신종의 얼굴을 바라보고 눈물을 흘리며 무사태평하기를 기도하는 사람도 보였다. 한응인도 1592년 봄에 진주사로 왔을 때 신종을 알현한 적이 있었지만 황제를 앞에서 직접 대면하는 것이 무척 감격스러웠을 것이다. 예부에서는 조선에서 전승의 소식을 가지고 온 사은사 일행을 특별히 배려하여 황제에게 선물을 하사해 줄 것을 요청하기도 했다. 예부에서는 황제의 재가를 받아 한응인 일행에게 망의蟒衣와 채단采緞을 주었다. 뜻밖의 후한 대접을 받은 한응인은 지난 번 광해군 세자 책봉사로 와서 겪었던 푸대접을 생각했을 것이다. 그때는 한응인이 전쟁을 치르고 있는 조선에서 온 사람이고 명나라 조정에서는 조선에 대한 시각이 날카로워 몸둘 바를 모를 정도로 위축되어 있었지만 승전 보고를 하러 온 이번의 사행에서 받은 환대는 특별했다. 한응인은 사은사로서의 벅찬 임무를 훌륭히 수행하고 가벼운 걸음으로 조선을 향했다.

그가 북경을 떠날 때 예부에서 황제가 조선의 왕에게 내리는 칙서를 주었다. 그 칙서 내용의 앞부분은 의례적인 것이고, 뒷부분은 유시諭示하는 내용을 담고 있었다.

"생각건대 왕이 옛 강토를 되찾았다고는 하나 실지로는 새 국가를 창설하는 것과 같으니, 쇠약한 것을 일으키고 폐단을 제거하는 데 배나 되는 노력을 기울여라. 왜적이 달아나긴 했으나 그 족속은 살아 있으니, 다시 침략할 마음을 먹을지 또한 알 수 없다. 이에 경략 상서 형개邢玠에게 명하여 군대를 거둬 개선하게 하는 한편, 경리 도어사 만세덕萬世德 등은 거기에 남아서 조선의 왕을 위해 방어하게 하였다. 왕은 군략軍略을 자문하여 선후책善後策을 함께 상

의하고 와신상담臥薪嘗膽하여 이전에 겪었던 수치를 잊지 말라. 검
소하게 생활하고 영구한 계책을 크게 도모하라. 재용을 힘써 마련
하고 농사를 권장하여 근본을 튼튼하게 다져라. 죽은 자를 조문하
고 외로운 이를 위문하며 사졸들의 사기를 진작시켜라. 문교를 숭
상하는 것이 아름다운 일이긴 하나 오로지 유약한 유도儒道에만 힘
쓰는 것 또한 어려움에서 구원받는 유일한 길은 아니다. 전쟁을 잊
으면 반드시 위태하게 된다는 것은 옛사람이 심각히 경계한 바이
다. 우리 장수와 사졸들은 귀국하기를 바라고 있고 군량 보급도 불
편하니 조만간 철수하게 될 것이다. 그대는 빨리 도모하여 왜적으
로 하여금 소문을 듣고서 감히 다시는 오지 못하게 하고, 또 침입한
다 하더라도 다시는 걱정 없게 하라. 동해 바닷가가 우뚝 금성탕지
의 요새가 되어 길이 국가 보위와 안녕을 누리고 변방 조공국으로
서의 정성을 바쳐라. 충성과 효도로 선대의 아름다움을 이어야 할
것이니, 왕은 힘쓰고 힘쓰며 공경하라.”

　명나라 신종이 보낸 이 같은 유시를 보면 조선은 중국의 동쪽
변방에서 조공을 바치는 나라로 오직 대국인 중국의 영향권에서
벗어날 수 없다는 것을 알 수 있다. 이는 마치 중국의 황제가 자기
나라의 제후국을 다스리는 것과 같았으므로 자주권을 가진 조선
으로서는 굴욕적인 일이 아닐 수 없었다. 그러나 당시 중국과 조
선의 관계에서는 힘의 논리가 통할 수밖에 없었으므로 힘없는 조
선이 그나마 독립된 국가로 살아남기 위해서는 큰 나라인 중국을
섬기는 것이 어쩔 수 없는 선택이었다. 한응인은 1584년 주청사의
서장관으로 중국을 다녀온 후, 이번 사은사 정사로 다녀오기까지

16년 동안 네 번이나 사행을 다녀왔고 난리 중에는 잠깐 요동에도 다녀왔기 때문에 명나라 조정의 대소 관료들은 물론이고 요동을 지키는 병졸들조차도 그의 명성을 잘 알고 있었다. 선조가 굳이 사은사로 한응인을 지목하여 보낸 이유를 여기에서도 잘 알 수 있을 것이다. 그러나 사은사로서의 임무를 훌륭하게 수행하고 돌아온 한응인이었지만 우찬성으로 임명되어 서은사로 가게 되었을 때 사간원에서 자신의 역량이나 관록이 승전을 고하러 가는 사은사의 정사에 임명될 정도가 되지 못하고, 또 갑자기 종1품의 경상卿相의 자리에 오른 것을 못마땅하게 여겨 선조에게 파직하라는 소를 올린 것이 내내 마음에 걸렸다. 한응인은 명나라에서 돌아와 마지막 보고서까지 선조에게 올린 뒤에 스스로 우찬성의 자리에서 물러나겠다는 사직의 소疏를 올렸다.

"임금을 섬기는 신하의 도리는 쉽고 어려움을 가리지 않고 오직 명령대로 따르는 것으로 끓는 물에 뛰어들고 불 속에 들어가는 것도 사양할 수 없는 것이니, 사신의 명을 받들고 왕래하는 것은 진실로 그 수고를 감히 말하지 못하는 것입니다. 신이 일찍이 사은사謝恩使에 차견되었을 적에 성상께서 특명을 내려 품계를 높여 찬성贊成에 제수하셨는데, 이는 대개 고관의 현직顯職이 아니면 사신의 임무를 중히 하고 사명使命에 응할 수 없었기 때문이었습니다. 그러나 1품은 아무나 승진할 수 있는 반열班列이 아니고 이공貳公으로 불리는 우찬성은 함부로 차지할 자리가 아니라는 것은 사람들의 말을 기다릴 것도 없이 제 스스로도 분명히 아는 사실이니, 대간들이 논란을 제기한 것은 당연한 일입니다. 그러나 그때는 절박한 사세

여서 어쩔 수 없이 민망스럽게 묵묵히 명령을 받들 수밖에 없었습
니다. 그런데 이제 임무를 마치고 돌아왔으나 기록할 만한 아무런
공로도 세우지 못했는데 가자加資한다는 명이 천만 뜻밖에 내려졌
으니, 분수에 넘쳐 두렵고 떨릴 뿐 몸 둘 곳을 모르겠습니다. 삼가
성상께옵서는 신의 충정을 곡진히 살피시어 속히 성명成命을 환수
하소서.”

한응인은 자신의 충정이 세상 사람들에게 받아들여지지 않는
사실을 괴로워하며 스스로 자리에서 물러날 것을 왕에게 강하게
요청하였다.

육조의 판서직을 다 역임하다

　명나라에서 돌아오자마자 우찬성 사직의 소를 올린 한응인은 조정에서 물러났다. 그러나 다시 1599년 7월에 형조판서에 임명되었고 9월에는 다시 행 호조판서에 임명되었으며, 충훈부忠勳府를 주관하는 직책에 뽑혔다. 그리고 임진왜란 중에 어가를 호종한 공로로 왕이 그에게 자제직子弟職을 제수하라는 명령을 내려 공의 장남인 덕급이 특별히 강릉참봉에 제수되었다. 강릉은 명종의 능이다. 능참봉은 실직이 아니지만 왕의 능을 살피고 보호한다는 소임을 맡게 되므로 개인이나 가문으로는 영광스런 자리였다.

　1600년 1월 18일 한응인은 호조판서를 사임하겠다는 차자箚子를 왕에게 올렸다. 사직서를 내게 된 것은 병이 들어 소임을 수행하기 어렵다는 이유에서였다. 선조의 대답은 명쾌했다.

"탁지度支의 일을 맡은 사람을 가볍게 그만두게 할 수 없다. 몸을 잘 조리하여 병이 낫는 대로 바로 본래의 자리로 돌아오라."

1600년(경자, 선조 33, 47세)에는 정2품의 의정부 좌참찬左參贊에 임명되었다. 그해 선조는 좌의정 이항복李恒福과 우의정 이헌국李憲國에게 재상의 자리에 오를 만한 후보자의 인품을 논하게 하였다. 처음에 좌의정과 우의정에 합당한 인물로 최흥원崔興源·정탁鄭琢·이원익李元翼·윤두수尹斗壽·이덕형李德馨을 올리기로 했다가 심희수沈喜壽를 더 첨가하여 왕에게 올리니 왕의 비답은 이러했다.

"정승은 나라의 흥망을 좌우하는 자리이니 인사를 신중히 해야 한다. 천거한 사람 가운데 최흥원과 정탁은 늙고 병들었으며, 윤두수와 이원익은 물의를 빚은 일이 있어 백성의 여론이 좋지 않고, 이덕형은 나이가 젊어 아직 재상의 자리에 오르기에는 이르다. 그러나 심희수는 합당한 것 같다. 정 적당한 사람이 없으면 부적격자를 뽑아 자리를 채우기 보다는 오히려 공석으로 그냥 놔두는 것이 나을 수도 있다. 다시 자료를 보완하여 올리도록 하라."

다시 올린 피추천자 명단에는 김명원金命元·한응인·이승훈李承薰 등 세 사람의 이름이 올라 있었다. 이항복 등은 새로 세 사람을 천거하면서 한응인은 지금까지 관료로서의 경력이 대단하고, 많은 대소신료와 백성들이 그의 인품을 높이 평가하고 있는 것을 추천의 이유로 달았다. 여기에서 보면 선조는 벌써 한응인을 정승에 오를 수 있는 인물로 간주하여 언젠가는 정승의 반열에 참여시키겠다는 생각을 가지고 있었음을 알 수 있다. 한응인은 이때부터 정승의 자리에 오를 수 있는 희망의 싹을 틔우게 되었다. 여러 차

레에 걸친 논의 끝에 영의정에 이항복, 좌의정에 이헌국, 우의정
에 김명원이 낙점되었다.

그해 6월에 한응인은 이조판서에 임명되었다. 그때에 이조 참판
에는 노직盧稷이 임명되었는데, 한응인은 노직의 외손녀의 시아버
지였다. 이것이 법적으로는 상피相避에 해당되지는 않았지만, 노
직은 자신이 아들이 없어 딸에게 의지하고 있고, 인척간에 이조판
서와 이조참판을 나누어 맡게 되면 조정의 물의物議가 있을까 하
여 자신을 이조참판에서 다른 자리로 옮겨 줄 것을 선조에게 청하
였다. 선조는 이렇게 대답했다.

"법에 상피될 것이 없는데 무엇을 꺼리는가. 이치에 맞게 일을
처리하고 마음을 공평하게 쓰면 그뿐이지, 다른 것은 따질 것이 못
된다. 나는 아직 우리나라에서 혐의를 입은 자가 관직에 나아가서
국사를 잘 다스렸다는 말을 듣지 못하였다. 경은 판서와 사돈이 되
니 더욱 좋다. 한 마음으로 협력하여 국사에 마음을 쏟도록 하라.
상피하지 말라."

이 같은 선조의 자상하면서도 호의적인 자세를 보더라도 선조
의 한응인에 대한 신임이 얼마나 두터웠는가를 알 수 있다. 우의
정으로 영전한 김명원의 뒤를 이어 이조판서가 된 한응인은 아직
전쟁 직후라 사회 전반이 무질서 했고, 사론士論이 여러 갈래로 나
뉘어져 덕이 높고 명망이 있는 사람일지라도 견디기 어려운 정치
현실이었기 때문에 곧바로 이조판서에서 물러나겠다는 차자를 올
렸다.

"신은 재주가 용렬하며 성품이 옹졸하고 보잘 것 없어 태평성대에는 무용지물일 뿐입니다. 저는 조정에서 인재의 고하를 품평하는일에 대해서는 귀로 들은 적도 없고 입으로 자세히 아뢴 적도 없었습니다. 그런데 뜻밖에도 전형銓衡의 막중한 일을 맡은 장관을 이보잘것없는 몸에게 제수하셨으니 참으로 귀머거리에게 대신 들어주기를 요청하고, 소경에게 길을 묻는 격입니다. 생각하옵건대 천관天官의 직책은 모든 관원들을 통섭統攝하는 자리로 사람을 쓰는일에 있어 공公보다 사私가 개입되면 사로仕路의 청탁이 나뉘고 진퇴進退의 득실에 따라 세도의 부침浮沈이 달려 있습니다. 이러한 전형의 직책을 비적격자에게 제수할 수 없다는 것은 어길 수 없는 사실입니다. 더구나 지금은 국운이 쇠퇴하여 사론士論이 둘로 갈라졌다가 점차 더 크게 틀어져 사분오열되다가 마침내는 서로가 원수처럼 여기게 되었습니다. 얼마 안 되는 일세의 인재들이 모두 손가락질을 받는 대상에 들게 되어 아무도 감히 이를 바로 잡을 수 없는지경에 이르렀습니다. 이러한 때를 당하여서는, 공명 정직하고 정실에 치우치지 않는 특출한 사람을 얻어 전조銓曹의 자리를 맡겨야만 공도公道를 크게 넓혀 유능한 사람을 기용하여 대화합의 장을마련 할 수 있을 것입니다. 그런데 신 같이 아둔하고 못난 자가 이런 직을 맡으면 무슨 역량으로 맡은 직분을 완수할 수 있겠습니까.일을 한번 그르친 뒤에는 아무리 뉘우친들 무슨 소용이 있겠습니까. 바라옵건대 성자聖慈께서는 신의 작은 간청을 살피시어 체직시켜 주신다면 더없이 다행이겠습니다."

선조의 총애를 받고 있는 한응인이 이렇게 강한 어조로 헝클어진 국정을 비판하면서 선조 앞에 사직소를 던진 것은 범상한 일이 아니었다. 선조는 철석 같이 믿고 있던 충신 한응인이 이런 격양된 논조로 선조 자신의 정치를 우회적으로 비판한 것을 보고 놀라지 않을 수 없었을 것이다. 그러나 이번에도 선조는 한응인의 그러한 청렴하고도 정직한 태도를 높이 평가하여 사직하지 말라고 답하였다.

이듬해인 1601년 1월에 의정부 좌찬성이 된 한응인은 이조판서직에서 물러났다. 좌찬성은 의정부에 소속된 종1품의 고위직으로 조정의 신료들을 통솔하고, 일반 국무를 처리하며, 국토 계획이나 외교를 맡아보던 직책이었다. 한응인이 좌찬성에 올랐을 때는 의정부가 전시체제 하에서 조직과 기능이 크게 강화된 비변사에 밀려 그 기능이 축소되긴 했으나 아직 국가의 최고 기관으로서의 지위는 유지하고 있었다. 좌찬성에 오른 뒤 첫 어전회의에 참석한 한응인은 임란 이후 침체되어만 가는 정치 현실에 대한 치유책을 제시하였다.

"지금 조선의 정치가들이 해야 할 당면 과제는 전쟁으로 인해 의기소침해 있는 백성을 위로하고 포용해 주는 일입니다. 그러나 나라의 일을 맡은 사람들 가운데 어느 누구도 이 같이 국가가 해결해야 할 문제에 관심을 기울이지 않고 다만 무기력하게 세월만 보내고 있으니 통탄스러운 일이 아닐 수 없습니다. 사태가 이 지경에 이르게 된 것은 대체로 관료들이 무기력하게 무사안일만을 추구하여 복지부동하는 풍조가 만연되어 있기 때문입니다. 이 문제를 해결하기 위해서는 무엇보다도 언로言路를 열어 사람들로 하여금 각자 마음속에 있는 말을 다하게 해야 합니다."

한응인의 이 말은 국가의 최고위직 관료로서 당시 조선이 가지고 있는 정치적 문제를 파악하고 이에 대한 해결책을 제시한 것으로 진정으로 나라를 걱정하는 사람이 아니라면 하기 어려운 것이었다. 한응인이 언로를 열어 백성의 소리를 들어야 한다고 강조한 것은 어떻게 보면 임진왜란이라는 혹독한 시련을 겪고도 전혀 반성할 줄 모르는 선조의 통치방법을 비판하는 것이라 하겠다. 당시 항간에서 들려오는 소문의 하나는 '왕이 국가를 장악하는 힘이 약하여 국정이 문란해지고 있다.'는 것이었다. 이때 선조는 51세로 35년 동안 제왕으로 조선을 통치해 왔기 때문에 능수능란하게 국가를 다스릴 만 했는데도 나라를 제대로 이끌어 가지 못하고 있었다. 거기에는 무엇보다도 7년이라는 긴 기간 동안 일본과의 전쟁을 치르면서 자신의 무능을 철저하게 확인함으로써 스스로 자신감을 상실한 것이 크게 작용했을 것이다. 여기에다가 전후복구를 위해서 모든 관료들이 똘똘 뭉쳐 힘을 다 기울여도 부족한데 오히려 관료들이 당파를 지어 상대방을 비판하는 것으로 날을 지새우고 있으니 선조가 이끄는 조선 조정은 무기력해질 수밖에 없었다. 한응인은 누구보다도 선조의 마음과 정치적 역량을 잘 알고 있기 때문에 선조에게 이런 파행적인 정치국면을 벗어나기 위해서는 국민의 여론을 겸허하게 듣고 거기에 부합되는 정치를 할 것을 주문하였다. 그의 이 말은 왕으로 하여금 정치적 야욕과 편견을 가지고 있는 몇몇 정치인에게 의지하지 말고 대중을 위한 정치를 통하여 새로운 국면전환을 꾀해야 한다는 것이었다.

한응인은 좌찬성에 임명된 지 얼마 있지 않아 다시 호조판서가 되었고 5월 16일에는 병조판서가 되었다. 병조판서에 임명됨으로써 한응인은 38세 때인 1591년에 처음 예조판서에 오른 이후로 이·호·예·병·형·공조로 나누어져 있던 6조의 수장인 판서를 다 지내게 되었다. 한 부서의 판서만 지내도 관료로서 최고의 자리에 올랐다고 자랑할 만한데 한응인은 여섯 부서를 다 맡아 국정에 참여했으니 이는 개인적인 영광임은 물론이고 가문의 더 없는 경사가 아닐 수 없었다. 그가 병조판서에 올라 나라의 군사업무를 담당할 당시 일본은 조선과 외교관계를 회복하고자 노력하고 있었다. 그러나 국민의 대왜 감정이 적개심으로 고조되어 있고 조정에서는 대마도 정벌론까지 나오고 있던 터라 조야가 일본과의 외교관계 회복을 적극적으로 반대하고 나섰다. 그러나 조선의 집권자자들은 현실적으로 일본의 요구에 마냥 모르쇠로 일관할 수 없었다. 명나라 군대는 이미 1600년 9월에 완전히 철수해 버렸고, 이를 알고 있는 일본은 조선을 다시 침략하겠다는 재침설을 퍼뜨리면서까지 끈질기게 강화 협상을 요구해 왔으므로 조선 조정은 곤혹스런 입장에 처해 있었다. 그해 7월에 조선에서 청하지도 않은 일본 강화교섭사講和交涉使가 왔다. 이 외교사절을 맞이하고 대접하는 일은 예조에서 전담하는 것이지만, 당시에는 일본과 관계되는 일이기 때문에 병조에서 뒷짐만 지고 구경할 입장이 아니었다. 그때 온 강화교섭사는 조선 조정의 환심을 사기 위해서 2백 5십명의 조선인 포로와 함께 남충원南忠元을 앞세워서 왔다. 남충원은 덕흥대원군德興大院君의 사위이자 선조의 매부로 1579년 정유재란 때 청양현감靑陽縣監으로 재임 중에 일본군에게 잡혀 일본으

로 끌려갔다. 왜인들이 남충원을 데리고 와 풀어주었다는 것은 조
선 왕실에 대한 강한 압박으로 작용하였다. 일본은 자신들이 저지
른 만행을 반성하기는커녕 옛날 일은 없던 것으로 하고 두 나라가
대등하게 외교관계를 맺자고 하였는데 당장 선조는 이들을 처단
하고 싶은 마음뿐이었을 것이다. 그러나 조선의 현실을 생각하면
현재의 나라 형편과 병력은 조금도 믿을 만한 것이 못 되었으므로
문제를 해결할 방법을 찾아보아야 했다. 한응인의 생각으로는 일
본의 공세에 대응하기 위해서는 무엇보다도 명나라와의 의견 조
율이 선행되어야 한다는 것이었다. 명나라와 이 문제를 협의하기
위해서는 시간적인 여유가 필요했으므로 일본에서 온 강화교섭사
에게 조선이 명나라와 협의할 시간이 필요하니 본국으로 돌아가
기다리라는 말 밖에 할 수 없었다. 그리고 나서 명나라 조정에 그
내용을 자세하게 기록한 주문奏文을 보내는 것이 타당한 방법이라
고 생각했다.

　이 문제는 우여곡절 끝에 조선과 일본이 1609년 기유조약己酉條
約을 체결함으로써 타결되었다. 그가 병조판서로서 병권을 장악
하여 정사政事를 하니 이조판서 때와 같이 조정의 많은 문신들이
한결같이 그를 믿고 따랐다고 한다.

　이 해에 한응인의 아들 덕급(뒤에 벼슬이 동돈녕부사에 이르고 정령
군에 봉해졌다.)과 인급이 잇달아 사마시司馬試(생원시)에 합격하는
기쁨을 누렸다. 이로써 한응인의 뒤를 이어 자제들이 관료로 입문
할 수 있는 기틀이 마련된 것이다.

　선조 35년인 1602년 2월 2일 한응인은 다시 호조판서에 임명되

었다. 이때 왕자와 옹주들이 잇달아 대궐에서 나갔다. 그들이 대
궐에서 나갈 때는 나라에서 일정한 토지를 나누어 주었는데 그들
이 분배받은 땅은 넓이에 비해서 생산력이 크게 떨어 졌다. 그래
서 한응인은 황폐해져 생산력이 떨어지는 토지를 왕자와 옹주에
게 나누어 주기보다는 국가의 소유지인 물고기·소금·땔나무·숯
등을 생산할 수 있는 땅을 나누어 주어 실질적인 소득이 보장되도
록 했다. 이 일이 있은 이후로 궁가宮家에서는 어장漁場과 염전鹽田
을 하사 받는 것이 관례화 되다시피 했다.

1602년 6월에 장남인 덕급에게서 손자 수원이 태어났는데 한응
인으로서는 대를 이을 장손을 얻은 것이니 그 기쁨이 컸다. 그해
7월 2일에 한응인은 호조판서로서 선조와 인목왕후仁穆王后가 가
례를 치르기 위해 임시로 마련된 가례도감嘉禮都監의 부사副使가
되었다. 정사正使는 좌의정 김명원이었다. 선조의 첫 왕비인 의인
왕후懿仁王后 박씨는 자녀를 생산하지 못하였다. 선조는 후궁에게
서 13명의 아들과 10명의 딸을 두었는데, 후궁 중에 특별히 공빈恭
嬪을 총애하여 아들 임해군臨海君과 광해군光海君을 낳았다. 의인
왕후는 1600년 한양으로 환도한 뒤 승하하니, 선조는 그 2년 뒤인
1602년 7월에 김제남金悌男의 딸을 새 왕비로 들였는데 그녀가 바
로 인목왕후이다. 51세인 선조가 17세인 왕비를 맞이한 것이었다.
이로써 정실이 된 인목왕후(뒤의 인목대비)는 왕실에 들어온 지 4년
만에 아들을 낳았고, 그 아들이 바로 영창대군永昌大君이다.

1602년 7월 13일 묘시 정각에 선조는 원유관遠遊冠과 강사포絳紗
袍를 갖추고 별전別殿에 나아가 왕비 책봉례冊封禮를 거행하였다.

가례가 끝난 뒤에 선조는 한응인에게 상을 내리며 치하했다.

한응인은 1602년 11월에 호조판서에서 물러나고 청평군淸平君에 봉해졌다. 1603년 2월 6일에 정승을 추천하는 단자單子에 한응인이 천거되었으나 낙점을 받지 못하고, 1604년 12월에도 정승을 임명하는데 후보자로 이름이 올라가 있었으나 역시 임명되지 못했다. 이때에 장악원掌樂院 제조提調를 겸하였다.

우의정으로 처음 정승의 반열에 오르다

1606년 10월 1일에 한응인은 의정부 우의정에 임명됐다. 지금까지 여러 번 정승의 물망에 올랐지만 왕의 낙점을 받지 못하였다가 이때에 뜻을 이룬 것이다. 한응인은 매사에 근신하며 나라를 위해 충성을 다하였으므로 51세의 나이에 정승이 되었으나 주위에서는 한응인이 너무 빨리 재상이 되었다고 말들이 많았다. 이러한 주위의 분위기를 파악한 한응인은, 1606년 10월 6일, 7일, 10일에 우의정에서 물러나고자 하는 상소를 연이어 올렸다.

"생각하옵건대, 임금의 중요한 직분 가운데 하나는 정승을 임명하는 데에 있고, 고금의 치란治亂·안위安危는 다 어진 정승을 얻고 못 얻는 데에 달려 있으니, 상신相臣의 직임이 참으로 중대하지 않겠습니까. 이 때문에 정승을 임명할 때는 반드시 더욱 신중히 하여 왕의 선택에 모두가 동의하고, 몽복夢卜이 대길大吉에 맞아야 비로소 제수하였습니다. 이렇게 하지 않으면 천하 백성의 희망과 온 나라가 기대하는 여망에 부응할 수 없었습니다. 이제 겨우 난리가 평정되었지만 온갖 일이 삼분오열되어 갈수록 수습할 수 없는 지경에

이르게 되었으니, 이러한 때에는 반드시 덕망과 재지才智가 있어
세상 사람들이 존경해 마지않는 자를 뽑아 조정에 두어야 그가 세
무世務를 담당하여 널리 어려움을 구제할 수 있을 것입니다. 그런
데 정승을 제수하는 명령이 문득 늙고 변변치 못한 신에게 내리니,
이 사실을 보고 듣는 모든 백성들과 조야朝野가 다 실망하였을 것입
니다. 남들은 말하지 않더라도 신이 제 자신을 잘 알고 있으므로
신이 우의정에 제수되었다는 말을 듣고 부터 두렵고 조심스러운 나
머지 몸 둘 바를 모르겠습니다. 곧바로 이 직책을 사직하려고 하는
까닭은 참으로 성상을 보좌하는 일이 전혀 신에게 걸맞지 않아서
성상께서 사람을 알아보시는 총명에 누를 끼치고 조정의 중대한 관
직을 욕되게 하여 마침내 낭패스러워 스스로 조정에 설 수 없게 되
지 않을까 하는 두려움 때문입니다. 매우 어리석은 몸으로 이처럼
막중한 직임을 맡았는데 그 벼슬을 묻자면 의정 대신議政大臣이요
그 실속을 따져보면 속 빈 천부賤夫이니, 무슨 덕망이 있어서 민속
을 진정시킬 수 있겠으며, 무슨 학문이 있어서 응변할 수 있겠습니
까. 그 밖의 견식이나 기량도 논할 만하지 못한데, 이 어렵고 위태
한 때에 외람되게 재상의 자리에 있으면서 녹만 축낼 수 있겠으며,
하는 일 없이 세상일을 방관만 할 수 있겠습니까. 군국軍國의 큰
일에 있어서는 동료에게 도움을 바랄 수 있을지라도 여느 작은 일
까지도 모두 남에게 의지할 수 있겠습니까. 더구나 신이 재상을 천
거하는 단자에 이름이 올랐던 것은 처음부터 여러 정승의 이름과
함께 나란히 천거된 것이 아니고 실로 한 때의 과분한 은총에서 나
온 것입니다. 전후 예닐곱 해 동안에 번번이 저의 이름이 단자에
이름이 올려진 것은 저에게 정승이 될 만하다는 시망時望이 있었기
때문이라기보다는 다만 당초에 성상의 분부가 있었기 때문일 뿐입

니다. 시망이 없는 데도 이런 총명寵命을 받았다 하여 신이 은영恩榮을 탐내어 염치를 무릅쓰고 조정에 나와서 크게 감사한다면 공론이 어떻게 돌아가겠으며 백성들이 무어라 하겠습니까. 정부政府는 인물이 쓸 만한지를 시험하는 곳이 아니며 도당都堂은 못난 사람의 병을 치료하는 곳이 아닙니다. 전하께옵서 천지 부모天地父母의 덕으로 신의 재주가 쓸 만한 것이 아님을 헤아리시고 신의 말이 겉으로 사양하는 것이 아님을 살펴서 빨리 신에게 새로 내려진 명령을 거두시고 어질고 덕이 있는 사람을 다시 임명하시어 정부를 중히 하고 저의 어리석은 분수를 지키게 하소서. 그러면 공사公私가 다 행스럽게도 제대로 이루어지겠습니다. 성상의 마땅하신 처분이 있으시기를 바랍니다."

한응인은 이 글에서 자신이 정승으로서의 덕망과 재지가 부족하여 막중한 상신相臣의 직무를 감당할 수 없기 때문에 임금께서 사람을 알아보시는 총명에 누를 끼치고 조정의 중대한 명기名器를 욕되게 하고 있음을 고백하고 있다. 이 같은 사직의 변은 무거운 소임을 맡거나 세상 사람들이 주목하고 있는 고위직을 맡게 되었을 때 겸양의 뜻에서 의례적으로 낸 것에 지나지 않는다. 여기에서 말한 것처럼 정승의 자리는 능력이 없으면 오를 수 없고, 그만한 능력이 있더라도 시운을 타고 나지 않으면 오를 수 없는 자리이다. 직업 관료로 평생을 살아가는 사람이라면 누구나 최고의 목표로 삼는 것이 정승의 자리이기 때문에 한응인도 자신이 우의정에 오르게 된 것을 내심 좋아했을 것이다.

선조는 이번에도 "차자를 살피고 경의 성심을 잘 알았다. 경은 안심하고 취직하여 힘써 나를 보좌하라. 사직하지 말라."고 하며 사직을 허락하지 않았다. 그러나 6, 7년에 걸쳐 자신이 정승 후보자를 거론할 때 빠지지 않고 추천명단에 올랐던 것은 조정의 중망에 의해서가 아니라 임금의 지나친 은총 때문이라고까지 언급한 것을 보면 그의 사직은 중신들 간의 정치적 역학관계를 고려해서 자신의 입지를 넓히기 위해서 나온 것이라고 하겠다. 앞에서 간접적으로 당쟁으로 인해 한응인이 겪고 있던 사실을 얘기했지만, 그는 정승의 반열에 오르면서 더욱 정치적 파쟁을 의식하지 않을 수 없었다. 한응인을 서인이라고 하면서 색목色目을 밝히려는 사람들도 있지만, 이러한 추단은 한응인을 제대로 알지 못한 사람이 단순히 당파에 몸담고 있는 사람과의 친소관계에 비추어 추측한 것에 지나지 않는다. 한응인은 다만 정통적인 관료로서 성장했고, 그런 가운데에서 배양된 능문능리能文能吏한 역량과 나라에 대한 충성심이 선조의 맘에 들어 인신人臣으로서 최고의 자리에 올랐을 뿐이었다.

임진왜란을 겪으면서도 당쟁黨爭은 계속되었다. 왜란을 전후한 당쟁의 대략은 다음과 같이 정리할 수 있다. 선조 12년인 1597년에 율곡栗谷 이이李珥는 임금에게 「진세척동서소陳洗滌東西疏」를 올렸다. 이 상소는 이이가 동인과 서인의 당파를 뿌리 뽑아야 한다고 올린 글로 당쟁문제를 최초로 언급한 상소문이다. 심의겸沈義謙과 김효원金孝元의 대립으로 촉발된 사림의 갈등은 심의겸의 서인과 김효원의 동인으로 나뉘어 동서붕당의 당쟁이 시작되었고, 당쟁의 정도는 이미 이이가 우려할 만큼 심화되었던 것이다.

그 후 1589년에 일어난 정여립鄭汝立 사건으로 동인은 북인과
남인으로 나뉘어져 정계는 서인, 남인, 북인으로 개편되었고, 그
와중에 임진왜란을 겪게 되었다. 1597년 명나라 장수 정응태가 조
선을 모략하자 조정에서는 그에 대해 변명하는 사신을 보냈는데,
이 일로 북인은 다시 대북과 소북으로 갈라졌다. 소북파의 영수는
유영경柳永慶이고, 대북파의 영수는 이산해李山海와 정인홍鄭仁弘
이었다. 1598년 호조판서이던 한응인은 정응태가 명나라 군대의
경리로 왜적과 싸웠던 양호를 탄핵한 것이 옳지 않다는 것을 알리
기 위해 조선 조정에서 사신을 보낼 때, 명나라에 보내는 글을 작
성하면서 이 사건의 한가운데에 있었으나 파당에는 휩쓸리지 않
았던 것으로 보인다. 그 후 유영경은 이조판서로, 정인홍은 대사
헌으로 각각의 파당을 이끌며 치열하게 권력투쟁을 벌인 결과 유
영경이 영의정이 되어 대북파를 몰아냈다.

영창대군이 태어나자 선조는 정실의 소생이라는 점을 들어 갓
태어난 왕자를 세자로 책봉하려는 생각을 가지고 있었다. 그러나
이미 세자로 책봉되었던 광해군은 왜란 중에 분조分朝를 맡아 훌
륭히 임무를 수행하였고, 왕재王材로서 통치적 수완을 보였기 때
문에 선조로서도 어쩔 수가 없었다. 임금의 심정을 간파한 소북파
의 영수 유영경은 영창대군의 옹립을 은근히 부추기는 한편 선조
가 생전에 광해군에게 왕위를 물려주는 것을 극구 반대했다. 이와
는 달리 대북파의 영수 정인홍은 선조에게 생전에 광해군에게 왕
위를 물려줄 것을 주장하여 왕의 미움을 받았다.

앞에서 언급한 「백졸재연보」의 기록도 이러한 정황을 암시하고

있다고 볼 수 있겠다. 1598년 정응태 사건에서 남인과 북인의 갈
등에 휘말려 들지 않았던 한응인은 영창대군을 둘러싼 정계의 파
당적 움직임에서도 우의정으로서 파쟁의 한복판에 서 있던 영의
정 유영경과 일정한 거리를 유지함으로써 한 발 물러나 있었던 것
으로 보인다.

첫 번째의 사직상소가 받아들여지지 않자 한응인은 두 번째와
세 번째의 상소문에서 '습담濕痰'이라든지 '각기증脚氣症' 등 개인
의 병을 열거하며 사직을 거듭 요청하였으나, 선조는 그의 사직을
극구 만류하였다. 1606년의 사직 상소 외에 1607년에도 11월에 이
르기까지 이후 여러 차례에 걸쳐 사직을 요청하였으나 받아들이
지 않았다. 한응인이 11월에 올린 사직소는 여섯 번째 올린 것 이
였는데, 선조는 비답을 내리며 이렇게 타일렀다.

"나는 날마다 경卿이 출사하기를 바랐는데 여섯 번째의 사직소가
어찌 또 왔는가. 경은 나에게 황하黃河의 물이 말라서 허리띠와 같
이 좁아지고, 태산泰山이 닳고 닳아 숫돌처럼 작아질 때까지 영원
토록 충성을 다하겠다고 거듭 맹세했고 지금까지 기쁠 때나 근심스
러울 때를 가리지 않고 나와 함께 하였다. 그대는 지금 삼공三公의
지위에 있고 나를 도와 나라를 책임져야 할 임무를 띠고 있어 이처
럼 물러가기 어려운 몸인데도 굳이 물러나겠다고 하는 것은 무슨
뜻인가. 내가 경을 대우하는 성의가 혹 처음과 같지 않아서인가.
아니면 함께 정치를 할 만하지 못하다고 여겨 물러가려는 용기를
낸 것인가. 나는 현재 병으로 몸져누워 있고 북쪽 변방에는 조석으
로 변고가 이어지고 있어 내외內外가 어려운 시기를 당했는데, 대

신조차 정사를 돌보려 하지 않으니 국사國事를 처리함에 누구에게
의지하겠는가. 내가 이런 일들로 염려하게 되니 심병心病이 더욱
가중되고 증세가 점차 심해지는데, 경은 어찌하여 나의 병을 걱정
하지 아니하고 도리어 경의 병으로 사직하려고 하는가. 의리로는
군신君臣간이 되었고 은혜로는 부자父子와 같으니, 경은 깊이 생각
하지 않을 수 없을 것이다. 더구나 경의 나이를 보면 아직 벼슬을
그만둘 때가 아니고, 걱정하는 것은 바로 감기 때문이니 굳이 사직
치 말고 속히 출사하여 병중에 있는 나의 소망에 부응하라.”

선조의 이 비답은 선조가 세상을 떠날 즈음에 마지막으로 한응
인에게 무한한 애정을 전한 것이라고 하겠다. 선조는 몸에 큰 병
이 들어 몸져누워 있어 국사를 돌볼 수 없는 처지였고, 그리 되니
지금까지의 모든 것이 허사로만 느껴졌다. 그런데 선조가 평생 군
신의 의리로, 부자와 같은 정으로 교우해 왔던 한응인이 사정을
몰라보고 사직을 요구하는 것이 무척 섭섭하였을 것이다. 더욱이
왜란 이후로 국내의 정세가 혼란스럽고 변방에서는 명나라, 일본,
여진족과 끊임없이 승강이를 벌이고 있는 이 때 꼼짝달싹 할 수
없는 자신을 도와 줄 유일한 사람이 한응인인데 굳이 우의정 자리
에서 물러난다고 하니 야속스럽기까지 했다. 선조가 한응인에게
이렇게 매달리는 것은 대부분의 관료들이 사리사욕과 명예에 눈
이 어두워 파당을 지어 서로 헐뜯고 있는 현실에서 일부러 당색을
멀리 하여 자신의 지조와 정치적 소신을 지키려고 했던 한응인의
모습이 그의 눈에 더욱 커 보였기 때문일 것이다.
1607년 병중에 있던 선조는 전위傳位와 섭정攝政의 전교를 내렸

다. 광해군에게 왕위를 전위하고 여의치 않으면 섭정을 할 수도 있다는 것이었다. 선조는 자신의 병세가 위중하여 회복하기 어렵다는 사실을 알고 영의정 유영경·좌의정 허욱·우의정 한응인을 불러 이 일을 통고하며 말했다.

"내가 평소에 병이 잦아서 비록 평일이라 해도 온갖 정무를 결정하기가 난감했는데 하물며 지금처럼 병중에 있음에랴? 몸져누운 지가 1년이 다 되어 가는데 조금도 차도가 없고 정신은 혼미하고 마음의 병은 더욱 무거워지니 이와 같아서야 계속해서 임금의 자리를 감당할 수 있겠는가? 세자 광해군이 장성했으니 고사에 의거해서 전위할 수 있고, 만약 전위하는 것이 어렵다면 또한 섭정할 수도 있으니 전쟁과 나라의 중대한 일에 대비하여 이와 같이 하지 않을 수가 없다. 이 일을 속히 거행하라."

한응인이 동료 재상들과 더불어 선조의 이 말을 심각하게 논의하고 나서 아뢰었다.

"신등이 엎드려 주상의 옥음玉音을 듣고 놀랍고 두려워 아뢰올 바를 알지 못하겠습니다. 주상께서 여러 달 조섭調攝을 하신 이래로 비록 완쾌되시지는 못하셨지만 수라를 조금씩 드시어 원기가 차차 돌아오시니, 온 나라의 신민들이 멍하니 환후가 회복되실 날만을 기다려왔습니다. 뜻밖에 오늘 갑자기 이러한 명을 내리시니 신 등은 번민이 밀어닥치는 것을 견디지 못하겠습니다. 전쟁에 관한 일이나 나라의 기밀업무는 비록 조섭하시고 요양하시면서 쉽게 처리하실 수 있사오니 바라옵건대 이 일로 염려하지 마시고 심기를 편안하게 하시어 조섭요양에 전념하신다면 종묘와 사직이 몰래 보우하사 전하의 환후는 저절로 나으실 것이옵니다. 이것은 다만 신 등의 바람일 뿐만 아니라 모든 신하들의 뜻이기도 합니다.”

선조가 이렇게 답을 내렸다.

“이와 같이 조섭요양하여 연명하려 한다면 이것은 먹는 것을 물리치고 살기를 바라는 것과 같다. 가련한 인생이여! 가련한 인생이여!”

선조가 한응인을 비롯한 삼공과 나눈 대화는 선조가 아직 기운을 잃지 않았을 때 이루어진 것으로 왕과 신하가 영원한 이별을 뜻하는 비장한 내용이었다. 선조는 자신이 세상을 떠나야할 시간이 시시각각으로 다가온다는 것을 알고 있었다. 40년 넘게 조선에 군림했던 제왕의 모습은 온데간데없이 인생의 무상함을 절규하고 있는 것이다. 죽음을 앞두고 하나의 필부匹夫로 돌아가 삶의 끝자락을 붙잡고 절망하고 있는 선조를 앞에 두고 한응인은 인간적으로 위로할 말이 없었을 것이다. 그 자리에서 조용히 물러나왔다.

선조와 실질적인 이별을 한 한응인은 이 같이 어려운 국면을 전환시킬 방도가 없어 평소처럼 지냈으나 울적해 하며 근심 속에서 나날을 보냈다. 그러던 차에 해를 넘긴 1608년 1월에 유영경과 정적 관계에 있던 정인홍은 작년 10월에 있었던 선조의 전위와 섭정에 관한 전교에 대하여 ‘유영경이 세자인 광해군을 제쳐두고 어린 영창대군의 편에 서서 선조의 의견을 왜곡되게 전했다.’고 하며 유영경을 탄핵하는 상소를 올리고 아울러 한응인도 유영경과 같은 무리라고 탄핵을 하였다. 이로 인하여 한응인은 우의정의 자리에서 물러나고자 하였으나 선조는 정신이 혼몽한 중에도 허락하지 않았다.

선조를 보내며 유교칠신이 되다  

　　정인홍의 상소로 인하여 한응인이 대죄待罪를 한 지 얼마 후인 2월 1일 선조는 재위 41년 만인 57세의 나이로 승하하였다. 이로써 선조와 한응인의 관계는 끝났다. 한응인은 양친을 잃으면서 혈육이 헤어지는 아픔을 통렬하게 느꼈지만 군신의 관계에 있던 선조의 죽음을 맞이하면서 자신을 믿고 인정해 주던 가까운 지음知音을 잃었다는 상실감도 그에 못지않음을 절감하였다.

　　선조가 시험을 주관하던 1577년의 알성시調聖試에서 선조와 첫 인연을 맺은 뒤로 32년간 그의 곁을 떠나지 않았기 때문에 두 사람은 군신의 관계에서 더 진전하여 친구나 가족 같은 친밀감을 가지고 있었다. 그러나 이날로 두 사람은 영결종천永訣終天하였으니 애통한 일이 아닐 수 없었다. 한응인은 '왕의 죽음은 하늘이 무너지는 것과 같다.'고 한 천붕天崩의 의미를 뼈아프게 깨달았을 것이다.

　　선조는 두 통의 유서를 남겨 사후의 일을 부탁했다. 한 통의 유서는 자기를 이어 왕위에 오를 세자에게 남긴 것으로 동기同氣인 어린 영창대군을 자신을 대신하여 잘 보살피라는 유시였다. 두 번

째 유서에서도 마찬가지로 영창대군의 미래를 부탁한다는 내용이
들어 있고, 특별히 영창대군을 보호할 유교칠신遺敎七臣을 지목하
여 그 이름을 봉투 겉에 기록하였다. 그 일곱 신하는 유영경柳永
慶, 한응인韓應寅, 박동량朴東亮, 서성徐渻, 신흠申欽, 허성許筬, 한
준겸韓浚謙 등이었다. 이들 일곱 명의 신하는 평소에 선조의 총애
를 받던 인물이었는데 이들 모두가 왕실의 왕자나 부마駙馬들과
인척姻戚 관계를 맺고 있는 것이 공통점이었다. 한응인의 집안을 보
면, 멀리로는 6대조인 한확이 성종의 외조부이며, 가까이로는 자신
이 왕족인 의창군 6세 손녀와 결혼했고, 자신의 손녀가 왕실에 시집
을 갔기 때문에 왕실과 명실상부한 인척관계를 맺고 있었다.
　「백졸재연보」에 따르면 유교를 받은 정황은 다음과 같다.

　"과인이 왕위를 더럽히고 신민에게 죄를 지었으니 이는 나라를
연못이나 골짜기에 떨어뜨린 것과 같았다. 지금 갑자기 병을 얻으
니 길고 짧은 것은 운수에 있고, 죽고 사는 것은 명에 달려 있다.
낮과 밤을 어기는 일은 성현이라고 하더라고 할 수가 없는 것이니,
다시 무엇을 원망하겠는가? 다만 어린 영창대군이 성장하는 것을
볼 수가 없으니 이것 때문에 마음이 편안치 않을 따름이다. 내가
죽은 뒤의 인심은 헤아리기 어려우니 만일 사특한 말을 하는 자가
있으면, 바라건대 여러분들이 사랑으로 영창대군을 보호하고 붙들
어 달라."

　선조가 세상을 떠난 뒤에 정권을 잡은 정인홍의 대북파는 소북
파의 영수인 유영경을 제거하는 데 온힘을 기울였다. 그런 정치적

파쟁 속에서 한응인에게서는 유교칠신의 일원이었고 유영경 밑에서 우의정을 지냈다는 점 말고는 별 트집 잡을 거리를 찾아내지 못했다. 더구나 한응인이 우의정으로 발탁된 것이 당쟁이라는 정치적 역학관계에서 나온 것이 아니라 선조가 특별히 그를 총애하여 발탁한 사실을 광해군도 잘 알고 있었기 때문에 크게 문제 삼지 않았다. 그러나 한응인이 유교칠신의 일원이라는 점은 이후로 정인홍이 끈질기게 문제를 삼는 빌미가 되었다.

국상을 마치자 영의정과 좌의정은 파직되었다. 한응인은 새 왕이 즉위하였기 때문에 '새 술을 새 부대에 담는다.'는 말처럼 스스로 물러나기로 작정하고 병을 핑계로 세 번에 걸쳐 사직소를 올렸으나 광해군이 윤허하지 않아 우의정의 직책은 그대로 유지되었다. 이때 이이첨李爾瞻(1560~1623)은 선조의 병세가 위태롭게 되자 광해군이 머잖아 왕위에 오르리라고 생각하여 정인홍과 함께 정권을 주도하다시피 했다. 세간에서는 이이첨이 김 상궁과 함께 선조의 독살을 꾀했다는 소문까지 나돌 정도로 적극적으로 광해군을 옹호하는 자세를 취했기 때문에 권력은 점점 이이첨 쪽으로 이동해 갔다. 그가 이처럼 왕권교체기에 득세하게 된 것은 무엇보다도 광해군의 처남인 유희분柳希奮(1564~1623)과 만난 것이 계기가 되었다.

선조가 세상을 떠나자마자 광해군의 형인 임해군의 역모사건이 터졌다. 임해군과 광해군은 공빈恭嬪 김 씨의 두 아들인데 임해군은 성격이 포악하고 왕재로서의 역량이 부족하여 광해군에게 밀려 적자승계嫡子承繼를 이루지 못했다. 선조가 운명하자마자 임해

군은 자신을 추종하는 대신들과 결탁하여 명나라에서 자신을 왕
으로 봉해 줄 것을 모의한 사건이 발생하였다. 그는 국상國喪 중인
데도 체포되어 처벌을 기다리는 신세가 되었다. 임해군을 유배시
키는 문제를 두고 조정에서는 심각한 논의가 벌어졌다. 한응인은
국상을 당한 이때에 이런 역모의 변이 일어난 것을 안타까워하며
말했다.

"이 일은 종사宗社에 관계되는 것이어서 국상 중이라 할지라도
대의大義에 의해 결단을 내리지 않을 수 없습니다."

한응인은 선조의 곁에 있으며 선조를 음으로 양으로 도왔기 때
문에 큰아들인 임해군에 대한 선조의 고심을 십분 이해하고 있었
을 것이다. 그러므로 임해군의 패덕스런 행동이 결국 역모사건에
까지 연루된 것을 몹시 가슴아파했으리라고 본다. 한응인은 임해
군 역모사건의 전말顚末을 따져 볼 입장이 못 되었고, 국상 중에
벌어진 두 왕자 간의 권력 쟁탈전에 함부로 끼어들 수도 없었다.
그래서 조정의 일각에서는 이 사건을 마무리하기 위해서 임해군
을 절해고도絶海孤島에 귀양 보내자는 주장이 제기되었다. 그러나
한응인이 중재안을 내놓았다. 새로 임금이 된 광해군이 형제간의
우애를 버리지 말아야 한다는 백성들의 여론을 존중하여 그를 죽
이지는 말고 강화도 교동에 위리안치圍籬安置 시키자고 건의했다.
더욱이나 세간에서는 임해군의 역모사건이 다분히 정권교체기에
새롭게 정권을 잡은 쪽에서 강한 독점력을 과시하기 위한 수단으
로 이이첨·유희분 등이 공모하여 일으킨 사건으로도 얘기되고 있
어 한응인의 건의는 설득력을 얻을 수 있었을 것이다.

한응인은 3월 5일 세 번째로 광해군에게 우의정에서 물러나겠다는 사직소를 올렸으나 광해군이 윤허하지 않았다. 그러나 한응인과 같이 정승의 자리에 있었던 영의정 유영경은 영창대군 비호 문제로 정인홍·이이첨 등의 탄핵을 받아 우리나라 최북단에 위치한 경흥慶興으로 유배를 떠났다. 선조 아래에서 같이 정승자리에 있으면서 국사를 돌보았는데 죄인의 몸으로 유배를 떠나는 유영경을 보며 한응인의 마음은 결코 편하지 못했을 것이다. 그러나 당시 새로운 정부에게 희생양이 될 수 있는 구정권의 인물을 찾는 데 혈안이 되어 있던 정인홍·이이첨·유희분 등이 한응인을 주목할 수 없었던 것은 그는 결코 정치적으로 부패했거나 편당을 지어서 다른 사람을 해치는 일을 하지 않았기 때문이다. 그러므로 한응인은 광해군이 즉위 한 뒤에도 국정을 논하는 곳이면 전면에 나서서 원로로서의 의견을 개진했고, 그러한 제안은 대부분 받아들여져 조정에서의 위상이 그리 흔들리지 않았다.

한응인은 광해군이 즉위한 1609년 3월 말경에 우의정에서 물러난 듯하다. 「광해군 일기」 즉위년 4월 27일 조에 보면 우의정이 심희수沈喜壽로 나오고 한응인이 청평부원군으로 되어 있는 것을 보면 그가 우의정에서는 벗어났으나 의정부의 소속으로 국정에 계속 가담하며 왕의 자문에 응하고 있었음을 알 수 있다. 그해 10월에는 막내아들인 인급仁及(호는 현석이고, 뒤에 벼슬이 형조판서에 이르렀다.)이 증광문과增廣文科에 발탁되었다. 한응인은 1610년 윤 3월에 대신으로서 광해군의 생모인 공빈恭嬪 김 씨의 추숭문제에 관하여 의견을 바치는 등 조정의 일에 참여하였다. 이때 광해군이 공빈을 추숭하려 했으므로 예조에서는 그녀를 왕비로 추숭하여 따로 묘를 세워야 한다고 아뢰었다. 광해군은 공빈을 왕후의 존호로 높이고, 따로 묘를 세워 예의를 갖추어 능陵으로 봉하고자 했다. 삼사에서 이 일을 의논하여 아뢰었으나 윤허하지 않고 대신들이 의논하여 중론을 모으게 하였다. 이 기간 한응인의 대신으로서의 행적은 「백졸재연보」에 다음과 같이 기록되어 있다.

"지금 추숭하는 일은 나라의 큰 예이니, 할 수 있는 데 하지 않고, 할 수 없는 데 하는 것은 모두 실례失禮로 이것을 선유先儒들은 더할 나위없는 불효라고 일컬었습니다. 이 일은 신중히 하지 않을 수가 없습니다. 해당 관서에서 충분히 헤아려서 처리하는 것이 아마도 가장 합당한 것 같습니다. 제 생각으로는 묘를 세우고 능으로 봉하는 일은 가능하다고 봅니다."

광해군이 대답하였다.

"왕후의 존호를 올리는 것은 단연코 그만 둘 수가 없다. 후세에 비록 엄숙하고 날카로운 비난이 있을지라도 내가 스스로 그것을 감당하리라."

드디어 추숭하여 공성왕후恭聖王后라고 했다. 임해군이나 영창대군에게 유죄판결을 내리고 죽음에 이르게 했던 사건이 전 왕조와의 단절을 의미한다면, 공빈을 왕비로 추숭하는 일은 새 왕조의 정통성을 확보하기 위한 적극적인 조치였다고 할 수 있다. 한응인은 이 문제에 더 이상 깊이 간섭하고 싶지 않았을 것이다. 이 일은 광해군이 왕위를 이어받아 새롭게 출발하면서 그 어머니를 추숭하려는 효심에서 나온 것이었기 때문에 반대할 명분도 없었다. 또한 이 일은 어떻게 보면 출발한지 얼마 되지 않은 신생 왕조에 참여한 사람들이 뜻을 모아 일할 수 있다는 상징적인 의미를 지니고도 있어 조야에서 쉽게 반대하거나 부정할 수는 없었다.

이해 5월 26일 의금부에서는 정여립의 역모사건에 연루되어 삭탈관직된 이발李潑·백유양白惟讓·정개청鄭介淸의 관작을 복원하고 재산을 돌려주자는 의견을 제시했다. 정여립의 역모사건으로 벌어졌던 기축옥사己丑獄死는 선조 때 일어난 사건 가운데 임진왜란 다음으로 큰 사건이었다. 이 일은 1589년에 일어났으니 1610년 5월에서 역산하면 22년 전의 일로서 어느 정도 잊혀져 가고 있던 사건이었다. 기축옥사를 일으키고 당시 가혹할 정도로 관련자를 처벌한 것은 다분히 동인과 서인간의 권력투쟁과 관련되어 있으므로 이때 피해를 입은 쪽에서 본다면 자신들을 정치적인 희생물이었다고 생각할 수도 있었다. 이 사건을 새 정권에서 다시 부각시킨 측은 당시 많은 피해를 보았던 동인들에 의해서였는데, 그 중심에는 당시 정여립과 관련되어 있다고 하여 고초를 겪었던 정인홍이 있었다. 이 문제가 다시 불거지자 당시에 이 일에 연관되었던 사람들은 곤혹스러웠다. 당시에 관료생활을 하며 이 일과 직·간접으로 연관된 이원익·이항복·윤승훈·심희수와 한응인이 바로 그들이었다. 이들은 기축옥사가 20년이 지난 사건이기 때문에 당시의 정황을 정확하게 반추하기는 어렵지만 희생자들에 대해 날카로운 비판을 가하기보다는 당시에 잘못 이해되거나 정치적인 해석이 가해진 부분을 새롭게 조명하여 가급적 희생자들의 원한을 풀어주자는 쪽으로 의견이 모아졌다. 이 사건이 일어날 당시에 선조가 직접 죄인을 국문하고 수많은 사람이 극형에 처해져 죽임을 당했기 때문에 온 나라가 공포의 도가니에 빠졌었는데 세월은 역사의 칼날을 무디게 하는 마력을 지니고 있어 20년이 지난 지금 가해자의 입장에 섰거나 피해자의 입장에 놓였던 사람들 모두가 용서와 화해를 주문하고 있었다. 이원익을 비롯한 여러 사람들이 의견을 개진한 뒤에 한응인이 발언에 나섰다. 그는 처음 이 사건을 조정에 고발한 당사자이고, 이 일로 인하여 공신록에 1등 공신으로 이름이 올려졌으므로 만감이 교차하는 가운데 입을 뗐다.

"기축년의 옥獄을 다스릴 때에 신이 승지로서 혹 국청에 참여하기도 했습니다. 지금은 병들고 혼미하여 모두 다 기억할 수가 없어 이발 등의 일을 일일이 아뢸 수 없는 것이 유감스럽습니다. 대개 공론이 일어난 지가 오래 되었는데, 지금에 와서 이 일에 대한 논의가 더욱 격렬해지고 있으니 지금 당장 명령을 내리시어 세상 사람들이 바라는 것처럼 억울한 누명을 쓴 사람의 명예를 회복시켜 주게 하소서. 유양의 서찰이 오고 간 일 또한 소신이 상세히 알 수가 없습니다. 그러나 그 때에 들은 바는 또한 주상의 가르치심과 같사옵니다."

한응인은 이 일을 통하여 권력은 무상한 것이고, 세상에는 영원한 것이 있을 수 없다는 진리를 새삼스럽게 느꼈다. 또한 정여립의 역모사건 같은 중요한 역사적 사건도 보는 사람의 시각이나 이념의 차이에 따라 달리 해석할 수 있다는 사실을 절감했다. 이 자리에서 한응인은 자신이 57세의 노정객老政客이지만 세상의 흐름을 읽는 데는 청맹과니에 지나지 않다는 사실을 절실하게 느꼈다. 한응인은 머잖아 자신이 새 정권을 창출하고 권력의 핵심에 있는 사람들에 의해서 퇴출되리라는 생각을 하면서도 묵묵히 자기에게 주어진 일을 해 나갔다.

7월에는 오현五賢을 문묘에 종사하는 문제에 대해서 자문하기도 했다. 한훤당寒暄堂 김굉필金宏弼, 일두一蠹 정여창鄭汝昌, 정암靜菴 조광조趙光祖, 회재晦齋 이언적李彦迪, 퇴계退溪 이황李滉 등 조선의 도학을 크게 일으키고 선양했던 오현을 성균관의 문묘文廟에 종사從祀하는 일을 논하는 조정회의에서 한응인은 이렇게 말했다.

"다섯 현인을 종사하는 것에 대해서는 사론士論이 이미 정해졌고, 나라 사람들의 생각 또한 그와 같습니다. 오직 그 일을 단호하게 실행하는 것만 남았습니다."

오현을 종사할 때의 제사와 고유告由하는 일이 마땅한지의 여부에 관한 의견을 물으니, 한응인이 이렇게 말했다.

"이 성대한 의식을 맞이하여 응당 관리를 보내어 제사하고 고유하는 절차가 있어야 합니다. 오직 해당 관서에 명하시어 널리 옛날의 예를 상고하여 그에 따라서 적절하게 처리하는 것이 마땅하온 줄 아옵니다. 지금 이 일은 사문斯文의 성대한 일로 천년에 한 번 이나 있을까말까 하는 일입니다. 그리고 양무에 종사하는 반열의 유약약·마융·등예 등은 이미 중국의 문묘에서는 물리침을 당한 사람입니다. 이와 같이 오래 전부터 이어져온 잘못이 아직도 바로잡혀지지 않고 있는 것은 진실을 외면하는 일에 지나지 않습

니다. 중국에서 법을 만든 것을 모방하여 이목을 일신시키되 이
또한 예조로 하여금 잘 살펴서 시행하게 하는 것이 마땅하온 줄
아옵니다."

　한응인은 새 왕조에서도 원로로서 중요한 국사의 결정에 조언
을 하고, 왕이 국사를 처리하는데 자문역할을 활발하게 전개하여
대신으로서의 면모를 지켜 나갔다. 오현을 성균관 문묘에 배향하
여 제사 지내는 문제는 이미 선비들 사이에서 공인된 것으로 다만
정성을 다해 제사를 지내면 되는 것이었다. 한응인의 이 같은 자
문은 사리에 들어맞았고 발언 내용에도 무게가 실려 광해군은 그
대로 따랐다. 이해 8월에는 삼정승의 인사가 있었는데 한응인이
추천자 명단에 이름이 올려져 우의정 후보로 거론되기도 했다. 이
는 전 정권의 중심에 서서 정권의 균형감각을 위해서 끊임없이 노
력했던 한응인을 누구보다도 잘 알고 있었던 광해군으로서는 아
버지 선조에 이어서 한응인을 신뢰하고 있다는 의미이기도 했다.
그러나 광해군을 에워싸고 있는 신주류 실세들은 새로운 정치적
틀을 짜기 위해 기존의 가치 기준과 기성 정치세력에 대하여 자신
들의 개혁논리를 적용해 나가기 시작했다. 심지어 좌찬성 정인홍
은 성균관 문묘에 종사된 5현 가운데 퇴계 이황과 회재 이언적을
비난하는 상소를 올려 물의를 일으키기도 했다. 정인홍의 이러한
도전을 전국 유림에 대한 폄하로 인식한 성균관 유생들은 정인홍
의 이름을 유적儒籍에서 삭제해 버렸다. 그러나 이 사실을 알게 된
광해군은 크게 성내며 정인홍을 유림에서 내쫓은 주동자의 이름
을 성균관의 유안儒案에서 삭제하게 하고, 최종 책임자인 대사성

과 장무관掌務官을 파면조치 시켰다. 이 사건에서 보면, 광해군의 숨겨놓았던 독아毒牙가 그 흉한 모습을 드러내기 시작하였다고 하겠다. 정인홍의 지나친 처사에 분노하던 임숙영任叔英이 과거시험인 병시丙試에 응시하여 급제하였는데 그때 제출한 시험답안지에 임금의 덕과 조정의 정치형태에 대해 비판적인 내용의 글을 썼다. 광해군은 이 내용을 트집 잡아 그를 합격자 명부에서 삭제하도록 명령을 내렸다. 삼사三司와 조정의 원로들이 극구 만류했으나 광해군은 물러서지 않았다. 왕위에 오른 지 3년 차에 지나지 않은 광해군이 이러한 심상찮은 일을 저지른 것은 추종자들의 충동질이 크게 작용했겠지만, 광해군은 너무 일찍부터 제왕으로서의 인내심이나 포용력을 상실해 가고 있었음을 의미한다. 이 두 가지 문제에 대해서 나라의 원로인 한응인은 묵묵부답으로 침묵할 수는 없었다. 한응인은 정인홍의 사설邪說과 아울러 성균관의 관리를 파직하여 교체한 것, 그리고 임숙영을 등과에서 삭제한 일 때문에 마음이 편치 못하다는 것을 주상에게 아뢰었다. 광해군은 원로대신인 한응인의 고뇌에 찬 조언에 조금도 반성하는 기색을 보이지 않고 오히려 불쾌한 감정을 드러내며 말했다.

"유생들이 정인홍을 유적에서 삭제한 일은 전례가 없는 행동이고, 임숙영은 정해진 과제科第의 서술방식을 따르지 않고 오히려 뒷날에 있을 폐단을 아뢰었으니 삼사의 의견이라도 따를 수는 없소."

광해군과 한응인 사이가 불편해진 것을 기화로 삼아 한응인을 파직해야 한다는 대북파의 요청이 끊이지 않았고, 삼사三司에서도 이 일을 의논하여 삭직削職할 것을 청하였다. 대북파에서 제기하는 혐의는 이러했다. 한응인이 광해군의 왕위 계승을 반대하고 영창대군을 옹호하는데 앞장섰던 유영경과 함께 정승의 자리에 있으면서도 유영경의 처사에 반대는커녕 오히려 동조했다는 것이었다. 대북파로서는 유영경과 관련된 일은 새 정권의 정체성에 관련된 문제이므로 용납하려고 하지 않았다. 또한 대북과의 입장에서는 선조가 치세했을 때 권력의 가장 중심에 서 있던 실세가 유영경과 한응인이기 때문에 어떠한 방법으로든 그들을 타도하지 않고서는 새 정권의 독자적인 권력 창출이 어려웠을 것이다. 이미 유영경은 처벌을 받아 삭탈관직을 당한 채 함경도 최북단에 중도부처中途付處되어 있었으므로 마지막 공격 대상은 한응인이었다. 이해 8월 28일과 29일에 연이어 사헌부에서 한응인의 죄안罪案을 만들어 왕에게 아뢰었다.

"청평 부원군 한응인은 지난 정미년 겨울에 적신賊臣 유영경과 함께 재상의 자리에 있었는데, 그때 선왕께서는 몹시 위독하시어 종사의 대계를 신하들에게 물으셨습니다. 이때 응인이 붓을 쥐고 선왕께서 대답하시는 글을 기록하면서, 시종 영경의 생각에 맞추어 흉악하고 패려한 말들을 손가는 대로 써냈습니다. 그러자 자리를 같이 했던 신료들이 잘못된 내용을 지워 없애기를 청하기까지 했는데도 응인은 한마디도 바로잡은 말이 없었습니다. 급기야 공론이 제기되어 일을 함께 한 사람들이 모두 형장刑杖을 받았으나 한응인만 유독 처벌을 받지 않았습니다. 이것만도 놀랍기 짝이 없는데, 달리 잘못이 없는 원임 대신과 더불어 정승을 추천하는 단자單子에 이름이 올려 있기까지 하였으니 세상의 여론이 통분하고 있습니다.

그를 파직시키고 서용하지 마옵소서."

  이런 파직의 소가 여러 군데서 열 번 이상 광해군에게 전달되었
다. 그러나 광해군은 한응인에게만은 책임을 묻지 않으려고 작심
했는지 끝까지 버텼다. 광해군이 파직을 허락하지 않은 이유는 자
세히 알려져 있지 않다. 부왕인 선조가 부자관계처럼 한응인과 가
까이 지냈고, 한응인이 선조의 유언을 받아 적을 때 아무런 사심
없이 있는 그대로 옮겨 적었다는 사실을 누구보다도 광해군이 잘
알고 있었으므로 한응인을 치죄治罪할 명분이 없었다. 그러나 권
력을 장악한 사람들이 사간원·사헌부·삼사 등을 동원하여 하루
가 멀다않고 한응인 파직을 요구하는 소를 올려 광해군의 심사를
불쾌하게 하니 광해군으로서도 어떻게 해 볼 도리가 없었다. 새
정권 창출에 공이 크다고 자부하는 몇 사람의 작전세력이 조정의
여러 유력한 기관을 동원하여 공격하였으므로 광해군은 손을 들
수밖에 없었다. 1611년 9월 8일 광해군은 한응인을 파직하라는 명
을 내렸다. 그러나 한응인을 정권에서 철저하게 몰아내기로 작정
한 사람들은 그의 파직만으로 만족하지 않았다. 한응인이 선조 때
에 나라에 훈공을 세우고 받았던 작위까지도 삭제시킬 것을 집요
하게 요구하였다. 광해군은 파직만으로도 한응인에게는 지나친
처벌이라고 생각하여 작위는 빼앗을 수 없다고 유시하였다.

  "한응인이 어찌 이렇게까지 했겠는가. 논한 바가 지나치게 무겁
지 않은가. 설혹 잘못이 있더라도 이 사람은 선대 조정의 훈구 대신

이니, 용서하여 그냥 두고 이후로는 논하지 말라. 그리하여 그로 하여금 녹을 잃지 않도록 해야 할 것이다."

광해군은 한응인에 대한 수십 차례에 걸친 삭탈관직 요구를 끝까지 반대하지 못하여 어쩔 수 없이 파직만 허락했을 뿐 적극적으로 내치지는 않았다. 여기에서 보더라도 광해군은 한응인에게 나쁜 감정을 가지고 있지 않았음을 알 수 있다. 결국 이해 8월에 파직을 시켰다가 4개월이 지난 12월 22일에 관직을 회복시키라고 이조에 명을 내렸다. 한응인이 파직될 때 예부에 반납했던 직첩職牒을 다시 되돌려 주는 것은 사면령이나 마찬가지였다. 한응인은 관료의 신분증명서인 직첩을 되돌려 받으면서 자신이 선조를 도와 직업 관료로서 살아온 평생을 다시 돌이켜 보았을 것이다. 세상이 아무리 험악하고 고달파도 정직하게 세상을 살아가면 그렇게 억울한 대접을 받지 않는다는 사실을 확인할 수 있었다.

정인홍·이이첨·유희분을 중심으로 한 대북파의 정치적 공세는 끊임이 없었고, 이런 소용돌이 속에서 이른바 '칠서七庶의 옥사'가 일어났고, 그것이 계축옥사로 이어지면서 정계는 다시 요동치기 시작했다.

계축옥사로 야인으로 돌아가다  

1608년 선조가 죽고 광해군이 즉위하자, 정인홍鄭仁弘·이이첨李爾瞻 등 대북파는 선조의 적자嫡子이며 광해군의 이복동생인 영창대군永昌大君을 왕으로 옹립하여 반역을 도모하였다는 구실로 소북파小北派의 우두머리이며 당시의 영의정인 유영경柳永慶을 사사賜死하는 등 소북파를 모조리 몰아내었다.

대북파에서는 계속하여 선조의 계비繼妃이며 영창대군의 생모인 인목대비仁穆大妃와 그의 친정아버지 김제남金悌男을 몰아낼 궁리를 하고 있었는데, 때마침 조령鳥嶺에서 은상인銀商人을 죽인 이른바 '박응서朴應犀의 옥사'가 일어났다.

1613년(광해 5년) 문경새재에서 상인을 죽이고 수백 냥을 약탈한 강도 일당은 영의정을 지낸 박순의 서자庶子 박응서, 심전의 서자 심우영, 목사를 지낸 서익의 서자 서양갑, 평난공신 박충갑의 서자 박치의, 박유량의 서자 박치인, 북병사를 지낸 이제신의 서자 이경준, 서얼 허홍인 등 권력가들의 서자 일곱 명으로 밝혀졌다. 이들은 허균, 이사호, 김장생의 이복동생 김경손 등과 사귀면서

스스로를 죽림칠현竹林七賢 또는 강변칠우江邊七友라고 일컬어 오
며 하나의 사회적 압력단체로 행세하기도 했다. 광해군이 왕위에
오르자 이들은 과감하게도 서얼의 차별대우를 없애달라고 하기도
하여 당시 반·상班常의 계급질서가 엄격했던 신분사회에서는 용
납하기 어려운 계급타파를 구호로 내세웠다. 또한 윤리가 필요 없
는 집이라는 뜻의 '무륜당無倫堂'을 짓고 그곳을 근거지로 소금장
수, 나무꾼 등으로 행세하며 전국에 출몰하여 화적질을 일삼다가
새재에서 상인들을 죽이고 돈을 약탈하기에 이른 것이다. 그러나
이때 피살된 상인의 노비가 이들의 뒤를 미행하여 근거지를 알아
내어 포도청에 고발함으로써 이들은 일망타진되기에 이르렀다.

하지만 대북파는 이 '칠서七庶의 옥'을 단순한 강도 사건으로 끝
낼 수 없었다. 이이첨 등 대북파의 중심 세력들은 이 사건을 정치
적으로 이용하여 영창대군을 몰아낼 계획을 세우게 된다. 이이첨
과 그의 심복 김개, 김창우 등은 포도대장 한희길, 정항 등과 모의
하여 이들 서얼 출신 화적들이 자금을 모아 영창대군을 추대하려 했
다는 자백을 얻어냈다. 이러한 조작된 자백은 이렇게 구성되었다.

칠서 중의 한 사람인 박응서가 광해군에게 비밀 상소를 올리기
로 하고, 그 상소문에서 자신들이 1608년에 명나라 사신을 저격한
적이 있고, 이어 사회적 혼란을 일으킨 뒤에 군자금을 비축하고
무사를 모아 영창대군을 옹립하고 인목대비로 하여금 수렴청정을
하게 한다는 것이었다.

이 상소문의 파장은 대단했다. 박응서의 상소 이후 대북 세력은
서양갑을 국문한 끝에 인목대비의 아버지 김제남金悌男(1562~1613)

이 자신들의 우두머리이며 인목대비 또한 모의에 가담하기로 했다는 자백을 얻어내게 된다. 대북파는 이 사건으로 종성판관 정협鄭浹(1561~1611)을 비롯하여 선조로부터 인목대비와 영창대군의 안위를 부탁받은 신흠, 박동량 등의 일곱 대신 및 이정구, 김상용, 황신 등의 서인 세력 수십 명을 하옥시켰다. 김제남은 사사되고 그의 세 아들도 화를 당하였으며, 영창대군은 서인庶人 신분이 되어 강화도 교동에 위리안치 되었다. 영창대군은 이듬해 이이첨의 사주를 받은 강화부사江華府使 정항鄭沆에 의해 불에 타서 죽었다.

이 사건으로 인하여 결국 영의정 이덕형李德馨, 좌의정 이항복李恒福을 비롯한 서인, 남인 세력은 완전히 제거되고 대북파가 정권을 독점하게 되었다. 이런 일련의 사건이 1613년 계축년에 일어났으므로 계축화옥癸丑禍獄=癸丑獄事이라 한다.

대북파의 궁극적인 목적은 유영경을 비롯한 소북파를 몰아내려는 것이었기 때문에 유영경을 비롯한 유교칠신도 당연히 제거 대상이었다. 선조의 유교를 받든 일곱 신하 가운데 유영경은 이미 사사賜死되었고, 허성은 죽은 까닭에 한응인과 신흠·박동량·한준겸·서성이 함께 체포되었다. 칠서사건에 연루되어 일어난 1613년의 계축옥사는 광해군의 정치적 미래를 예단케 하는 중요한 사건이었고, 광해군 주위에서 권력을 행사하던 무리들이 광해군을 역사의 죄인으로 만든 사건이기도 했다. 광해군이 젊어서 훌륭한 왕재王材라고 기림을 받을 정도로 과단성 있고 총명했지만 이 사건을 계기로 하여 윤리강상倫理綱常을 무너뜨리고 천인공노할 패악을 저지른 군주로 전락하게 된 것이다. 온 나라가 역모사건에 휩쓸려 전율하고 있었기 때문에 광해군도 광풍에 정신을 잃어, 체포되어 형장에 선 원로대신들을 직접 친국親鞫하였다. 광해군이 즉위한지 5년이 되는 1613년 5월 16일 한응인은 죄인의 몸이 되어 광해군이 주제하는 친국장에 끌려 나왔다. 광해군은 젊은 시절의 총기를 잃고 사람을 치죄하는 일개 취조관으로 앉아 있는 듯 초조해 보였다. 한응인은 60세의 나이로 완연히 늙은 노인의 모습을 하고 기운을 차리기 위해 안간힘을 쓰고 있었다. 한응인이 그 자리에서 올린 공초供草에는 이렇게 기록되어 있다.

"유교遺敎를 받은 일에 대해서 당시에 미처 명백하게 변명하지 못했던 것은 신이 미혹하고 졸렬했기 때문입니다. 그러나 아무리 유교를 받았다 하더라도 신하된 몸으로서 어떻게 감히 역모를 꾀했겠습니까."

한응인의 공초 내용은 담담하고 매우 간략하였다. 선왕으로부터 유교를 받기는 하였지만 신하된 자로서 역모를 꾀할 리는 없다는 것이었다. 한응인으로서는 그 이상은 할 말이 없을 만큼 역모와는 관계가 없었고, 정치적으로도 대북이든 소북이든 당파와는 상당한 거리를 두고 처신하였으므로 더 이상 변명할 말이 없었다.

다음날인 5월 17일에 광해군은 한응인을 삭직削職하고 이부에 전교를 내렸다.

"밀지密旨를 받은 신하들의 이름이 역적의 입에서 나오기는 했다

만 이는 필시 김제남이 이들을 이용해 흥도를 유혹하기 위한 목적
에서 이루어진 일일 것이다. 한응인은 외방에 있으면서 직접 범한
죄가 별로 없는 만큼 완전히 풀어주는 것이 마땅할 듯하다마는 공
론이 지극히 엄하니 삭직削職한 뒤 시골로 돌려보내도록 하라."

결국 광해군은 1613년 5월에 양사兩司의 주청을 받아들여 한응
인을 관인명부에서 삭제하였다. 전교에서 보이는 대로 비록 한응
인이 직접 범한 죄가 없음을 알지만 광해군으로서는 사헌부와 사
간원의 이름을 빌린 대북파의 집요한 요청을 외면할 수 없었던 것
이다. 한응인은 일곱 신하로서 유교를 받은 것이 죄안罪案이 되어
관작을 삭탈당하고 시골 고향으로 추방되었다.

선조의 사람으로 세상을 하직하다

광해군 5년인 1613년 5월에 한응인은 60세의 나이로 삭탈관직과 함께 시골로 추방되었다. 1577년(선조 10) 23세에 알성문과에 급제한 뒤 36년에 걸쳐 관리로서 맞이할 수밖에 없었던 영욕의 세월을 뒤로 하고, 한응인은 경기도 광주廣州의 선영 아래(광주는 지금의 경기도 안산시 사사동으로 불린다. 이곳에는 한응인의 무덤, 사당, 신도비, 그리고 영정이 모셔져 있다.)에 칩거하여 조용히 여생을 보내고 있었다. 문을 닫아걸고 자취를 감추어 세상 사람들과 만나는 것조차 극구 사양했다. 다만 농사짓는 늙은이들과 어울려 무심하게 농사짓는 일을 물었을 뿐이었다. 집안에 양식이 자주 떨어졌지만 걱정하지 않았으며, 묘지기 집에 붙어살면서도 조정의 집정자들에게 모함을 당하게 될까봐 항상 근신했다. 그의 삶은 몇 년 전만해도 일국의 정승으로 나라의 기둥역할을 했던 사람이라고 여겨지지 않을 정도로 소박했다.

한응인이 시골에 추방된 이후에도 정인홍은 6월과 7월에 광해군에게 차자를 올려 계속하여 유교칠신을 역도逆徒라 하며 더욱

엄하게 처벌하여 그 뿌리를 잘라내야 한다고 외쳤다.

이런 살벌한 정국에서 시골에 묻혀 지내던 한응인은 노년에 찾아 온 병고를 이겨내기 힘겨웠다. 그는 좀 더 살아서 자신의 정의롭고 결백함이 만천하에 드러나 오명을 벗는 날을 볼 수 있기를 바랐지만 육체적 쇠잔함을 정신적으로 극복하기는 쉽지 않은 나이였다.

한응인은 자신의 병이 깊어 이 세상과의 인연이 곧 끝나리라는 것을 예견하고는 자제들을 불러 모아 이렇게 말했다.

"내 병이 점차 위중해지니 살아본들 세상에 아무런 보탬이 되지 않을 것이다. 죽어서 지하에 돌아가 선왕을 뵙는 것이 내 소원이다."

평생을 관직에 몸을 담아 조정의 중신으로서 임금을 모셨던 그에게 남은 희망은 지하에 돌아가 선조 임금을 뵙는 것뿐이었다. 이 말을 남긴 채 한응인은 1614년 3월 23일에 61세를 일기로 광주의 선영 아래에 임시로 우거하고 있던 곳에서 조용히 세상을 하직하였다. 이로써 파란만장한 선조의 치세에 오직 나라를 위해 몸을 바치고, 선조의 사람으로 만족하며 살아갔던 한응인은 세상의 모든 인연들과 이별을 고하였다. 누구라도 이 세상에 태어나 자신에게 허락된 만큼의 삶을 살아가면서 다 이루지 못한 한을 지닌 채 이승을 하직하기 마련이지만, 한응인은 범인들과는 달리 생애에 걸쳐 후회없는 삶을 살아가면서 마음속의 한을 서서히 비워가면서 살았던 사람이었다. 노년에 유교칠신으로 삭탈관직을 당하는 등 갖은 곤혹을 치르기는 했지만 그것이 자신의 한으로 남지는 않았을 것이다. 자신이 몸담고 있는 세상과 그 세상을 살아가는 사람들, 그리고 자신을 알아주고 끝까지 신뢰를 버리지 않았던 선조를 생각하면서 한응인은 참으로 행복한 미소를 지으며 세상과 이별했을 것이다. 역사는 이렇게 해서 또 하나의 아름다운 전설을 남기는 모양이다.

1614년 5월에 광주 당원에 있는 선영 아래 인좌의 언덕에 유택幽宅을 마련하여 안장했다. 영의정 백사 이항복, 좌의정 월사 이정구, 우찬성 월정 윤근수, 좌참찬 만취 오억령, 판서 화곡 정사호 등이 만사輓詞를 써서 그의 죽음을 애도했다. 이들은 모두 당대를 대표하는 학자이고 생전에 한응인과 어려운 시절을 동고동락하던 동지들이었다. 만사의 내용은 그의 삶을 화려하게 묘사하면서도 고뇌에 찬 역사 현장을 지켜오면서 온유한 기질과 변하지 않는 신의로 가장 성공적인 생애를 살아갔음을 강조하고 있다.

한응인의 사후에 반정反正으로 왕위에 오른 인조仁祖가 그 즉위년인 1623년에 특명을 내려 한응인의 관작을 회복시켰다. 그리고 1625년에는 시호諡號을 요청하는 글을 조정에 올려 충정忠靖이라는 시호를 받았다. 한응인은 공신록에 1등공신으로 올랐고 정승을 지냈기 때문에 후손들이 조정에 시호를 요청하는 것은 불문율이었고, 조정에서는 후손의 요청을 받아들여 이의 없이 시호를 내릴 수밖에 없었다. 나라에서 내리는 시호는 당사자가 생애에 걸쳐 보

였던 처세와 의식적 지향을 충분히 감안하여 작명하게 된다. 그러
므로 한응인에게 내린 충정이라는 시호는 시호를 지을 때 사용했
던 301자의 글자 가운데 생전에 충직忠直했던 사람의 시호를 작명
할 때 주로 사용한 글자로 그가 평생 나라를 위해 충성을 다했고,
사직의 안정을 위해 심신을 온전히 바쳤다는 것을 상징하는 것이
기도 하다. 이로써 한응인의 나라와 선조를 향한 일편단심이 그의
사후에 공론에 의해서 인정된 셈이다.

1642년(인조 20년) 11월에는 신도비가 완성되었고, 표석表石이
묘소 곁에 세워졌다. 비문은 영의정 승평부원군 북저北渚 김유金瑬
가 지었는데, 막내아들 형조판서 인급이 당대의 명필이라 비문의 글
씨를 쓰고, 대사헌 김광현이 전서篆書로 제자題字했다. 비문은 1635
년(인조 13년)에 완성되었지만, 이때에 이르러 새겨 넣은 것이다.

1792년(숙종 28년)에는 그의 문집이 "백졸재유고"白拙齋遺稿라는
이름으로 완성되었다. 유고집은 2권 1책으로 이루어져 있는데, 그
안에는 시문 203편, 표문 17편, 소차 1편이 실려 있고, 부록으로
행장과 신도비명이 수록되어 있다. 처음에 한응인의 장남인 청녕
군이 아버지가 생전에 저술했던 시문이 제대로 수습되지 않아 많
은 작품을 모으지 못했지만 남아 있던 글 가운데서 대표적인 시문
詩文를 모아 1책의 문집으로 만들었다. 그러나 한응인의 증손曾孫
인 성우聖佑가 호남湖南의 안찰사按察使로 있던 1792년에야 비로소
목판으로 간행하고 문집 끝에 발문跋文을 첨부함으로써 완성된 문
집이 세상에 유포되었다. 문집 첫머리에 우암 송시열宋時烈이 쓴
시문이 실려 있는데 거기에서 우암은 한응인의 문집이 지니는 역

사적·문학사적 의미를 깊이 있게 언급하고 있어 문집의 가치를 더욱 고양시키기도 했다.

1625년 12월에 정경부인 전주 이씨가 세상을 하직했다. 부인의 부친은 현감을 지낸 이담령李聃齡이며, 부인이 태어난 해는 알 수가 없다.

한응인은 평생 부인을 사랑하여 다른 시첩侍妾을 두지 않았으므로 부인과 더불어 백수해로白首偕老 했다. 부인은 세종대왕의 왕자인 의창군義昌君(휘는 강玒)의 6세 손녀로 예의와 범절을 제대로 갖춘 요조숙녀였다. 부인은 매사에 신중하고 평생 검소하게 살았으며, 시부모를 섬기고 제사를 받드는데 그 정성과 효성을 다했다. 그 성품 또한 어질고 너그러워 종족 중에서 세상에 소외되거나 가난하고 비천한 사람이 있으면 진심으로 도와주고 격려를 아끼지 않았다. 또한 부인에게 어려움을 호소하는 사람이 있으면 반드시 재물財物을 마련하여 도움을 주었으니 부인의 이 같은 선행으로 말미암아 집안이 화목하고 자손이 번창하였다. 한응인이 평생 나라 일을 맡아보느라 가정을 돌보지 않았는데도 부모 봉양과 자식 교육에 성공한 것은 모두 부인의 훌륭한 내조 탓이라고 할 수 있다. 평생을 해로 했던 한응인이 돌아가니 피눈물을 흘리며 애통해했고, 삼년 복제기간이 끝났음에도 여전히 소복을 벗지 않다가 한응인보다 12년 뒤에 사랑하던 부군의 곁으로 갔다. 그 이듬해 2월에 한응인의 묘소에 합장했다. 우의정 선원仙源 김상용金尙容의 만사輓詞가 있다.

박성규 교수 약력

고려대학교에서 박사학위를 받았다. 1979~1987년까지 계명대학교 한문교육과 교수를 역임했고, 1988년부터 지금까지 고려대학교 한문학과 교수로 있다. 고려대학교 부설 한자한문연구소 소장을 지냈고, 현재는 고려대학교 문과대학 학장에 재임 중이다.

주로 우리나라 중세 한문학과 동시대의 역사에 관심을 가지고 연구하고 있으며, 저서로는 『이규보 연구』, 『고려 후기 사대부 문학연구』 등이 있고, 번역서로는 『동인시화』, 『보한집』, 『김극기 한시선』, 『외암유고』 등이 있다.

백졸재 한응인 평전
百拙齋韓應寅評傳

2010년 11월 12일 초판 1쇄 펴냄

저　자 박성규
발행인 이은경
발행처 도서출판 이회

책임편집 박현정
표지디자인 황효은

등록 2001년 9월 21일 제307-2006-55호
주소 서울특별시 성북구 보문동7가 11번지 2층
전화 922-4884(편집), 922-2246(영업)
팩스 922-6990
메일 kanapub3@chol.com
http://www.ihbooks.co.kr

ISBN 978-89-8107-454-8 93810
ⓒ 박성규, 2010

정가　20,000원

사전 동의 없는 무단 전재 및 복제를 금합니다.
잘못 만들어진 책은 바꾸어 드립니다.